U0607865

徐 永 —— 著

家小写文集

讲给你一个人听的故事

北京联合出版公司
Beijing United Publishing Co.,Ltd.

图书在版编目（CIP）数据

讲给你一个人听的故事 / 徐永著 . –– 北京 : 北京
联合出版公司 , 2024. 8. ––（名家小写文集）.
ISBN 978-7-5596-7912-3

Ⅰ . I247.7

中国国家版本馆 CIP 数据核字第 2024QY9595 号

讲给你一个人听的故事

作　　者：徐　永
主　　编：张海君
出 品 人：赵红仕
出版监制：张晓冬
责任编辑：徐　樟
特约编辑：和庚方　张　颖
封面设计：立丰天

北京联合出版公司出版
（北京市西城区德外大街 83 号楼 9 层　　100088）
三河市同力彩印有限公司印刷　　新华书店经销
字数 260 千字　　710 毫米 ×1000 毫米　　1/16　　13 印张
2024 年 8 月第 1 版　　2024 年 8 月第 1 次印刷
ISBN 978-7-5596-7912-3
定价：65.00 元

目　录

隔着玻璃的岁月

听到老五出事的消息，我并没感到意外，我早就预料他会有这一天。可等知道他出事的原因，我却吃惊了。他曾经对我讲过要去做这件事，可我当时却认为他只是一时头脑发热。

老五和我是高中时期的同桌。毕业后我们又在红星印刷厂一块儿工作了一年。可以这么说，那时我们是烂韭菜不破捆的好哥们。老五本来是想当一个英雄，却落了个盗贼的下场。我的心情糟到了极点。

这是一个夏季的夜晚，我住在沿街的一个小区。街道上来来往往的车辆很多，它们不停地轰鸣着，很刺耳。透过六楼阳台上的玻璃，我俯视这些来去匆匆裹着铁皮快速爬行的机器，渐渐地视线模糊了。

第一天踏入高中的校门，心情还是很兴奋的。每到一个新环境，人总是抱有美好的希望，希望有一些美丽的或是向往的东西，在等待自己。当然我也不例外。可当我发现自己的同桌是一个黑小子而不是一个漂亮女孩时，那些向往就像刚燃起的火，被一场突来的倾盆大雨浇灭了。老五友好地伸出手自我介绍，我叫高文武，小名叫老五。我却扭过脸装没看见。我对这个只有牙齿是白的少年，有些厌恶。我甚至认为我的高中生活将如白开水一样乏味，这一切都与他有关。

不过经过一段时间相处，我发现这小子居然和我有很多共同的爱好。比如说足球、吉他，而且他玩得还不赖。我们玩的次数渐渐多起来，自然慢慢成了朋友。由于我们上的是一个垃圾学校，功课不是很紧。加上中考刚结束，我们松下的弦还没有绷起来。大家玩得很疯，不过还没有敢逃课的，只是在课余时间。有一次我们趴在操场的栏杆上，看高年级的同学踢球。那一帮家伙踢得够臭的，不是只会跑，就是像莽牛一样乱撞。我和老五在下面直嘀咕，真臭，比国家队都臭。也不知道是谁提出来的，咱们也组织一个队。这个提议得到大家一致同意。我给球队起了个富有诗意的名字——翅膀。阿涛说这是个乐队的名字。但在我的坚持下，球队用了这个名字。翅膀球队的队服是中国国家队的队服。尽管我们老骂国家队是造粪的机器，但是骨子里还是很喜欢他们的，我们只是太希望他们踢好一些。翅膀足球队的训练是在每天下午的课外活动。我们兴高采烈地训练了还没有几天，就灰头土脸了。起因是高三有一个红星队，他们也经常到操场踢球。这帮家伙的头叫青彪。青彪是我们学校坏学生的头。因为他曾经捅过人，而且和社会上一些不三不四的人交往甚密，在学校里没人敢惹。他手底下有一帮喽啰，要想收拾个人，根本不用自己动手。我们刚入校的这些新生见了他自然是风声鹤唳，唯恐躲之不及。在青彪等人的叱喝下，我们垂头丧气地离开了操场。王东走得慢了些，还被踹了两脚。我们每个人的心中充满了屈辱。很多天我们都没有去踢球，直到后来老五找到一家小学的操场。不知为什么我们练球的劲头特大，每个人都憋着口气。练了一段时间，为了检验水平，我们和体校的球队踢了一场，尽管我们输了，还是获得了他们教练的好评，这让我们备受鼓舞。

　　写到这，那段往事就像窗外的风景，透过玻璃看过去，那样清晰，那样近，但是用手去摸，却摸不到，只是感到玻璃冰凉的温度，你这才明白，那窗外的世界已经离你很遥远了。今天我试图将那段往事如实地记录下来，实在是一件很难的事。就像是一只粗笨的大手，在弹奏一首有相当难度的曲子，把一首好听的曲子弹得支离破碎。我似乎看见少年老五站在黑暗与明亮之间，冲着我冷笑，你小子怎么在干这么费力不讨好的事。这些年我仿佛抓着一根绳子，跌跌撞撞地过一座浮桥，那桥的尽头，在迷雾里若隐若现。有时候我也会停下来，擦擦汗，想一想，自己为什么要到桥的尽头，但是怎么也想不明白。回过头一看，身后的风景美得让人心疼。

　　有一天放学后，我们正打算去练球，老五喊住了我们。他满脸兴奋地问，想不想和青彪他们踢一场。我们不置可否，谁也不想被人喊懦夫。原来老五背着我们向青彪他们下了战书。这件事成了我们学校的头等新闻，风一样传遍了整个校园。高一（四）班那帮小子向青彪挑战了，大家奔走相告。就像是往就要熄灭的火堆上添了几把干柴，平静的校园沸腾了。一会儿操场上就挤满了人。也不知道是谁喊来了体育老师当裁判。

　　比赛开始了。除了老五，我们几个就像被放在弦上的箭，只能射出去了。说句心里话，我是不想和青彪他们踢球的，平时躲还唯恐不及，何况对抗呢。上场了。奔跑、拼抢，我的肺部被一只大手攥住，呼吸困难。踢了一会儿，可能是心理负担太重，觉得很累，呼哧呼哧喘不过气来。大家和我一样，踢得很窝囊，一直龟缩在后场，不敢进攻。后防线一次一次被撕开，青彪在禁区前旁若无人，但是由于脚法粗糙，不是高射炮就是偏离球门。我们的组织就像一个笨婆娘在织毛衣，乱套了。老五在前场急得直叫。我忙里偷闲看了一下场下，鸦雀无声，围观的人个个面露兴奋。上半场终于在一声哨响下结束了。我们像拖着铁鞋一样下了场。老五脱掉上衣，露着湿淋淋的上身，急了，这场球，咱们必须赢。大家都盼着咱们打败青彪他们，要争口气，别像个胆小鬼……他下面的话我一句也没听进去，只觉得大脑一片空白。但我被他的表情感染了，内心深处隐隐渴望拿下这场比赛。

下半场场上风云突变，我们控球时间明显比上半场增多，大家也敢打配合了，尤其是中场的组织有些像模像样。王东边路得球，带球晃过对方两名队员，将球分给阿涛，阿涛长传给前场埋伏的老五，老五做了个假动作，晃过对方的后卫，抬脚怒射，球直挂球门死角。进了！全场沸腾了。老五兴奋得张起双臂在场边跑来跑去。他用河南话叫了一嗓子，再进一个，中不中！中！场下齐声叫好。我看着忘乎所以的老五，心里有些不安。我觉得身后的青彪的眼神就像一柄长枪一样向我们刺来。接下来，青彪他们动作开始大起来。我被铲倒了好几次，小腿都擦破了。我们年轻正直的体育老师很好地控制了局面，用红牌罚下了对方两名队员。最终我们顶住了对方一浪接一浪的进攻，将胜利保持到终场。比赛结束后我们拥抱在一起感受胜利的喜悦，我感到大伙身上都湿淋淋的，和洗了澡一样。围观的人用敬佩的目光看着我们，我们是学校里第一个敢向青彪叫板的球队。

我、老五、阿涛、王东一块儿走在回教室的路上，那股兴奋劲别提有多高了。路上遇见的人对我们指指点点，我挺直了腰板，仿佛凯旋的英雄似的。刚过食堂，青彪几个人不知道从什么地方闪出来。在黄昏发暗的光线映照下，青彪面目狰狞。他指着老五说，叫你小子耍威风，今天让你知道锅是铁打的！话音未落，他的喽啰们就一拥而上，揪住老五就打。我们几个吓呆了，站在那里连动都不敢动。夕阳的光辉像血一样洒了下来，我的身影猥琐矮小。路边树上有一只小虫在树干上缓慢地爬行，它什么时候才能爬到树顶，即使爬到了树顶，等待它的又是什么样的命运？一阵风刮过来，树干上再也看不见小虫。那是多么漫长的一个过程啊，怯懦和恐惧就像章鱼的触角一样把我们紧紧捆住，让我们眼睁睁地看着好朋友挨打。我看见老五瞥了我一眼，那是多么痛苦的眼神啊。我赶紧垂下眼睑。这是一个秋日的黄昏，一群少年围着在痛打一个少年。被打的少年的三个朋友在旁大气都不敢喘一声。被打的少年肯定很痛，不是因为挨打，而是他的朋友不讲义气。他们的友情在暴力面前就像鸡蛋撞到石头上，被击得粉碎，蛋清洒了一地，让他触目惊心。不知道什么时候，青彪他们走了。我们三个好像从梦中醒来，赶紧把老五从地上扶起来。老五一声不吭，他抹了抹嘴上的血，连理都不理我们，踉踉跄跄地走了。

从那以后，我们都觉得对不起老五。见了他连看都不敢看一眼，老五也不理我们。他变得沉默寡言，仿佛换了个人似的。这让我们感到更愧疚。他的座位也调到了教室的最后面。后来我们知道，他一直在筹划复仇。他每天都要打很长时间的千层纸。所谓的千层纸，就是将一百张报纸订在墙上，据说把报纸全部打完，拳头将变得和砖头一样硬。少年老五的手背开始经常鲜血直流，但仇恨的火焰把疼痛给烧没了。那时候我们经常看见老五手缠绷带，一副苦大仇深的样子。翅膀足球队自动解散，青彪他们也没脸去操场踢球。每到夜深人静时，少年老五把墙打得咚咚作响，结痂的手背，一次次又流出鲜红的血浆，印在报纸上，宛若国画中傲立风雪的梅花。老五把钉在墙上的报纸想象成青彪，一拳又一拳，屈辱慢慢挥洒出去。只有拳头硬了才不会受欺负，这个念头牢牢烙在老五脑海。我不知道老五的千层纸什么时候打完的。校园里也有另外一种说法。老五为了复仇，到胜利桥附近找到了民间武术家老陈先生。但是老陈先生已经不收徒弟了，老五在他家门前跪了一夜。老陈先生深受感动，他说现在的孩子，已经没有这么有诚意这么能吃苦的了。老陈先生破例收老五做了关门弟子，并将拿手功夫铁砂掌传授给了老五。到底哪种说法是事实，即使到后来我也没搞清楚，我不想问及老五这个话题，因为这会牵扯出他挨打我们没管那件事。那一段时间，我很怕和他打照面。他的眼神仿佛在说，软骨头，一点义气都没有，还算个男人吗。但老五从来没有质问过我们。他悄无声息地来上学，又悄无声息地走。老五一心想复仇。耻辱每天像蛊虫一样啃啮他的内心，让他痛苦不安。自从他挨打后，他便和我们分道扬镳，不屑与我们为伍。他孤独得像一柄长枪混迹在一堆木棍中。

我们看见老五每天一个人来往于学校，整日沉郁的脸上不带一丝笑容，眼光如剑。我们能感受到他浑身散发出一股冰冷的，如同冬天早晨树上结的冰霜的气息。每次与他相遇，他连看都不看我们一眼，就擦身而过。每到那时候，就像有一根针一样，扎得我们的心头隐隐作痛。不见他我们心里会好受些。我们在背后从未议论过他，谁也没提过他挨打时我们连动都没敢动那件事。

有一天晚自习，老五抱着两块砖头上了讲台。他把砖头平放在讲桌上，猛地扬起胳膊，狠狠地砸了下去。"嗵"的一声，砖头碎成了两半。本来像赶集的课堂，立马鸦雀无声。外面风吹万物的声音，依稀可见。我知道这是他在向我们宣布他要开始复仇了。这让我既兴奋又担忧。他能是残暴粗壮的青彪的对手吗？何况青彪有一大帮兄弟，俗话说得好，双拳难敌四手，饿虎斗不过群狼。我的脑海里顿时浮现出武打电影里的场景：老五赤手空拳与青彪他们搏斗着，场面激烈，回合众多。

老五的复仇没有想象中那么传奇。回合也不多，只是一拳。那天晚上放学，老五在校门口截住了青彪。青彪的眼神与老五的眼神相遇时，他不禁打了个寒战，他从来没有见过这样的眼神，仿佛石头劈脸砸过来。老五缓缓地走到青彪面前，青彪一动不动，像冻住了似的。还没有回过神，青彪就挨了一拳倒在了地上。老五往地下吐了口唾沫，从容而去。当时的场景，我是后来听阿涛描述的，整个过程很短，没有精彩的打斗。只是阿涛形容了那一拳，什么电光石火、迅雷不及掩耳，等等。这让我有些失望。所有那天见过这个场面的人，都认为第二天学校要出大事，青彪绝不会放过老五。大家都在兴奋中等待惊心动魄的事来临。但是第二天好像什么事也没发生过，老五安然无恙。直到今天，我也没搞清楚，残暴凶狠的青彪为什么没有找老五。可惜这个答案无法解答了。青彪去年死了。他当时是一个派出所的普通民警，在追捕一个通缉犯时牺牲了。

老五一拳打翻青彪之后声名大振。这让他的个人欲望有些膨胀。他一心想成为我们学校门前这条街——太平街的老大。那时候想当老大的少年太多了，就像现在想当大款的少年们一样多。一根筷子很容易撅折，即使老五是一根钢筋，也会被撅弯。心高气傲、目空一切的老五没过多久就受到了沉重的打击。他和体校的一帮毛头小伙在街上因为谁先让路发生了冲突。尽管老五可以毫不费力地打碎一块砖头，但还是被这群毛头小伙打得在地上爬不起来。当然他们也付出了沉重的代价，两个掉了门牙，一个也趴在了地下。但这更唤起了他们同仇敌忾之气。老五付出了沉重的代价，肋骨折了两根，住了一个多月的院。这件事打破了老五无敌的神话说法，也让很多想扬名立万的少年们蠢蠢欲动，他们发现对付老五的最好办法就是以多打少。老五经常受到团伙的袭击，很多少年都把打老五当成一件光荣无比的事。开始老五遇到袭击还还击，后来他发现越还击自己受到的伤害就越厉害，于是一遇见袭击，他就抱住脑袋一声不吭。他的脸上经常青一块紫一块，目光不再锐利冷峻，而是变得呆滞木讷。血的教训让老五明白，要想成为太平街上的老大，不再受欺负，不光是要有一身过硬的本领，还要有一帮弟兄，也就是要有组织。经过反思和抉择，老五又回到了我们的队伍。第一次老五有所表示，是经过我的课桌时，将我掉在地上的课本拾起来递给我，这让我受宠若惊，连说谢谢。第二次是王东被邻班的学生欺负，他站出来痛打了那小子一顿。我们小心翼翼地开始和他来往。直至有一天，我们与他并肩战斗，打跑了一帮想打他扬名的小子们，我们才恢复了心无芥蒂的关系。由于我们的团结，我们在校园里确定了霸主的地位，没有人敢再欺负我们。

我感到在这之前所描述的这个故事和我记忆中的往事相比枯涩呆板。那些场景在我的脑海里鲜活地跳跃着，而当我用语言表达时，却呆滞了。这让我失望无比，打算放弃了。这篇写到这的小说被我锁进了抽屉，一放就是半年。最近我又拿起来，是由于两个原因：一是我近来无事可做，成天混迹于酒桌和麻将桌上，让我感到虚度青春；第二个原因说出来让我有些脸红，我很早就有个愿望，就是当一名作家。尽管现在不流行当作家，大家都忙着挣钱、往上爬。但是我觉得如果自己写的东西变成铅字，摆在书亭、书架上，是一件很荣耀的事情。路过时我会很不在意地对朋友说，我写的小说在这本杂志里。如果侥幸，很多年后，有人在深夜读起我的小说感到怦然心动，这会让我觉得没白活一场。说来惭愧，这是我的虚荣心在作祟。我向大家承认，高中毕业后，我在一家杂牌学校又混了几年，学习成绩一直不好。由于基础的原因，这篇小说可能就像一只鸭子走路一样，晃晃悠悠，很难看。对此我表示遗憾。但是我恳请你看下去，这是每个写作者共同的愿望，在此，我对你表示由衷的感谢。

高中的第一个暑假，由于我的祖父，我不得不离开了我的朋友们。祖父在城里住了几个月，总是说这里不行那里不行。他固执地要回到乡下去。父亲没办法，只好把他送了回去。而暑假我只能回乡下去陪他。临走的那个晚上，老五他们在一家小酒馆为我饯行。酒喝到半截，他们开始兴高采烈地谈论暑假的日程安排，全然不顾我的反应，我沮丧无比。后来我喝醉了，不过心里挺明白。在回去的路上，我坐在曹志峰的自行车后面，我故意吐了他一身。

我的故乡是冀北平原一个普通的村庄。这里的人们靠土地养家糊口。过去我虽然来过，但从未住过。住了几天，很不适应。我是个耐不住寂寞的人，和祖父又没有一点共同语言，他像个老太婆一样爱没完没了地唠叨，我一听就心乱头疼，恨不得插上翅膀离开这里。由于和我同龄的人不是出外打工就是在家里成了壮劳力，我只能屈就和一群比我小得多的鼻涕虫一起玩。我的到来给平静的村庄带来了灾难。我经常领着这帮小子们偷瓜摸枣，调皮捣蛋，搞得四邻不安。气得祖父直骂，你来是照顾我，还是来添乱的。后来玩腻了，跟着堂叔逮了几回兔子，就迷上了。可堂叔哪老有时间陪我，我只好单独行动。每天天还没亮，只要在兔子的各个洞口下上网，坐在地埂上一会儿，就会有收获。我经常满载而归。祖父落得省心，而且还有兔子肉吃，他对我也就放任自流了。

那天中午我突然想起，昨晚在地里下的网还没去看。天闷热得很，连树枝都懒得动。我打算先到村边的湾里洗个澡，再去看看网住几个兔子。我穿过场院（打粮食的空地），一个人都没遇见。路过一堆麦秸垛时，我听见一阵粗重的喘息和呻吟夹在一起的声音。我好奇地绕到麦秸堆后，看到一对男女在麦秸堆下赤身裸体地扭动着。那个男人黑黢黢汗津津的后背在阳光下闪着蛇一样的银光，他身下那个女人扭曲变形的脸异常丑陋。我的胸口仿佛被重重地击了一下，我呆住了。过了一会儿，我清醒过来，扭头就跑。我一口气跑到湾边的柳树下，弯下腰直想吐。在回去的路上，我一直试图把那个场景忘掉，但是偏偏老在我脑海回放。在这之前，我对男女之事一直懵然无知，但这突发的事件让我对人类感到恶心。当天晚上，我被梦魇住了。有个裸体的女人缠绕着我的身体，和我一起摔到一个黑洞里，在黑暗中坠落。我的胸口被堵住了，喘不过气来，几乎要窒息而死。我一直试图看清那个女人的模样，但看到的却是一张扭曲变形的脸……醒来时，我发现自己遗精了。由于是第一次，我惶恐不安。我悄悄地从炕上摸起来，唯恐惊醒祖父。来到院子里，在黑暗中洗着内裤，内心充满屈辱。第二天我仿佛被霜打了一样，变得寡言安静。祖父觉得我有些反常，执意要带我到镇上的医院看看，我断然拒绝了。

漫长的暑假终于过去了。回到学校里，我总觉得有些不自在。在我内心深处认为自己堕落了，不再是个纯洁的人了。没过多久我发现，我的朋友们变得比我更堕落。一些有关性的话题他们乐此不疲地交流着。尤其是王东，每次说这些笑话时，总是很兴奋，我从他放光的眼神里看到了快感。慢慢地，我也就释然了。他们比我还坏，我想。

这一学期，我们换了个班主任。他叫王道德。我们都喊他伪君子。伪君子刚从师范学院毕业，对教育事业充满了憧憬。他遵循严师出高徒的教学原则，对我们班严格管理，对违纪学生大胆处罚。我们几个被停了好几次课。本来我们打算好好报复报复他。他的几次家访，彻底粉碎了我们的阴谋。我们只好委曲求全，活动从地上转到地下。但是道高一尺魔高一丈。伪君子在班里发展了一批积极分子，这些积极分子总是将我们的行动报告给他，让我们有了多次惨痛的教训。其中有一个女孩子，叫王丽，被伪君子提为班长。自从成了班长以后，王丽便死心塌地地为伪君子服务，多次出卖我们。我们对她恨得牙根直疼。但是好男不和女斗，我们又不能打她，但是又不甘心便宜了她。后来老五想了个主意。由老五执笔，我口述，给王丽写了封情书。信里的一些句子，到现在我还记得：

你是一只美丽的大白鹅，我是一只丑小鸭。每次和你相

遇，我只能仰视你。某年某月某日你对我嫣然一笑，我差一点从台阶上摔下来。每天夜晚躺在床上，你的倩影总是在眼前晃动，让我难以入睡。你难道没有发现我现在形销骨立。我现在恨不得立即搬到南极去住，把我狂热的心冷冻。我爱你，这句话如鲠在喉，我没有勇气亲口对你说。今天写这封信，向你表示心迹。希望明天中午十二点在学校后的麦地里相见。一个没有勇气署名但深深暗恋你的人。

信在放学时，由老五放在了王丽的书屉里。第二天，我们几个十一点多就趴在学校后的围墙上。十二点王丽准时来了。她站在田埂上，东张西望，不停地看手腕上的表。老五按捺不住，"噌"的从墙上站了起来。我们也跟着刷刷一溜站齐。几乎是同时，我们一起鼓掌。尽管离得很远，我还是看见王丽的脸涨得通红。呆立了几秒，她捂住脸，跑了。我们把这件事当作笑料调侃了好长时间。王东说，那天王丽去的时候搽了一袋雪花膏。老五说，王丽嘴抹得跟猴屁股一样。那件事发生以后，王丽就休学了。她学习很好，如果不出意外，她很可能考上一所不错的大学。但是由于我们的恶作剧，改变了她的命运。

后来我遇见过她一次，在华联商场，她一只手领着个流着鼻涕的小孩，一只手拎着一大包东西，在人群中，被挤得脚步踉跄。她变化很大，神态疲惫，衣着破旧，身子臃肿，活像个大口袋。我很想跑过去，帮帮她，但是没有勇气。真没想到，年少时的荒唐，对她造成了这么大的伤害。我看着她被人群挤没，心里暗暗地忏悔。但我明白这没有什么作用，她的生活不会因此而改变。我只是想叫自己的良心好受一些。

为了提高升学率，学校在我们上高二那年招了一批艺术班的学生。舞蹈班就在我们班的隔壁。那个班基本上都是女生。那些女孩个个模样水灵，身材苗条，衣着时髦。和我们班的女生形成了强烈的反差。我们班的那些女生穿的都是板僵的校服，发式一律齐肩短发，有的还带着瓶底似的近视镜，整天不苟言笑，用现在的话说不谙风情。舞蹈班女生的出现，让我们好像从动物园来到了原始森林，不由得惊叹，原来还有更广阔的天地。那些女孩每天都在我们窗前出现，她们的脚步轻盈，声音清脆悦耳，浑身散发出春天柳树发芽般清新的气息，引得我们班的那些男生蠢蠢欲动。

我们充分发挥想象力逐一给那些女孩起了外号。爱穿黄色衣服，走路一扭一扭的，老五叫她骚狐狸；肤色黑黑的那个，老田叫她煤饼子；脸有点大的那个，王东叫她猪头小队长……我们夸张地去丑化那帮女孩，从中仿佛找到了无穷乐趣。直到现在我才明白，他们丑化得最厉害的那个女孩，其实就是他们最喜欢的。

时间长了，在课休时，我们在教室门前一字排开。那些女孩经过时我们就开始起哄。大多数在我们的哄声中羞赧地低下头加快脚步，就像雨中的芭蕉一样可爱。只有骚狐狸不。在我们的哄笑中，她昂着头，脚步不紧不慢，一脸的不屑，高贵的公主似的。这让我们很气愤，但却无可奈何。

我们经常跑到她们的练功房的窗户底下，偷看她们练功。她们穿着裸露出双肩的紧身练功服，显得很单薄。在地板上跳跃、翻滚。说心里话，我挺佩服她们的。我练了好久空翻，一直没有练成，而她们可以毫不费力地完成。我印象最深的就是那一双双伸向房顶的细细的胳膊，宛若寒风中摇曳的小树的枝杈。她们那些裸露的皮肤散发出熠熠光芒，就像雨后阳光照射在水洼上发出的光。后来当我知道老五喜欢骚狐狸后，老五告诉我，骚狐狸伸向房顶的手是求救的信号，我觉得不可理喻，很可笑。

　　老五喜欢上骚狐狸很长时间，我们一直懵然无知。这个秘密还是我发现的。其实老五的行迹当时已露端倪，只不过我们没注意罢了。比如每天放学，他总是找借口自己走。还有骚狐狸在我们面前经过时，他连哄也不起。

　　老五这个秘密是在我和老田、王东的一次不光彩行动中发现的。在一个傍晚，在老田的提议下，我们推开舞蹈班的窗户，跳了进去。当然我们的目的不是为了行窃，只是因为新奇。虽然舞蹈班的教室和我们班的教室一模一样，但在我们眼里却披上了一层神秘的色彩。我们屏住呼吸，按捺住内心的慌乱，在各个书桌里乱翻，期望找出些神秘的东西。我翻骚狐狸的抽屉，发现了老五写给她的情书时，感到很意外。老五和我们在一起可没少用恶毒的话糟蹋她，真是知人知面不知心。意外之后，便是狂喜。这可是天大的新闻。我就像一个有窥阴癖的人偷看邻家时的心情一样把那封信细细地读了一遍。在这封情书里居然有两首我写的诗，被老五大言不惭地说成自己有感而写。这并没有让我感到生气，相反有些窃窃自喜。自己写的诗被别人用在情书里，说明诗是不错的，是一件值得自豪的事。老五不知道，他在情书里用的我写的两首诗对我今后产生了多大的影响。从那一刻起，我就下决心当一个作家。你知道吗，一个少年写的诗被别人用在情书里，是一件让这个少年感到多么美妙的事。

　　这两首诗是我写给一个叫肖默的女孩的。我没有勇气给她。肖默是太平街新华书店的收款员。有一次我去书店买漫画书，看见她坐在桌前看书。书的名字我还记得，是哈代的《苔丝》。书中女主人翁凄楚的命运牵动着肖默的情感世界，她的眼里滚出一颗泪珠。泪珠就挂在她晶莹剔透的脸上，就像一颗珍珠挂在银盘上。一支笔被她碰了一下，滚落到地上。她赶忙拭了一下脸上的泪，俯下身子去捡。她黑黑的长发像瀑布垂了下来，遮住了脸。我还看见她白白的脚腕上系着一条细细的银色脚链。从那一刻起，我就喜欢上了肖默。我经常跑到书店里，只是为了多看她一眼。我在书柜前装作翻看书的样子，实际根本看不进去。我从书店这头走到那头，一本一本地数有几本书，两只耳朵竖着，希望能听到她发出的微小的声音。这么多年过去了，有时候我还会沉浸在这段情感里不能自拔。

我在老五的情书里，发现了六个错字，还有几处词不达意。比如老五想向骚狐狸表达朝思暮想，夜不能寐。他写成"因为你我朝秦暮楚，晚上睡不着觉"。不过我觉得也难为语文没及过格的老五了，这封信他肯定是下了不少功夫。看完信，我不动声色地放回原处。这件事我没有告诉老田和王东。

从那起我开始注意老五。有时候我也会对他旁敲侧击，但他显得懵然无知，不知道是真糊涂还是装糊涂。终于我忍不住背诵了他写给骚狐狸的情书中的一段。他气急败坏地问我怎么知道的。我假装得意地说是骚狐狸给我看的。他的脸色一下变了，就像被刷上了一层仿瓷涂料，白得吓人。我知道玩笑开大了，赶忙把实情告诉了他。"骚狐狸太猖狂了，我是想让她和王丽一样得到教训。"老五缓过劲来。"是吗？"我看着老五闪烁的眼神笑了。老五也跟着干笑了几声。"得了，别跟我装了，你肚里有多少花花肠子，我还不知道。"我拍着老五的肩膀。"好，我承认。是哥们，就别给别人说。"老五招了。"当然。"

我经常尾随肖默回家。她骑车回家，那是辆飞鸽牌红色女式自行车。我对那种款式的自行车有一种说不出来的亲切感。现在已经很少见这种款式的自行车了。有时候在街上看见有人骑这种自行车，我就想起当年尾随肖默回家的情景。她经常穿一件黑色的风衣，和她的黑发还有匀称的背影就像吸铁石一样吸引我的目光，即使在人群中对我来说也很容易辨别。到她家要经过东方路、青年路，还要穿过一条长巷。骑车要二十几分钟。她骑得很慢，为了不让她发现，有时我不得不停一会儿，等她骑远一点，再跟上。每次看她把自行车锁好上楼，然后我围着她家骑车转一圈，才离去。有一次，我只顾看她来回蹬踏的长腿，顶在了电线杆上，头撞了个大包。回家妈问我，怎么搞的。我说打球和人撞在了一起。大约有两个月的时间，我牺牲了傍晚玩的时间，跟踪肖默。其实我什么目的都没有。向她表白我想都没想过。后来不再跟踪，是因为在长巷里，我看见肖默和一个男人在接吻。她的两只胳膊环绕在那个男人的脖子上。我离得很近，他们很投入，没有发现我。我的心就像斜靠在墙上肖默的自行车。现在想起来，即使发现了我，他们也不会有什么顾忌的。在他们眼里，我只不过是个没有干系的少年。我大脑一片空白。玻璃碎了，所有的美梦变成了一块一块碎玻璃。后来我上了车子一口气骑回家。进了自己的房间，我趴在床上一动不动好长时间。后来我感到脸凉凉的，用手一摸，原来是泪。我哭了。

每天晚自习放学后，因为是顺道，我、老五、老五的妹妹小吉和她的一个女同学结伴回家。那个女孩叫甄敏。我和她的家都比老五家远。我们大约有十分钟单独走在一起。她很小时父母就离异了，母亲远嫁他乡，她跟着父亲过，继母对她不好，我很同情她。那时候我开始学习写歌，歌写得很幼稚，都是些模仿之作。我这人天生就有表演欲望。有时候我会在夜色里用公鸭嗓子清唱。甄敏这时总不说话，只是静静地听。有一次，在回家的路上，她对我说早晚要去找她的妈妈，妈妈经常在梦里为她梳头，温柔地抚摩她。每到我生日或者节日时，甄敏总会送给我一份小礼物。现在回想起来，她是个很文静、雅致的女孩，长得有些像香港的女歌手陈慧琳。我也感觉到她对我有些意思，但是我那时正喜欢肖默。我们一直保持着很纯洁的友谊。后来我到红星印刷厂上班，有一天晚上，她来找我让我陪她吃顿饭。在一家小餐馆她要了几瓶啤酒后告诉我，她要去找妈妈。我默默和她一起喝酒。一会儿，她脸上就起了红霞。她问我，还记不记得那些结伴一起回家的夜晚。我说记得。其实我记不得了。她幽幽地说，她记得很清楚。我们一起走在阒静的街上，路灯依次灭了。风吹过来，温柔地抚摩着我们。路边的住宅楼上还有一家的灯在亮着。那要是我们的家该有多好啊！就在客厅里，你坐在沙发上悠闲地看着电视。我坐在你旁边，给你削苹果，我削得很慢，长长的果皮断了，掉在你的脚上。我知道甄敏这是在向我表白。我当时真想抱住她，告诉她一辈子我都会照顾她。可是我当时正在迷恋厂办的打字员——一个风骚的女孩。我经常送她回家，临别时我们会在她家门口热烈地接吻。有一次她家里没人，在她的房间里，我没有顶住诱惑，和她发生了关系。我婉转地拒绝了甄敏。我说你还小。沉默了许久，我听见了一声轻微的叹息，就像深夜雨滴轻敲窗户上的玻璃的声音，那声叹息让我现在很心疼。后来我送她去火车站。我还记得是深夜一点半的火车。在检票口，甄敏说，求你件事，今年过年咱们一起去看我妈好吗。我点点头。那好咱们拉钩。当时我的小指干活时挤了一下，我伸出了食指。不行，你要用那个指头，甄敏指了指我的小指。我伸出来和她拉了一下。她开心地笑了。火车进站了。我看见人群中甄敏挥舞的手像飞走的蝴蝶。走出候车室，我坐在车站广场的台阶上抽了几根烟，又看了一会儿来来往往的人群。风吹来，我觉得有些迷眼。我再也没见过她。她就像月季上的花瓣被风吹走了，没有再回来。就在写这段文字时，想起多年前，甄敏对我说过的那些话，再没有一个女孩子对我说。这些话过了这么多年，突然深深地打动了我。许多年以前，一个好女孩向我奉上了一束灿烂的爱情之花，我却没有接住。那是一颗多么美丽、多么善良的水晶之心。我看见那些爱情之花在玻璃外灿灿地开着，很近，很遥远。

在老五期盼中，冬天到了。一个戴着眼镜白净净的少年经常来找骚狐狸。他俩有说有笑地走过我们班的窗前，老五坐立不安，屁股上像被针扎了一样。大家已经在老五的言行举止中看出了些端倪。王东说，我们要痛打小白脸。拳头解决不了一切，我说。咱不能这么没水平，老五不知不觉中承认了对骚狐狸的感情。放学后，老五在回家的路上问我，怎么办？我装糊涂，什么怎么办？老五不再问。一路上他缄默不语，眉头紧皱。临到家门口，他说，你给我写封情书吧。我点了点头。我走了很远，他又气喘吁吁追上来。不用写了，还是我自己写吧。

第二天晚上，老五把骚狐狸约到了学校后的农田里。骚狐狸穿着一件黄色的羽绒服，在灰白的月光下，很扎眼。找我什么事？骚狐狸绷着脸问老五。老五张望张望空旷的周围，鼻子抽动了一下。要没什么事，我走了。骚狐狸有些不耐烦。老五垂下眼睑，看着脚尖。我，我喜欢你。黑暗遮掩了老五涨红的脸。哼，骚狐狸鼻子中发出的声音。风吹过来，老五的肌肉有些发紧。交个朋友，好吗？老五向前走了几步。我现在还没考虑过交朋友的事，好了，我要走了。骚狐狸的声音像清冷的夜色一样覆盖老五。没有一点预兆，老五像猎犬一样向骚狐狸扑过去。骚狐狸的尖叫像玻璃掉在地上发出的声音，划得周围的空气活跃地跳动着。老五强行吻了骚狐狸。他的手在骚狐狸软弱的抵抗下，一路高歌，穿过羽绒服，毛衣，内衣，到达了骚狐狸的乳房。那是一种很奇妙的感觉。事后老五向我描述。骚狐狸的乳房像苹果又像馒头。我说，胡扯。其实心里羡慕得了不得。老五游动的手越来越肆无忌惮，骚狐狸的啜泣声越来越大，后来演变成号啕。老五的心抖抖的，手也从骚狐狸的衣服中抽了出来。别这样，别这样。老五不知所措。越劝骚狐狸的哭声越大。老五退了几步，扭头就跑。

第二天来到学校，老五心惴惴的。上课时两只眼老往外瞅。下课了，他坐在座位上在纸上胡写瞎画，叫他也不理。放学铃刚响，他就蹿了出去。当他庆幸一天相安无事时，骚狐狸像从天上掉下来，在身后喊他，跑什么？老五的脚一抖，像被绳索捆住了，一动不敢动。一点不像男人，声音是在骚狐狸的牙缝里传出来的。直到骚狐狸走出老远，老五才回过神，赶忙撵过去。他们两个就这么好上了。这使我们对舞蹈班的女孩也慎重起来，哄也不再起了。老五和我们在一起的时间明显减少了。他这种重色轻友的做法，让我们极其愤慨但又无可奈何。

我满怀热情地想把往事记录下来，但其结果只是记录了一些在我脑海刻录痕迹深的片段。这些片段不能和摄像机一样如实地将影像记录下来，其中夹杂着一些我的冥想。就像我在一大堆玻璃里只是拾到了几块彩色的玻璃，便饶有兴趣地在太阳下透过彩色玻璃看阳光。阳光不再刺眼，变得柔和。阳光不再是金黄的，而是玻璃的颜色。

高三对别人来讲是紧张的一年，而对老五和我来讲是轻松的一年。老师已彻底对我们失去了信心，我们又偏偏有自知之明，对考大学已不抱任何希望。那真是如鱼得水的日子，除了每天回家装模作样地看看书应付一下家长，其他时间我们就是在疯玩。每周都有各科的小测验。我除了语文、历史、地理认真考一下，其他课的测验就是应付了事。那时候流行标准化试题，都是选择题，考试前先发答案卡。我和老五经常在试题没发下来前，就把答案填完了。然后在众目惊愕之下交上答案卡离开考场。我们一开始，在裁出的几张小纸上分别写上 A、B、C、D，抓阄来决定答案。但是后来发现这种办法概率不是很高，还不如全部填一个答案的命中率高。其结果我们的考试成绩没有突破过 30 分。后来我们干脆连考试也不参加了。每次测验结果出来，老师在课堂上念到我们的成绩时总是摇摇头，省略过去。课本没有翻过，崭新崭新的，就像刚发下来似的。那时候在大街上，在公园里，在广场上，在胡同里，总之只要有年轻人的地方，都可以看见跳霹雳舞的身影。我紧跟潮流，苦练霹雳舞。在震耳欲聋的舞曲中，沉浸在自己幻想的世界里，旋转、跳跃、颤动、翻滚，太空步、擦玻璃、拽绳子、霹雳指、旋子……可以随意发挥，只要尽兴，只要痛快，只要疯狂，只要忘记一切。我在霹雳舞中找到自己的世界。每天我不是在镜子前练霹雳，便是到处找人切磋、交流。我和朋友们在一起的时间越来越少。老五和骚狐狸正处在热恋之中，与朋友在一起的时间也少之又少。有一天我们聚在一起喝酒，王东瞪着他那双牛眼问老五，办了吗？老五装糊涂，什么办了？就是和骚狐狸有那事了吗？王东咯咯地笑了。这和你有关系吗？老五绷着脸。你这人真没劲，问问都不行吗，哥们是关心你，王东用手指指着老五说。听人说要是常办那事，就不长个了，曹志峰说。胡扯，老五说。不管怎么说，老五你有些重色轻友，阿涛点着一根烟。就是，王东附和。还有你小子整天跳那个破舞，阿涛指着我说。那顿酒不欢而散。

人影婆娑，舞曲聒耳。舞池里扭动的人在闪烁的灯光下面目狰狞，主持人声嘶力竭的鼓动，失控地甩动着头颅，尖叫。在我看来和疯子差不多。小马拽着我来到一家叫曼狄娜的迪厅。我们穿过过道来到吧台，我看见肖默坐在里面。我要了瓶啤酒坐下。小马和一个我们在大街上拽来的女孩跳舞去了。肖默在抽烟，在忽明忽亮的灯光下，她的脸庞有些模糊，但我还是一眼就认出她。借个火，我冲她喊道。声音淹没在迪厅里。就连我自己听到的只是舞曲声。我认识你，我又大声喊。可能看到了我翕动的嘴唇。她站起来到我面前，先生要什么？我扬了扬手里的烟，她把烟递给我，我对着了。你是这里的老板？她可能没听见，接过我递回去的烟，深深地吸了一口。在烟雾中，我的目光变得恍惚。那瓶啤酒我几口就喝完了。迪厅的喧闹嘈杂突然让我一下失聪起来，我仿佛透过玻璃看见十五年前太平街的那家新华书店的收款台里坐着的肖默。我试图用手去触摸她娇好的脸庞，突然我又恢复了听力。玻璃消失了。世界变得很残酷。我的手摸到的只是空气，悬在那里很沉重。

我三天两头去那家迪厅，我总是坐在吧台前喝啤酒。去久了，肖默和我熟了，她会陪我坐一会儿喝一杯。你是做什么的？肖默问我。我是恒久集团的总经理。恒久集团是我们这座城市唯一一家上市的企业。是吗？可我在电视上见到的你和面前的你一点都不一样。明天凌晨开董事会，会上会决定换我当总经理。那我可得好好巴结巴结你。你怎么不去跳舞？肖默递给我一根烟。我接过烟叼在嘴上，那是年轻人的游戏。你才多大？她笑了。我发现她变化不大，只是身材比原来丰腴，头发染成了栗红色。都三十了。我都快四十了，还去跳呢。我不适合，心老了。你这人挺有意思。我们不再说话，舞曲响起，疯狂开始。我很想告诉她，我不喜欢这个环境，我来这里只是为了看见她。当声音震耳欲聋时，我突然失控，大声叫了一嗓子。

高考我和老五还有我的朋友们考得一塌糊涂。我们对此都有足够的思想准备，只是家长很失望，望子成龙成为泡影。当离开考场时，我们冗长的学生时代宣告结束。那时候我们认为毕业走上社会以后一切都会称心如意，可以自己挣钱养活自己，买自己想要的东西，光明正大地交女朋友，玩得兴起时不用顾及是不是到了上学或回家的时间，不再有学校和家里的双重管教。实际不是这样。我们在家闲了多半年。老大不小整天游手好闲靠老爸老妈养着，我们自己也觉得不是回事。原本认为学校是个大鸟笼，我们是群渴望蓝天的小鸟。可如今那笼子里的一切都像墙上的风景画，好美，只是我们再也回不去了。有时候我会想起校园的操场，一群小子们热火朝天地踢球，有几个女生在荡秋千，还咯咯地笑着；急促的下课铃响了，呼啦啦地从各班的门口蹿出一群群同学；在飘满粉笔清香的教室里，我和老五低头认罪般地接受老师的谆谆教导，脑子早飞到了九霄云外；那张被我糟蹋得伤痕累累的课桌不知道现在是被一个男生坐着还是被一个女生坐……幸好红星印刷厂招工，通过关系我和老五都被招到胶印车间当工人。阿涛和哥哥去干水暖安装；王东到北京当兵；曹志峰回去复读；小林到河北他舅舅那里去了；老吴下深圳了。我们四分五裂，组织彻底解体。

　　工厂里的生活机械得如同家里那座老式台钟。我们三班倒，上班时间卡得很紧。有几次我和老五玩得兴起耽误了上班，被罚了几次款。到月底每人才领到三十多块，我们才意识到社会比校园残酷无情得多。我们自由散漫的习惯在金钱面前有所收敛。车间的设备不知道在什么地方进来的，噪声特别大。而且那种声音穿透力极强，震得头皮都发麻，大脑木木的，一片空白。我发现待的时间长了，人也躁起来，动不动就爱着急。幸亏我有个好师父，他家是农村的，人很和善。我经常偷懒，他睁一只眼闭一只眼。尤其是上大夜班时，我经常借口到二楼制版室看版，在微机室的地毯上眯一会儿。我就是那时候和乔甜甜混熟的。甜甜是那种颇谙风情的女孩。她懂得把握时机，一个眼神，一个亲昵的小动作，让我这个傻小子神魂颠倒。我就是在微机室里第一次探索了女人的身体。在深入时，我退却了，这并不是因为我突然良知发现，而是在那个环境我不敢。上班时我经常跑到二楼和甜甜调情作乐，乐不思蜀。老五却苦了。他师父姓王，本来脾气就暴，加上那时候正在闹离婚，动不动就对老五发火。老五哪受过这个，一开始忍得住，后来憋不住爆发了。就因为老五机器擦得不干净，王师傅骂了起来。老五一冲动，上去就给了一个大嘴巴。当时就把王师傅打蒙了。等他清醒过来，摸起一个扳子就要抽老五。我手急眼快一下就抱住了他的腰。老五上去把扳子抢过来扔在地下，还没等王师傅反应过来，两记直拳就打在了脸上，顿时鼻血直流。这时候车间里的人拥过来，把两人拉开了。王师傅吃了大亏自然不甘心，跑到车间主任那里告状。主任和老五是亲戚，当然偏袒他了。只是让老五写了份检查。从那王师傅也不骂老五了，两个人谁也不理谁。不过老五干活倒自觉起来，让王师傅也挑不到毛病。这件事在车间里引起了轰动。王师傅原来在车间是个没人敢惹的主，老五敢在太岁头上动土，自是个更不好惹的茬。尤其是小年轻的见了老五大哥长大哥短。喝个酒什么的都叫上老五。老五不狂，见了谁也客客气气。

骚狐狸不知道什么原因休了学。我问老五他也没说明白。没过多久，骚狐狸到我们这座小城的第一家夜总会找了份工作，每天晚上跳几次现代舞。老五只要不上夜班每晚都去接她，不过老五从没进去过那家夜总会。用他的话说那不是咱进的地方。那时候去夜总会玩的都是些暴发户，有钱了找找刺激。在那儿上班可别学坏了，我多次提醒老五。他不搭腔，只知道一个劲地抽烟。他话越来越少，经常一个人发愣。我正和甜甜热火朝天，和他在一起玩的时间很少。有一天，他突然找我借钱，我本来手就大，加上正谈恋爱，兜里就几十块钱全给他了。一看他神情我知道和他期望的数差得很远。你要那么多钱干吗？我问他。我想给金炎买个项链，金炎是骚狐狸的名字。那要一千多块呢！我吃惊地说。别人有的我也要让她有。老五面色凝重。那么多钱，到哪儿去搞呢？我会想办法的。

老五最终还是给骚狐狸买了项链，我陪他一起到百货大楼买的。连坠子一共12克，花了接近一千五百元。老五小心翼翼地从售货员手里接过红色的项链盒，把它放进内衣口袋里。我看见他的眼放射出柔和的光芒，就像夏天的月光柔顺地洒在大地上。我问他，钱怎么搞到的。他讳莫如深地笑了笑，不做回答。我能猜测出这钱不是正道来的。为此我和他来了一次推心置腹的谈话。

但是效果不佳。老五反问我，咱们厂都三个月没发工资了，厂长还不是整天大鱼大肉吃着，小轿车坐着，日子舒坦着呢。你说他哪来的钱？有人管吗？我做的事和他比是小虾比大鱼。咱不能跟人家比，人家有权有势，咱是小工人，出点事咱就担不起。我恳切地劝他。我自有分寸，以后不干了。晚上上班听人说厂里丢了一批纸，我知道是老五干的。公安局的人像模像样地到仓库里转了一圈，最后定论是内盗。我的心都跳到嗓子眼了，老五还跟个没事人似的。公安局查了几天也没找到什么线索，这么小的盗窃案，他们也不想牵扯太多精力，事情不了而了。只是厂长在全厂大会上大骂了一顿，说什么隐藏在厂里的这个盗贼是条蛀虫，早晚会把他挖出来的。我心想，你他妈的才是条大蛀虫，贼还喊捉贼呢。

有一次上中班我请假和甜甜看电影。开场前在电影院的过道里我看见骚狐狸和一个肥头大耳的中年人耳鬓厮磨坐在后排。这件事我没有告诉老五。我已经看到老五的爱情必定是个痛苦的结局。

透过晃动的盛着暗红色酒液的高脚杯，我看见肖默蒙眬的眼神。暧昧的空气很活跃。我喝得舌头有些大了。玻璃的颜色也变成了暗红，我看见多年前那个少年骑着自行车紧紧跟在肖默身后。所有的声音都已经不存在，身体开始漂浮，无法控制。肖默的嘴唇在翕动，她的长发是栗红色的，不是肖默头发的颜色，散乱地垂在吧台上。很柔软，很煽情。那天晚上我不知道怎么到了她家。做那件事时，我开始清醒。我一点不兴奋，动作很机械。肖默的呻吟，仿佛是玻璃的破碎声，我无比绝望。我知道今生也得不到肖默的爱情。

一次下中班，我和老五骑车回家。在半路上，骚狐狸坐在一辆摩托车上迎面从我们身边呼啸而过，她紧紧地贴在那个骑摩托车流里流气的小伙子的后背上。玻璃划破了老五的心，他的脸色很难看。我们骑了老远，一句话没说。后来老五突然唱起歌："一个人走上长长的街，一个人走向冷冷的夜……"他喑哑的声音在夜空中回荡，就像沙漠深夜里的狼嚎。在月光下，我看见一滴泪挂在老五的脸上，我知道那是颗伤了心的珍珠。

红星印刷厂的那段经历，已经被我遗忘得差不多了。就像在雪地里行走，虽然留下了脚印，但是雪很大，回头时那些痕迹已经被大雪覆盖。我在红星印刷厂上班期间读了很多书。这得感谢印刷厂的业务员们，他们联系了很多印刷纯文学书籍的业务。尽管他们和厂长沆瀣一气，像吸血鬼一样榨干了红星印刷厂。比如福克纳、梅里美、显克微支、马尔克斯、川端康成等人的作品，我就是那时候开始阅读的。至今我的许多藏书也是那时候搜集的。我们这座小城文联主办的一本诗刊，也在我们厂印刷。我写了首诗，投给了这家诗刊。没想到居然发表了。那首诗我还记得，如下：

爱 情

致 TT

某夜

你闯进一间尘封已久的房间

你点亮了

一根蜡烛

火光映亮了

屋里的每个角落

没有你寻找的东西

你摇摇头

　　　　"砰"的一声
　　　　关上门离开
　　　　只是只是
　　　　　你忘了
　　　吹灭那根蜡烛

　　它将渐渐落满尘土

　　那时候的女孩不像现在的女孩那么实际，只看手里的钞票。她们看重的是男人有没有上进心，有没有前途。诗人在当时是很吃香的。我误打误撞发表了一首诗，促使甜甜下决心和我的关系要有实质性的突破。在她家她诱惑了我。这并不是说我是正人君子，对她一直没有非分之想。实际我对她的欲望很强烈。只是因为没有一个合适的机会让我得逞。在微机室和她蜻蜓点水般亲热时，心里总是惴惴不安，唯恐被人发现。另外有个原因我怕深入后她拒绝，那多没面子。那天下午我如约来到甜甜家，她的父母不在家。她那间小闺房蓝色的的确良窗帘将屋里遮掩得光线诡秘。我一进门，甜甜就软软地靠在了我身上。她刚洗了头，一股菠萝味的洗发水味飘进了我的肺里，让我有些迷离。她柔软又坚挺的乳房像两只猫抓挠着我的胸口。一匹烈马在我心里奔腾着就要跑出来。我还没有准备好就稀里糊涂地和她有了第一次。整个过程，没有我想象中好。我很不舒服，完全是被引导着进行的。完事以后，我很累，内心充满悔丧。甜甜的身子像鳗鱼一样缠绕着我，说了一句让我胆战心惊的话，从今儿我就是你的人了，你要对我负责。我有种受骗的感觉。从那开始，我对女人有了新的认识。她们总是先让男人吃一些糖果，然后再要求些什么，让人难以拒绝。有了这层关系后，甜甜和我的关系在厂里基本公开了。她经常拿出我发表的那首诗让女同事们看，小脸蛋泛着红光说，这是徐伟为我写的。我小心翼翼地和她保持着关系，唯恐再跌入圈套，没有了快感，只有藤蔓紧紧缠绕勒得喘不过气的感觉。后来我到外地上学，心老悬着，怕她再缠我。没过一年她嫁人了我才松了口气。

我坐在去北京的火车上。透过车窗，我看见许多村庄、城镇、田野，各式各样的人，还有田野里孤零零的树。我的对面是一个脸上有好多雀斑的女孩，一路上她一直在看一本琼瑶的小说。吃饭的时候，我要了盒盒饭。她放下书突然问我，你为什么不喝啤酒。我说，我不喜欢喝酒。她拂了拂额前的头发，要是我对象在，我一定给他买啤酒喝。为什么，我侧过头问她。我喜欢看他喝啤酒的样子，她枕着胳膊向往地回答。

人的命运真的早就注定好了？老五摊开手掌问我。我斟酌了一下，觉得很难回答。我递给他一支烟，他摆了摆手。不抽了，一抽就觉得心里烧得慌。我和老五下了夜班在大排档喝扎啤。两个人喝得脸红脖子粗。对面是我们这座小城最有名的歌厅，里面人影婆娑，灯火辉煌。歌厅门前趴着一排整齐的轿车，就像海滩上一溜晒太阳的海龟。我们不时看见轿车里钻出衣冠楚楚的男人和花枝招展的女人迈着正步走进歌厅，好像钻进了一个魔方，出来的时候脚步跟跄放浪形骸，连滚带爬地进了轿车里，然后轿车的后面很可笑地放出一股青烟跑了。后来我们竟然看见厂长和骚狐狸从歌厅里勾肩搭背地出来，上了一辆出租车走了。本来我们厂眼看就要停产，但神通广大的厂长不知道怎么搞来一大笔贷款，厂子又起死回生了。税照样交，工人工资补发，也没工人闹事了。于是厂长成了优秀企业家，市劳模。他那张胖脸更加浮肿了。

老五从屁股后面掏出一张报纸，指着上面一篇文章让我看。

小偷揪出大盗

　　本报讯（记者胡谐）一刘姓职业小偷在某局局长家行窃时，发现有大量金银珠宝及巨额存款。刘某家在贫困的山区，为糊口才走上盗窃之路。当看到该局长家拥有令人咋舌的财产，一时气愤，立即向检察部门举报。我检察部门马上立案侦查，并对该局长家进行了搜查，发现该局长家不明财产超过百万余元。经过干警们几日夜的奋战，掌握了该局长大量的犯罪事实，铁证如山面前，一直负隅顽抗的该局长不得不交代了全部索贿受贿的事实……

　　这有什么意思？我疑惑不解。老五咕咚喝了一大口啤酒，王盗娼（厂长的外号）肯定是个大贪污犯，要是能得到他的犯罪证据，他不就玩完了吗。你是说和小偷一样到他家去偷？我刚喝到嘴里的啤酒差点喷出来。早晚我会让他绳之于法，老五的牙直响。

　　后来我离开了红星印刷厂。父亲的一个战友在外省的教育系统位置显要，通过他的关系，我象征性地参加了考试，被武汉的一所大学录取。这次我没有拗着父亲，主要是工厂枯燥乏味的生活使我畏惧。我骨子里就是那种懒散、吃不来苦的人。接到通知书的那天，老五和我在一家小酒馆喝了很长时间的酒。在昏暗的灯光下，老五的眼珠红红的，搞不清是酒喝多了还是离别时的伤感造成的。我们说了好多很可笑的话。最后小酒馆要打烊了，老板催我们结账。老五拎起一个酒瓶摔在地下，晃晃悠悠地站起来，手指着老板，一边去，我们哥俩还没喝够，你别他妈扫兴。说罢从兜里掏出一把钱摔在桌子上。老板是个年轻人，有些火气。扭头就招呼来几个人。那是一场我们打得很窝囊的架。我们鼻青脸肿地被扔在大街上。老五不甘心，爬起来捡起一块砖头把小酒馆的玻璃砸了。老板等几个人又过来把我们暴揍了一顿，还喊来了110。在临去派出所的警车上，我们的酒劲过了，老五指着我说，我早就看出来，你小子要比我出息得多。

大学的几年对我来说就是放松的时光。尽管我底子薄，由于在社会上混了一年，学会了如何与人搞好关系。经常帮老师干点活，放假回家，还能给老师捎点土特产。于是每次考试老师都能对我高抬贵手，上大二时，我居然还当上了学生会的干部。高中时，我可是个坏学生。只是我再也没有交到像老五这样知心的朋友。毕业后，我分配到一家机关。没有什么具体的工作，每天就是在办公室熬时间，不是看报纸，就是和同事们议论国家大事。我和老五很少联系，可能是我有了新的圈子。有一次他到单位找我，我让他到办公室坐一会儿。他说，不进去了，只是路过，顺便看看你。我们两个在走廊里说了会儿话。我问他厂里的情况。他淡淡地说，还是老样子。我感觉他有些心不在焉，问他有什么事吗。他不好意思地笑了笑。冲着楼梯喊，红！过来吧。一个高个女孩闪出来。她低着头，有些害羞。老五指着她说，我女朋友。我望着这个叫红的女孩有些恍惚。老五和骚狐狸的故事在我脑海浮现。造化真能捉弄人，有些事情你当时会觉得有结果，可是却不会有结果。我留老五吃饭。他说，还要到小红家去。我就没再留他们。

高中同学聚会的时候，我和老五又见了次面。很奇怪我俩居然没坐在一起。我坐的那一桌据说都混得不错。我们这一群一见面就开始递名片，互相敬酒，然后吹牛。都说很累，日理万机，好像地球离了自己就不转了。我没和老五喝酒。因为我家离得比较近，散场时我走回去的。在路上，老五在我身边骑车而过，连声招呼都没打。看着他远去的背影，我心里叹息了一声，我知道我们的友谊结束了。

我在晚报上看到一则消息：

　　本报讯（记者金生）昨日晚，一小偷潜入红星印务有限公司董事长王道昌家中行窃，正巧被在公司加完班回家的王董事长遇见，他及时向110报警，干警十分钟就赶到现场将小偷擒获。据警方透露，该犯罪嫌疑人叫高文武，系红星印务有限公司员工。经了解其经常违反公司制度，被多次处罚。因此高文武有涉嫌报复的可能。市委有关领导对该案做了重要批示，要求严厉打击犯罪行为，保护好企业家的人身、财产、家人安全，为我市的经济发展做出有力的保证。

　　我们可以想象那个夜晚。路灯已经熄灭了，淡淡的月光就像舞台上的灯光洒在老五的身上，老五进入角色，表演开始。他躬腰趴在车把上，两只腿频率极快地蹬踏自行车，如同一颗台球被一股神奇的力量击中，直射袋中。风呼呼地在他的耳畔掠过，似有两只大手在抚摩。老五的目光像星星一样照耀着前面的路，他沿着自己的掌纹，奔向宿命的结局。他以为自己能看到夜的深处那个故事的结局，但是他不知道结局早已不受他控制。

　　我站在曼狄娜迪厅的对面给肖默打电话。电话打了好多遍都没打通，我还是执着地打，后来终于打通了。我告诉肖默，你是我的初恋。我向她描述了上学时去太平街新华书店的情景。肖默在电话那头咯咯笑起来，她语气郑重地对我说：一、我觉得你这人很逗，很会编故事；二、我从来没有在新华书店工作过；三、我和你只不过是因为当时空虚寂寞玩玩而已，现在我老公回来了，咱们到此为止。说罢她把电话挂了。忙音在我耳边响了很久。我木然地望着街对面的迪厅，觉得隔着一条大河。难道一切只是幻觉，我的记忆耍弄了我？

　　阳光透过玻璃斑斑点点地洒在我的脸上、身上、屋里。我从睡梦中醒来眯着双眼看外面的世界。这个世界和我内心的世界有多遥远，又有多么近？我起来坐了很久，脑子一片空白。玻璃上爬着一只小飞虫，不知道它是在窗户里面还是在窗户外面。我迷迷糊糊看见另外一个我，在窗外凝视窗内的我。后来闹钟响了把我惊醒。我瞟了一眼床头的日历，7 月 27 日。
　　今天是我三十岁的生日。

天衢路

周虹看到晚报上这则消息的时候，已经是 5 月 18 日了，报纸是 5 月 16 日的。这张报纸是从炒货店里带回来的，刚才在回家的路上，她给女儿买了些散装瓜子，恰巧方便袋没了，店主顺手拿过来包瓜子。回到家她发现是近两天的报纸，打算在上面找找招聘启事，看看有没有适合自己的工作。招聘启事没看到，却看到了这则消息。消息很短，就几行字：

> 本报 5 月 16 日讯（记者郭思佳）今日中午 13 时 40 分左右，天衢路与德兴路路口发生一起交通事故，导致 2 人死亡、多人受伤。
>
> 13 时 40 分左右，一辆小型货车行至天衢路与德兴路路口时，车辆失控，致使发生五辆车追尾的严重交通事故。路边等候红绿灯的行人也遭到撞击，多人受伤。事故发生后，政府相关负责人迅速赶赴现场指挥处置，组织有关部门救治伤员，处理善后。
>
> 目前，事故原因正在进一步调查中，本报将继续跟踪报道。

这则新闻并没有引起周虹的关注，她只是一眼扫过，之所以她看了下，那是因为那天是她结婚的日子，上午八点多钟，婚车经过天衢路。这是她的第二次婚姻。第一次婚姻维持了九年。前夫本来挺本分的一个人，后来下岗在家，结交了几个朋友，开始酗酒、赌博。这些她还能忍受。可喝了酒，输了钱，他回到家就拿她们娘俩撒气。轻则骂几句，重则动手打她。日子实在过不下去了。她带着女儿逃离了那个家。本以为离了婚就没什么事情了，可他却还一直纠缠，弄得她没办法，搬了几次家，不再和过去的朋友来往，这才把他摆脱了。

倒是晚报上的一个有关孩子教育话题的文章吸引了她的眼球，让她看了许久。

车祸事件很快被周虹忘在脑后，本来嘛，这种事情经常会发生，和她的生活丝毫不相干。对于她来说，最重要的是把当前的生活打理好。丈夫新婚第二天就走了，他在南方工作，据说单位很忙，只能给三天婚假。因此他们的婚事办得很仓促，只是当天租了两辆婚车把她接过去，请丈夫家的亲戚们吃顿饭，便草草了事。她并不介意这些，她只想赶紧结婚，哪怕是随便找一个人，似乎只有这样，她才能摆脱什么。丈夫一走，生活又和过去一样，每天接送女儿上学，做饭，饭后辅导女儿写作业，晚上九点前还要哄她睡觉。

晚上十点以后的时间才属于周虹自己。等一切收拾利索，她倒上一杯白开水，打开电脑。这台电脑是妹妹用过的旧电脑，一启动机箱就会发出呜呜的声响。她要上本地的门户网站查一下招工信息，看看能否找到适合自己的工作。本地门户网站上的招工帖子很多，她很快找到几个觉得适合自己的，打算明天先联系下再决定是否去面试。记完电话，她感到有些口渴，咕咚咚喝了一大口水。这时候放在桌子上的手机嘟嘟响起来，静夜中异常刺耳，吓了她一大跳。她怕惊醒正在睡觉的孩子，赶紧拿起手机来看，原来是没电前的报警声。今天它都没有响过，只处于待机状态一天就没电了。这是个老款的诺基亚手机，连彩铃功能都没有。机身多处有凹痕，露出白生生金属的本色，仿佛摔了很多次，但她从未想过换掉。

周虹抬起头看看墙上的挂钟，已经十一点了，但一点睡意也没有。她顺手点了下本地门户网站的论坛，一打开论坛，她就看见第一条帖子说的就是前天天衢路和德兴路路口发生的那起交通事故。发帖人是一个叫鲁北拍客的网民。主贴上有四张这场事故的照片，看来鲁北拍客是一个摄影爱好者，相机随身携带，走到哪儿拍到哪儿。帖子内容如下：

> 今天中午天衢路与德兴路路口北侧，由西向东方向发生一起车祸，当赶到现场时事故已经基本处理完毕。五辆事故车惨不忍睹。旁边挤满了围观的群众。据说是最后面的一辆小货车追尾造成的，人员伤亡情况不详，从车辆的损坏程度看，事故应该是很严重的。

鲁北拍客拍摄的照片，在构图和光线的运用上都很老到，一看就是专业水准。

每一张照片的下面还备有一句说明。前三张照片拍的都是因事故受损的车辆。看情景车辆损坏程度的确很严重。引发事故的单排小货车，还停在马路牙子上，车头紧紧贴着路边的一棵法桐树。法桐树的一段树枝被撞折，正好落在小货车的后斗上。最严重的是一辆绿色轿车，车尾被撞得凹进去很深，车头已经完全变形，好像被什么咬下一截，露出参差不齐的金属茬茬。前车盖翘得老高，让周虹想起了动物世界里的鳄鱼。前、后挡风玻璃全部碎了。车内一片狼藉。车顶亚克力的招牌灯上有四个鲜血般欲滴的红字，周虹看得心里有些不舒服。其他两张照片拍摄的是现场路面上遗留的车辆碎片、一辆麻花状的自行车以及湿乎乎的路面，由于液体已经渗进路面，加之路面是黑色的，所以分不清到底是血还是车辆泄漏出的汽油。并没有有关伤者的照片，看来鲁北拍客赶到现场时，伤者已被救护车拉走。

这个帖子已经顶到一百多楼，跟帖的大多是一些要遵守交通规则、避免惨剧发生之类的感慨。有一个目击事故发生的网民跟帖说，当时他正在等红绿灯，突然听见"嘭"的一声，然后看见对面一辆小货车冲上了马路牙子，几股烟冒了出来，另外几辆车紧紧咬在一起，中间那辆车居然趴到了前面那辆车后备厢上，如同交配的两只牲口，母牲口受到惊吓，蹿向路边等候红绿灯的人群，有人飞了起来。那一刹那间，他才意识到发生车祸了。十分钟之后交警和救护车赶到现场，进行紧急处置。有一辆车驾驶门是被撬开的，里面的人救出来时，脑袋耷拉着，脸上的血直往下滴答，看样子是不行了。

周虹是那种看帖不跟帖的人。这个事故之所以发生，她分析可能是那个小货车司机醉酒的缘故。酒真不是好东西，就因为贪杯，导致多少家庭残缺，骨肉分离，她在心里感叹。

明天早晨六点还得起来给孩子做饭，不能熬太晚，周虹没再继续看下去，就把电脑关了。

周虹去洗手间洗了把脸。洗脸的时候，她照了照镜子，看着里面那个人，她叹口气，手轻轻地在脸上滑过。

躺在床上，周虹却怎么也睡不着。她有些发愁，去应聘穿什么好呢？除了结婚那天穿的红色旗袍是新的，其他衣服都旧得没样子了，也不能穿着红旗袍去应聘啊。后来又想起往日的一些事情，也不知过了多久，才迷迷糊糊睡着了。她做了个梦，梦见自己坐着那辆绿色轿车，飞了起来，在空中她往下俯视，发现地面上都是黏稠的鲜血。

王朗每天早晨六点准时起床，这样规律的生活始于一年前他开出租车的那天。在这之前，他下岗之后一直没有工作，之所以选择开出租车，那是因为他这个年龄很难找到合适的工作，他除了会开车，也没其他技术。他和一个小伙子合伙租了一辆富康牌出租车。在这座城市，出租车大多是私人购置挂靠在出租车公司的，这辆车的车主开了几年，赚了点钱，开始嫌开出租车辛苦，就把车租给了他们。到现在出租车上的服务牌的名字还是车主的，有时打车的人看到上面的照片，会问王朗，这照片上的人是你吗？王朗笑笑，不置可否。

王朗开白班，每天早晨七点接班，晚上七点交班。

起来后，王朗觉得头上仿佛勒着一条金箍，看来是昨夜喝酒造成的。他用力拍打着脑袋，试图把头脑拍清爽，但手一停下来，头又开始发沉。过去顿顿喝，喝个斤八两第二天丝毫无事，现在晚上回家喝个两三瓶啤酒，就这么大反应，看来真是老了。其实他不想喝酒，但不喝点酒他无法入睡。他爬起来后，开始收拾床铺。先是叠被子，又拍整齐经过一夜枕压塌陷的枕头，铺平枕巾，这条枕巾的周边多处起了线头，上面绣的一对鸳鸯都已经辨不清颜色。收拾完，王朗从大衣柜里抱出一床绸缎料的被子和一个枕头，放在刚才叠好的被子旁边，这个枕头上也有一条绣着鸳鸯的枕巾，只不过比他枕的那条看着新，干净。

从洗手间里洗漱完毕，王朗开始擦拭置物架上的东西，两个买奶时赠送的那种弯耳朵握手的玻璃杯子，一个带两只小熊快乐地对视的小塑料杯、海鸥洗发膏、百雀羚润肤霜、郁美净儿童霜，他擦完歪头看看，发现小塑料杯上还挂着水珠，又擦了一遍。

客厅的茶几上摆着两个空啤酒瓶和一张扔满花生肠衣的盘子，王朗把啤酒瓶拎起来，打开屋门放在门口，又拖了遍地，他才开始做早饭。早饭很简单，一碗粥、一个馒头、一碟胡萝卜咸菜。他咀嚼得很慢，吞咽的时候似乎有些艰难，还不时抬头看看左边，再看看对面。

吃完饭，正在厨房里收拾，楼下响起汽车的喇叭声，那是换班的在喊王朗。他赶忙擦干手，换好衣服。临带门前，他在门口怔住几秒钟，又返回屋里。他蹲下身子在茶几的抽屉翻腾，最后找出一个相框，端详端详，发现镜面有些灰蒙蒙的，哈口气，用手拂拭完，在电视机上面摆正，这才出门。

王朗拎上放在门口的两个啤酒瓶，嘴里哼着"我只在乎你"，下了楼。开夜班的小伙子姓张，记得刚开始开出租车的时候，他说过他的名字，但一直以来，王朗只喊他兄弟，以致记不清他的名字了。有好几次，王朗想问问他叫什么，但都这么熟了，如果还问人家名字，实在有些开不了口。小张一直喊王朗哥，估计这么久，也不清楚王朗叫什么了。一想到这儿，王朗心下也就放下问他名字的念头。

小张早已经把车后备厢打开，因为每天早晨王朗总会拎两个空啤酒瓶下来放在里面。王朗把空啤酒瓶放进后备厢里的一个纸箱子里，他弯下腰扒拉了一会儿，又像自言自语又像对小张说，又装满了。

小张说，哥，哪天真得见识下嫂子，看看是什么人物，让大哥你怕成这样。

你嫂子不让我喝酒，可我又爱喝，只好规定每天让我喝两瓶。可她看见酒瓶子一多就心烦，我只好喝完就往下拿。王朗说这话的时候眼睛瞅向别处。

别不好意思，哥，怕老婆又不是毛病。说明你是好男人，疼嫂子！小张笑嘻嘻地说。

两人说着话，钻进了驾驶室，还是小张开车。等到加气站把车加满燃气，王朗再把他送回家，这班儿才算交接完。

等哪天咱哥俩都有空儿，在一起坐坐，好好喝喝。王朗掏出两根烟点着了，自己嘴里叼一根，另外一根递给小张。

嗯，我请客，叫上嫂子和闺女。小张刚才烟没有叼好，腾出一只握方向盘的手扶了扶。

两个人从刚一起合租出租车就说过类似的话，但一年多了，都没能在一起吃顿饭。其实大家都明白，除非哪天其中有个人不开出租车了，否则是不会有机会在一起坐坐的。

王朗狠狠抽了一口烟，缓缓吐出，灰白的烟雾升腾起来，好像一只紧攥的大手慢慢伸开，他的嘴微张，眼睛眯缝着，似乎在想什么心事。过了好久，他说，你嫂子炒菜可好吃了，最拿手的是红烧肉和醋熘白菜，饭店根本做不出那味儿，到时候甭出去吃，还是到家里来。

说话间就到了加气站，小张熄火，拉上手刹，边开车门边说，行，那我可盼着了。

把小张送回家，王朗开始在街上转悠。这个点儿车、人都挤在马路上，各种声音混杂在一起，好像开锅的水。

王朗拉了一对母女，女儿也就八九岁的样子，穿蓝色连衣裙，脖子上系条红领巾，眼看马上到上课的点了，她一个劲儿埋怨妈妈，都怪你，不早出来。

妈妈是个白皙的女人，黑头发往后梳成髻，再用一个宝石蓝的发卡夹住，衣服合体干净，她被女儿说得有些急躁，我从起来就没歇脚，给你做饭，给你收拾书包，给你找衣服，你还怪我？

谁让你管了？谁让你管了？女儿急得小脸通红，老师要罚站，你替我站着去。

一看女儿想哭，妈妈慌了手脚，好，好，一会儿给你老师说说，我再走。

女儿噘着小嘴，冷个脸不搭理她。

师傅，多长时间能到啊？妈妈热脸碰上冷屁股，有些没趣，只好问王朗。

王朗从倒车镜里看了一眼这对母女，沉吟下才回答，估计还得十分钟。

孩子，晚不了，你看才七点四十。妈妈亮亮手腕上的表，说。

女儿却把脸扭向车窗。

你这孩子，还没完了。妈妈无奈地摇摇头，可能是怕前面的王朗笑话，她像自嘲又像对王朗说，现在的孩子啊，一点也不体谅大人。

王朗摁下车喇叭，嘴角撇出一丝笑意，你们家孩子够可以了。我女儿，心眼比针鼻都小，一不小心就会惹着她，还不信哄，好多天不搭理你。这还不算什么，我和别人生气，她跟着掺和。我这么疼她，她还不向着我。

妈妈没接话茬，而是转脸对女儿说，放到你书包里一盒奶，别忘记喝。

知道了，女儿有些不耐烦。

车到了实验小学门口，有零零落落的学生正往校门里走。妈妈说，是吧，我说没晚吧。

女儿顾不上说话，开开车门跳了出去。妈妈赶紧给王朗付钱，计时器上是七块八毛钱，按规矩应该收八块，王朗却只收了七块钱。

又在街上跑了会儿，王朗看看仪表盘下部的时间显示，顺手摁下空车灯，尽管前面路边有人冲他招手。他把车开到世纪广场的停车场，停好，下了车。

世纪广场上空荡荡的。一座三米多高，红绿相间的气模滑梯竖立在广场的一角，老板坐在旁边的椅子上，垂下头在打瞌睡。广场中间，有一个老头在放风筝，是个八角形的风筝。王朗抬头看看天上碗口大的风筝，却看不见风筝线，风筝尾巴翻卷着，还想往上蹿。老头站在那里一动不动，如同塑像。

广场上就王朗一个人在行走，他突然有种奇怪的想法，觉得有双眼睛正在天上俯视他，仰起头看看，天上只有几朵云彩。他尽量抬头，挺胸，步伐有力，双手有节奏地前后摆动。如同一个接受检阅的士兵。

走到广场的东侧，王朗停下脚步，面前是几十级的台阶，台阶的顶端连接着横跨到广场西侧马路上的一座天桥。他爬到第九级台阶上坐下来，正好面对着广场西边的马路。他点上一根烟，看那些车辆和行人钻到天桥下，又从天桥下冒出来。软软的阳光照在广场上，也照在他身上。烟很快就抽完了，他把烟头扔在脚下，想了想，又用脚尖碾死还冒着烟的烟头，捡起来放到兜里。

远处传来一阵急促的警笛声，隐隐看见一辆警车在马路上见缝插针，车顶的警灯忽闪忽闪旋转着。王朗掏出手机，拨了一个号，手机里传出汪峰演唱的《春天里》，唱了好一会儿，直至里面传出"你所拨叫的用户暂时无人接听"。他掏出烟叼在嘴里，没点，继续拨那个号，这次《春天里》没唱几句，就被挂断了。

王朗坐在台阶上又抽了根烟，那只风筝还在天上飘，比刚才没高多少。他把烟头捻灭，放进口袋里，起身拍拍屁股上的尘土，离开了广场。

一辆富康牌出租车驶进了嘉诚景园小区。左转右转停在了一栋楼前的停车位上，王朗从车里下来，手里拎箱牛奶。他走到一个单元门前，止住了脚步。单元门没有关，他探头看看，楼道里散发出一股潮湿的气味。他伸出手想去摁单元门上的门铃，但手举起来，停顿了几秒钟又放下来。

王朗抽抽鼻子，还是进了楼里。爬到四楼，他站在东户的门口，开始敲门。门里面传出一个女人的声音，谁啊？

王朗轻轻咳嗽几声，说，我。

门开了一点，探出一个中年女人的脸，看见王朗，她皱了皱眉头。你怎么又来了？不跟你说过嘛，我和她早就不联系了。

王朗不说话，侧身伸出一只脚别在门里面。

你想干什么？中年女人叱喝道。

求求你，告诉我，她们现在在哪儿？

跟你说一百遍了，我不知道。你再闹，我可打 110 了。女人的手拽着门把开始用力。

先别关门，听我说。我现在开出租车，每个月都可以挣几千。我完全有能力让她们过上好日子。

我也不知道她们在哪儿，以后你别再来骚扰我。女人使劲往里带门，王朗的腿别在门里，就是不撤出来。

求你了，求你了。王朗的嗓子有些变哑。

你再不走，我可喊人了。女人声音大起来，楼道里响起嗡嗡的回声。

王朗把腿抽出来，门"咚"的一声关上了，他在说，求……剩下的字还没说完，他和他的声音就被关在了门外。他的鼻子尖碰到防盗门上，有点酸。他举起手拍了拍防盗门，突然觉得浑身乏力，身子慢慢地倚着门滑落，最后一屁股坐到地上。

下面的楼道里响起脚步声，清脆的脚步声越来越响，最后到了四楼，是一个年轻的女孩，一双黑靴，牛仔裤裹在竹竿般的腿上。看见王朗，女孩吓了一跳，她站住，犹豫了一会儿，最后小心翼翼绕过王朗，脚步声有些发闷。走到楼道拐弯处，她回头看了一眼，摇摇头，然后继续往上走。

楼上响起哐当的关门声，脚步声也随之消失。王朗爬起来，那箱奶他没拿，他扶着楼梯扶手慢慢走下楼。楼外的阳光有些晃眼。他感到很累，找到一个石凳坐下，想抽根烟歇会儿，掏出来，烟盒却是空的。他把烟盒揉成一团，放进口袋。他就这么坐着，也不知道过了多久，眼里好像进去了东西。他闭上眼睛，真想躺下睡一觉，不过他还是迈着沉重的脚步回到了车上。

出租车缓缓出了小区，王朗感到有些恍惚，他不停地晃头，试图让自己精神集中一些。小区门口一个背着旅行包的中年男人拦住了车，上车后他说了个地方，王朗没听清楚，继续往前开。开了一段，中年男人嚷起来，你这是往哪儿开？我去长途汽车站。

王朗赶忙掉转方向，嘴里直说，对不起，对不起。

一会儿，你得少算钱。中年男人说，我是本市的，甭想忽悠我。

行，给多少都成。王朗说。

你是不是刚开出租车？看来中年男人今天心情不错。

王朗没说话，眼睛紧盯着前方。对面一辆宝马车压过黄线冲了过来，他赶紧右打方向，宝马车擦着车身呼啸而过。坐在副驾驶上的中年人腾地一下绷直了身子，一只手紧紧抓住扶手，嘴里骂道，这王八蛋，找死啊？哪有这么开车的？他回头看着远去的宝马车，又小声嘟囔了一声，狗日的，一会儿就得撞死。

过了两个红绿灯，中年男人才从惊悚中缓过神来，他仰靠到座背上，长嘘了一口气。

前面是百货大楼，车多起来，车喇叭响成一片，乱成一锅粥。只能挂低挡一点一点往前挪。你看，你看，中年人指着前面一辆加塞的黑色轿车，什么素质啊！

王朗被感染了，有些急躁，不停地按喇叭。

你们开出租的一个月能挣多少？中年人来了兴致。

挣不多少，勉强养家糊口。王朗回答道。

是啊，现在下力的不挣钱，不下力的发大财。中年人感叹。

没办法，粗人一个，不会别的，只能干这行。王朗的脚点了下油门，车往前爬了一点，又赶紧踩刹车。

你说百货大楼的东西死贵死贵的，怎么还有这么多人来？难道说不被宰不舒服吗？

这儿的东西可能真吧。王朗掰掰有些歪的倒车镜。

什么真啊，和外边的一样。我给儿子在百货大楼买了身衣服，二百多。中年人趴在车窗上向外吐了口痰。那天在我家小区门口一家店里，发现一模一样的才一百多块钱，你说这地方坑人不？

我们只到小店里买东西，百货大楼的门都没进过。

中年男人刚想回话，兜里的手机响了，他摸出来放在耳边。什么事啊？

他的口气有些生硬，知道，知道，别絮叨了。还没等对方说完，他就把电话挂了。把电话放回兜里，他扭过脸对王朗说，我老婆。出个门，絮叨没完，嘱咐这个嘱咐那个的，把我当小孩了。嗨，这娘们儿。

人家这是爱你，哪能这么对人家说话呢。

我这还算好好说呢，平常在家我瞪个眼，她就得哆嗦。中年人越说越来劲。

王朗轻轻哼了声，没再说话。车已经出了乱糟糟的街道，开始行驶得顺畅。看王朗没兴趣继续聊下去，中年男人开始闭目养神。

把中年男人送到长途汽车站，王朗又拉了个去二中的乘客。到了二中，看看手腕上的海鸥表，已经中午十二点，肚子开始咕噜，他到附近的老王家快餐店买了个肉夹馍，回到车里开始自己的午餐。

吃得有些急，王朗被噎住好几次，杯子没水了，他懒得找地方要水。噎住的时候，他就捋脖子。把最后一口馍塞进嘴里，咀嚼着，他抹抹嘴，发动了车。

一路上有好几个招手打车的人，王朗没减速就疾驰而过。穿过解放路，左拐来到东风路，右首是医药大楼，再往前是希森大酒店，他把车停到旁边的龙宝金行门口。

在迎宾小姐的欢迎光临中，王朗走进了龙宝金行。前台导购刚想跟他说话，他摆摆手制止了。径直走向老凤祥首饰专柜。这个点儿，店里没什么顾客，本来无精打采的女营业员看见他，马上精神起来，站到他面前问他需要什么。王朗说，看看戒指。

女营业员开始热情地向他介绍，先生，现在流行铂金首饰，最近刚来了新货，都是今年的最新款。说着她就俯身到柜台里拿戒指。

不，我要黄金戒指，千足金的，我老婆说黄金能辟邪。王朗的话让营业员刚伸进柜台里的手又缩回来。她移动到柜台另一侧，指着玻璃下面对王朗说，黄金首饰都在这儿。

王朗把所有的黄金戒指都看了个遍，最后他选了一款。他没要首饰盒，而是要了个红色缎面的首饰包装戒指。戒指十克多，一共是两千五百元，他身上带的钱不够，他又跑到银行取的钱。

出了龙宝金行，王朗站在车前想了想，才钻进车里。坐好，扎上安全带，他摁摁首饰包，紧贴着胸口。这时候，他知道自己应该去哪儿了。

前面就是湖滨路，沿着湖滨路一直往前，就会到他要去的地方。

快到湖滨路与天衢路路口的时候，放在驾驶台上的手机响了。王朗没看号码就接了，是个男人，声音有些尖，哥，一会儿有个牌局，三缺一，在小刘茶社，抓紧过来。

我不去，我老婆要回来了。

哥，别糊弄自己了。

这次是真的，明天她生日，我们家三口一起过。

哥，今天来打牌的是王胖子和军哥，都是肥肉，你不来准后悔。

王朗把电话挂了。这时候他发现自己占错了车道，占到了右车道，只能右转，驶到天衢路。天衢路的中央设置着护栏，到下一个路口才能掉头，再回来。

王朗拐到天衢路后，加大了油门。他现在只想马上回到家，他觉得有人在那儿等着他。他打开车窗，左手伸出窗外，让风推着手，很舒服。马路中央的护栏被车刷刷地甩在后面。他远远地看见天衢路右首有两栋灰白色的旧楼，这两栋旧楼在周围高大华丽的大厦中显得那么不合群。

他想，那其中一栋楼的四楼现在住的是什么人？

从华诚公司出来，尽管周虹清楚自己能得到这个职位的可能性几乎没有，奇怪的是她心里却有些轻松。她进办公室不到两分钟就出来了，那个坐在老板台后的黑胖子，眼皮耷拉着，好像昨夜没睡好，只问了一下她的年龄和姓名，就把她打发出来了。明明在这之前一个女孩进去半个小时都没出来，她在门口等得腿都站麻了。女孩出来的时候，黑蕾丝的裙摆来回拍打着膝盖，发出细碎的声音，浑圆的小腿的下面，蹬一双白色的高跟鱼嘴鞋，她没穿袜子，露出的脚趾上染着鲜红的指甲油。周虹瞥了她一眼，心里有些羡慕，这种羡慕滋生出自卑，以致让她对马上进行的面试失去了信心。本来她对自己还是有一些信心的，因为这个文书的岗位对她来说很熟悉，原来针织厂没有破产之前，她在办公室干了接近十年。可是和年轻的女性一比，她的那点自信便轰然坍塌。

等站到黑胖子面前，她一会儿把手抱在身前，一会又把手垂在身两侧，不管怎么放，都觉得不舒服。她低着头不敢看对面的人，却发现自己上衣有些皱巴，她迅速地往下拽了拽。黑胖子问她姓名时，她大脑一片空白，黑胖子不得不提高了嗓门再次问她，她才意识到，脸涨得通红，吐出的声音小得几乎自己都没听清楚。幸好黑胖子没再追问她。终于黑胖子挥了挥手，她如释重负地逃了出来。

周虹是坐公交车过来的，看看手腕上那只九年前买的海鸥表，时间还早，她决定走着回家。还有一个单位，已经约好今天面试，但周虹不想去了。她开始审视自己，需要重新在找工作上为自己定位。

走在人行道的方砖上，周虹看见前面一个五十多岁的女人，穿着黄色的马甲，马甲前后都有亮晶晶的反光材料，她挥舞扫帚打扫着路面，尘土飞起来，飞到她头发上，脸上。她的脸呈现出两种色彩。周虹长长地哎了一声，就把视线转到别处。这时候她发现了前面两栋灰白色的旧楼，她停住脚步，长时间地盯住其中的一栋，看了很久，很久。后来，她的眼睛开始模糊，她抬起头，努力睁开。她问自己，这是怎么了？她决定不再走下去，还是坐公交车回家。

过了前面的路口，不远处就有一个站牌。

到了路口，恰好赶上绿灯，斑马线上推自行车的、走着的，前脚跟后脚，周虹正打算跟过去，突然她听到一声急促的刹车声，吓得她赶紧躲闪到一边，但回头一看，身后什么也没有。这时候她发现马路牙子下面静静地躺着一个红色缎面的首饰包，她捡起来，用手捏了捏，有个环状的硬物。她打量打量周围，没有人注意她。她把首饰包攥在手里，匆匆走到马路对面。

站牌下只有周虹一个人，马路上很安静，隐隐传来汽车的喇叭声。

周虹打开首饰包，里面是枚戒指，是那种很普通款式的戒指。戒指的正面镶嵌着一朵花，有五个花瓣，每个花瓣里都有淡淡的纹饰，戒身上面有浅浅的心形花纹，还有三个模糊的小字。那是什么字呢？她仔细端详也没看清楚。

阳光下，它散发出熠熠的光芒。

在公交车上，周虹又拿出那枚戒指，放在手里打量了一下。她想，这戒指准是地摊货，要不在街边那么显眼的位置，都没人捡。或者说，被人捡了，一看是便宜货，就又扔了。不过这戒指的款式倒让她挺喜欢。戴到无名指上，她翻转着手，不停地打量，金灿灿的那朵花绽放了。她想，真合适啊！

回到家里周虹开始打扫屋子，早晨出去得急，没顾得上打扫。她收拾完屋子，又洗衣服。无名指上的那枚戒指有些碍事，她摘下来放在了自来水管下的盥洗盆的盆沿上，盆沿上恰巧沾了点皂沫，戒指一下滑落下去，顿时发出一声轻微的声响，然后轻轻地跳起来，落到了排水管里。

周虹有些懊悔，这个戒指的款式她很喜欢。有个念头立即在她脑海跳出来，拆开排水管，看看能不能找到？但这个念头只是一闪，就被另外一个念头替代。"一个便宜货，掉就掉了，不值得这么麻烦。如果喜欢，再去街边摊上买一个。"

后记：小说到这儿就结束了。昨天晚上和几个朋友喝酒，李庄说了件怪事。那天晚上突然起了大雾，路灯被粉尘状的东西围成一团模糊的光影。有一辆车在天衢路上来回转悠。看不清是什么车，更看不清车里有没有人。只看见一个空字灯，隐隐约约地闪现，看样子像辆出租车。

这辆车就在天衢路上转来转去，跟丢了魂儿一样。车里的车载音响开得震响，靠路边住的人家都听得真真的，什么歌呢？王杰的《为了爱梦一生》。

歌声响了一宿，天亮雾散歌声尽。

书恺在一边说，这个季节起雾，真有点邪性。

大家都点头称是。

李庄又问我，你不是干工程的吗？听没听说天衢路马上要翻修？

寻找身份的人

一

屋子里坐着的还是那个警察。

他没戴帽子，头发乱糟糟的，上衣敞到胸口，隐约看到黑黑的体毛。他正在翻一摞报纸，不时发出哗哗的声响。最后终于看到吸引他眼球的内容，他伸出一只手去摸水杯，咕咚咚喝了一大口，弄得水都溅出来，他将将鼻子下几乎遮住上嘴唇的胡髭，眼睛仍然没有离开报纸。小来看不见他的眼睛，但一想到他的眼睛，小来的后背就有一种被啄痛的感觉。

屋门是开着的。

小来在门口已经站了好一会儿。每次到派出所的时候，他总是感觉双腿软软的，并且有那种强烈的扭头就想跑的念头。

派出所的服务大厅就在院子的一座平房里。小来记不清这是第几次来了，每次来的时候这个警察都在。当小来吞吞吐吐说出来由，他总会挥挥手说，你不能办身份证。小来刚想解释，他眼珠子就瞪起来，小来心里一哆嗦，赶紧把话咽回去，然后快快离去。

小来今天又来了。他不想来也得来，没办法，时间越来越紧迫，他脖子上就像架着把刀。他来之前已经反复想了多次，这次无论如何要把身份证办成。但到了门口，他的腿又被绊住了。

今天服务大厅里只有那个警察，来办事的人也出奇地少。

小来在门口急得团团转，他心里的两个念头在打架，最后还是进的念头打败了不进的念头。他一条腿迈进屋子，另一条停在了屋外。那个警察还在看报纸。桌子前摆着名字牌——常前进。小来感觉自己的命运就攥在叫这个名字的人手里。

常前进突然咳嗽了一声，小来赶忙把迈进屋的那条腿收了回去。

"你小子怎么又来了?"常前进头都没抬，仿佛他头上长着眼睛。

这句话没有吓倒小来，恰恰相反，让他又有了勇气，他几步走到常前进的跟前。

"我叫张来，我要办身份证。"说完小来都被自己的声音吓着了。常前进抬起头看看小来，小来这时候犹如神人附体，大胆地迎上常前进的目光。

"跟你说多少次了! 没有户口，怎么给你办身份证?"常前进欠欠身，把椅子往后推推。

小来扑通一声跪到地下: "叔叔，求求你了! 要是你不给我办，我就无处可去了。"

小来的举动把常前进吓了一大跳。他一时愣住了。

小来咚咚地往地上磕头，那声音让常前进赶紧起来抓住他: "你先起来，你先起来，起来咱们好好说。"这时候他看见小来扬起的额头都紫了，两道泪水从眼珠里滑落，滑到沾满尘土的脸蛋上，仿佛两条蠕动的小虫。他的心一下化了，他突然有种想把这个孩子揽到怀里的冲动，但他最终控制住了。

常前进想把小来拽起来，但都没成功，他纳闷这么弱小的身子怎么会有这么大的劲儿。最后他放弃了拽小来起来的念头，坐回椅子喘着粗气。等气匀了，他说: "不是我不给你办，没有户口，根本没办法办身份证。即使我报上去，上面也会打下来的。"常前进这番话让小来整个人都委顿下去，瘫在了地上。

屋子里的闹钟当当响了几下，小来突然坐起来，从上衣兜里掏出一个小白瓶，边拧盖边说："叔叔，你要不给我办，我只能去死。"

幸亏常前进反应快，他一个健步就蹿了过去，一把从小来手里将瓶子夺过去。定睛一看，原来是瓶安眠药。他气得头都要炸了，恨不得上去就给小来几个耳光。但转念一想，又怕这孩子做出更极端的事情。于是他说："小子，你先起来，我给你想想办法。"

小来在常前进的劝说下站了起来，常前进看看他，从兜里掏出纸，边递给他边说："擦擦。"小来接过纸在脸上抹了抹，脸上更花了。常前进指着墙角的脸盆说："你还是洗洗吧。"

望着小来洗脸的背影，常前进无奈地摇摇头，他端起茶杯咕嘟嘟喝了一口，这次他没有捋胡髭，而是慢慢地咀嚼着进嘴的茶叶，以致满嘴的苦涩。

小来洗完脸又站到常前进面前，像根木头杵在那儿，一动不动。时间仿佛静止了。说来奇怪，这个下午来办事的人很少。常前进希望这时候进来一位，他好有借口，打破沉默。可是偏偏不如他意。没办法，他咽了口唾沫，又咳嗽几声，慢吞吞地从办公桌上翻了一会儿，找出一张稿纸递给小来："你先把父母姓名、住址写下，我琢磨下这事情怎么办好。"

小来趴在桌子上，认认真真地写起来。看着小来后脑勺翘起来的几缕有些发黄的头发，他突然有些烦自己这么多此一举，因为他心里清楚，写这些东西对小来办身份证起不了多大作用。

小来写完了，双手把稿纸呈给常前进，嘴里直说："谢谢叔叔，谢谢叔叔！"

常前进接过稿纸顺手放在桌子上："你先回去，等消息吧！"

他顿了下，又说，"不能再干傻事，那我就不帮你了。"

小来答应着，鞠个躬，转身出了屋子。他单薄的背影牵着常前进的目光到了院子里。

常前进坐在座位上，屁股老不舒服，犹豫了下，还是追出来。在派出所大门口撵上了小来。尽管从办公室到大门口短短的距离，他跑得还是上气不接下气。等呼吸平稳了，他说："小伙子，给你出个主意。"

听见常前进这么说，小来眼睛一亮。但是常前进后面的话，又让他眼睛里的火焰熄灭了。

常前进说："你先找到你出生的医院，办个出生证明，再到你爸爸或者母亲的户口所在地的街道办事处开个证明，就能落户口了，那样就可以办理身份证。"

常前进说完，瞧瞧小来，他脸上现出的竟然是失落的神情，常前进心里顿时空荡荡的，似乎亏欠了小来什么。

二

小来走在街上，脑子里乱哄哄的。自己在哪个医院出生的，爸爸从没给他提过，他更别提有何印象。尽管去询问一下，一切都可以清楚，但他不想见到爸爸，躲他还唯恐不及，就别说见面了。按理说这事情小来的妈妈应该最清楚，可是妈妈在他出生几个月的时候就走了，一直没有音信。妈妈到底什么样？他脑子里一片空白。小时候看见别的孩子偎依在妈妈怀里，嗲声喊着妈妈，撒娇的时候，妈妈这个词也在小来的梦境里出现过，但只是在喉咙里滚动，并没有叫出来。爸爸曾经无数次说过妈妈是一个不要脸的女人，但是他一直不相信。爸爸是个典型的浪荡子，吃喝嫖赌抽样样拿手，也许就因为这个原因，妈妈才难以忍受，和爸爸分手的。

　　如果找不着自己出生的医院，就没办法办理身份证，没有身份证，就会和前几年一样流落街头。一想起那些流浪的日子，他心里说不出来的恐惧，到底去找爸爸还是不去找这两个念头就像皮球落在地上落下又弹起，反反复复。

　　小来原来的家在春风巷一栋破旧的筒子楼里。这栋楼原来是一个单位的办公楼，后来单位搬迁，才改造成了居民楼。这栋楼里房间的格局都是一样的，一间三十平方米左右的房间，再隔出两个小间，当厨房和卫生间。

　　小来的家在五楼。

　　五岁之前是怎么过来的，小来已经记不清了。那之后的生活，他实在不愿意再去回忆，但是那些片段总在不经意时跳跃出来，如同无法摆脱的噩梦。每天他醒来的时候，爸爸还在呼呼大睡。他躺在被窝里一动也不敢动，生怕发出声响吵醒爸爸。那样爸爸会大发雷霆，甚至收拾他。快到晌午的时候，爸爸才会醒来，这个男人洗漱完毕，也不做饭，就锁门而去。爸爸出去吃喝玩乐，带个孩子肯定不方便。于是把幼小的小来锁在家里。爸爸走了，小来才会爬出被窝，搬个小板凳，踩上去，勉强够着桌子上的暖瓶，倒上碗开水，再从饭橱里拿出一个干巴巴的馒头泡上。这就是他的午餐。好的时候会有爸爸从外边带回来的散发着酒味的饭菜。吃完饭，他再把小板凳放到窗户下，踩到上面，两手抓住窗棂，头贴在两条钢筋中间，看外边的风景。由于视线所限，他使劲往外钻，可窗棂之间的空隙狭小，以致勒得他的面目变形，眼珠子好像随时要从眼眶里滚出来。

　　楼下是条窄窄的胡同。他的目光贪婪地触摸过每一处视线可及的地方。那些楼宇、平房、车辆、行人、胡同里狭小的店铺门脸以及深远的天空。看久了他会发会儿呆。他在想视线之外的地方到底是什么样的呢？每当他看见有孩子蹦蹦跳跳地经过胡同，他想为什么不能和他们一样呢？想得脑子迷糊了，也想不清楚。

看累了，小来会蹲在墙角和来来往往的蚂蚁们玩。他喜欢这些可以自由进出屋子的蚂蚁。尤其是它们相遇的时候，会用触角亲密地碰碰，他会趴下身子听听它们说话。当然他听不见它们在说什么。于是他就替它们说出来。

"你好。你这是去哪儿？"

"我出去转转，看看能找到吃的吗！"

或者说："今天天气真好！"

"嗯，今天天气真好，一起出去散步吧！"

有时候小来会捡起从墙上剥落的石灰块，在地上画画。他画得最多的是一个个方框，只是方框总缺一横。他在画方框的时候，耳边总是响起挂在爸爸裤腰上的那串钥匙发出的哗啦啦的声响。每次画完，他会用拖把再把地面擦干净，他怕爸爸回来看见地面脏了发脾气。

阳光慢慢地从屋子里走出去，这时候黑暗就到了。夜晚来临，对于小来来说是件极其恐怖的事情，他能感觉到黑暗的一茬茬胡须在他脸上使劲划过，生疼生疼的。他不敢开灯，因为在灯光下，有那些会动的影子。他怕这些影子随时扑过来，扼住他的喉咙。他只能在床上蜷成一团，瞪大眼睛看着层层黑暗。这时候隔壁的房子里传出锅碗瓢盆碰撞的声音，以及人声，让他感到亲切无比。隔壁的小三怎么又闹呢？妈妈做的是醋熘白菜，这菜多好吃啊，小三嫌弃什么呢？这些都会让他百思不得其解。

慢慢那些声音都消失了，小来被淹没在黑暗和寂静当中。风敲打着窗户，发出啪啪的声音，好像是那些传说中的鬼怪随时就要进来，吓得他几乎哭出来。这时候他既盼望爸爸回来又怕爸爸回来。

爸爸终于回来了。小来赶紧从床上跳下来，打开灯。在灯光下，他的脸惨白惨白的。从开锁的时间，他就能判断出这是个幸福的夜晚还是噩梦般的夜晚。开锁很利索，门是被推开的，那这个晚上他就能睡上个安稳觉。反之，开锁的时间越长，门是被撞开的，那这个晚上他将和疼痛为伍。噩梦的夜晚相对多一些，醉醺醺的爸爸，开锁用了很长时间，钥匙在锁孔里来回转动着，小来觉得那把钥匙是插在了自己的肋骨缝里，拧，发出咔哧咔哧的声音。门被一头撞开，他不是在外边输了钱就是受了什么气。他嘴里骂着，直奔在墙角缩成一团的小来。大多的时候爸爸是在骂一个女人，那个女人的名字对小来来说既熟悉又陌生。片刻一个黑影遮住了小来，然后是暴风骤雨般的拳打脚踢。小来不敢叫，因为他知道越叫打得越狠。最狠的一次，是一个还剩下点酒的瓶子砸在头上，他感到头顶有无数根钢针扎下去，人顿时昏厥。醒来的时候，他仍旧躺在冰冷的水泥地面上，爸爸早已经躺在床上呼呼大睡了。

小来艰难地从地上爬起来，头仍旧晕晕乎乎的，疼痛感好像不是从自己的身上传到大脑中枢的。黑暗中，他小心翼翼地摸到床的一侧，缓缓地歪倒在床上。当头着到枕头上，他开始庆幸噩梦终于过去了。

马路上一阵急促的汽车喇叭声，将小来从回忆中拽出来。看着这繁华的街道，和那些匆匆的行人，小来下决心一定找到自己的身份，和普通人一样生活。

三

那天下午小来走了以后，常前进一直心不在焉，办事情总丢三落四的。他从警校毕业到派出所工作的时候，也有过当福尔摩斯的理想，可没承想在户籍警的岗位一干就是二十年。结婚没几年，老婆就离他而去。他没再娶，一个人凑合过着。这事情对他打击挺大，本来一个爱说爱笑的人，变得沉默寡言。同事们都觉得他不合群，不懂人情来往，因此仕途就废了。不过他工作倒是说得过去，违反原则的事情绝不干。

　　好不容易熬到下班，骑自行车回家的路上，居然闯了红灯。一辆呼啸而过的轿车在面前擦身而过，惊出一身冷汗，他才醒悟过来。他自嘲地笑笑，干脆下了自行车，推着车子走。快到家门口的时候，手机响了。摸出来一看原来是老姐姐的电话。常前进父母早已过世，在世的亲人就剩下这么一个姐姐。姐姐刚退休，孩子在国外读书，家里也没什么事，所以最近对常前进操心多起来。电话里，姐姐说，托人又给他介绍了个人。对这一切常前进也习以为常了。当初老婆跑的时候，姐姐就没少给他介绍，可他都拒绝了，闹得姐姐灰心丧气，不再管他。姐姐这一退休，闲空一多，想撮合的热情又高涨起来。常前进哼着哈着，他心里有主意，见面就见面，不能寒姐姐的心，反正到时候自己就说不合适。

　　姐姐说："这个女的还是大闺女，今年刚三十冒头，大学生，工作好，人长得也俊。因为人家从小就喜欢警察，所以才答应跟你见面的。"

　　常前进心里话，自己算什么警察啊。姐姐反复强调让常前进周日那天好好收拾一下，机会难得，千万不要错过。他不置可否，姐姐急了："一个人的家算家吗?！再说你都多大岁数了，人老了都得有个伴，知冷知热的，要有个病、灾的，没人管，那还行?"

　　这话说得他有些烦躁，说："姐，我去，你放心，我去还不行吗?"没等姐姐再说什么，他就把电话挂了。

　　每天晚上到了家，常前进就发愁吃什么。中午倒好说，单位有个小食堂，小食堂做什么就吃什么。在家里，他想不起吃什么的时候，就下挂面。这面条吃久了，入嘴自然是索然无味，为了解决饥饿，还必须得往嘴里填。他觉得这面条就像自己的日子，无论怎么样枯燥乏味，周而复始，也得活下去。尽管今天想不起吃什么，但他决定不再下挂面。他炒了一个醋熘白菜和一个红烧茄子，还去街口肉食店买了一斤酱牛肉。菜弄齐后，他打算喝点酒。他已经很多年没沾过酒。当初老婆刚离开他的时候，他也曾借酒消愁。有一天姐姐劝他，你要是再这么喝下去，晓雯要是回来看见，会瞧不起你的。你得精精神神地等她回来。晓雯是常前进老婆的名字。这话挺刺激他，从那儿起，他就再也没沾过酒。

今天常前进在客厅的茶几上摆了两个杯子。自从他一个人后，他就没用过餐桌，而是坐在沙发上，边看电视边吃饭。他斟满两杯古贝春酒，自己端起一杯，碰碰对面的杯子，然后抿了一小口。辛辣的味道一下从口腔传到胃里，他抬头看看对面墙上的结婚照，叹了口气。那照片虽然已经有些发黄，但是上面没有一丝灰尘。

常前进永远忘不了晓雯离去的那个早晨。那天他先从睡梦中醒来。他侧身看看在一旁熟睡的晓雯，她闭着眼睛的样子像一个婴儿，让他心里有说不出来的爱恋。晓雯特别喜欢孩子，每逢遇见别人家的小孩，她会拔不动腿，非得逗一会儿，才恋恋不舍地离开。但是她很在乎自己的体形，害怕生育后，不再苗条，所以他们一直没要孩子。她有一个嗜好，每天吃完晚饭后去附近的人民公园跳两个小时的舞。常前进对跳舞没有兴趣，甚至有些厌恶，但他很爱晓雯，不想粗暴地干涉她，她去跳舞时，他就在家收拾屋子，或者看看电视，等她回来。当时晓雯所在的棉纺厂刚破产不久，下岗回家后，她一直闷闷不乐，这让常前进心里沉甸甸的。夜里睡觉的时候，他经常觉察到身边的晓雯辗转反侧，他不知道如何安慰她，只好装作睡着了。可他的心里也在辗转反侧。常前进是个小警察，没能力帮晓雯再找份工作。不过他也想好了，不管怎么样，也不能让晓雯受苦。

常前进爬起来穿好衣服，拎上保温瓶，蹑手蹑脚地出去买早餐。那天离开家走了没几步，他意外地回头瞅瞅家的大门。门两边已经卷起的对联，在微风中轻轻抖动。仿佛对他说，快点回来。于是他加快了脚步。在快餐店买好早餐正打算离去的时候，常前进发现一个五六岁的小男孩和爸爸模样的人在吃早餐。小男孩吃的是馄饨，他的脸贴在碗上，用勺子不停地往嘴里扒拉着。爸爸在旁边边吃油条边说，慢点吃，慢点吃。小男孩抬起头看看爸爸，又低下头往嘴里扒拉，一块馄饨皮沾到了脸蛋上。等会儿，等会儿，爸爸在一旁制止住他，然后从兜里掏出一块卫生纸，轻轻为他擦干净脸。常前进在一旁看得居然有些嫉妒。

常前进走在回家的路上，还在回忆刚才的那一幕。早晨的太阳照在他身上，暖洋洋的。该要个孩子了。他想。

一进家门，常前进就喊，懒虫，起来吃饭喽。可是没有回声。他进卧室一看，被子叠得整整齐齐，床单铺得平平整整，仿佛刚才没有人在床上睡过。他又跑到厨房、卫生间，晓雯都不在。这时候他还不知道晓雯已经离他而去。其实也是有预兆的，那天一进门，他就没有闻到晓雯身上海鸥洗发水淡淡的清香。直至到了上班的点，晓雯也没有出现。他还以为晓雯是有急事出去来不及告诉他。可是等晚上他回到家，晓雯还没有出现，这时候他才开始着急。他在屋里转来转去，脑子在思索，晓雯到底去哪儿了？晓雯是个孤儿，没有什么亲属，同事之间也没什么来往，她能去哪儿呢？他脑子想成糨糊，也没想出来。天越来越黑，他心越来越乱，他把家里所有的灯都打开，仿佛在夜色里，晓雯看见，就能回来。后来他转累了，靠在床头的时候，他才发现有张纸条。上面写着：

对不起，我走了，不要找我！

看着这十个字，常前进蒙了。他不敢相信这是真的。他又反复看了好几遍纸条，的确是晓雯的笔迹，而且笔迹很从容，根本不像急匆匆写下的。他这才真慌了，赶紧出去找晓雯。找遍了所有他知道的和晓雯认识的人，也没找到一点线索。天亮时分，他才回到家，虚脱得一头倒在沙发上，脑子里乱哄哄的，没有一丝睡意。回想这些日子，两个人没有为任何事情红脸，晓雯也没有露出丝毫离家的征兆，只是下岗后人变得话少了，当时他觉得刚丢了工作，这样的反应应该是正常的。他仔细回忆这些日子里的每一个细节，希望从中捕捉到蛛丝马迹。但是一切似乎都很正常。后来他终于想起前一天晓雯出去跳舞快十点了也没回来，他不放心出去找，刚出院门，晓雯就在胡同口出现。月光下，他看见一张男人模糊的脸一闪而过，那一刻他有些怀疑，可晓雯一脸坦荡，他开始责怪自己胡思乱想，这个男人只是恰巧路过而已。现在看这个男人会和晓雯的出走有关系吗？只有天知道。想着想着，他懊悔起来。如果昨天早晨自己不粗心大意，早发现那张纸条，当时晓雯刚走不久，自己出去找，也许能找到。

　　一开始常前进疯狂地寻找晓雯，在街上贴寻人启事，报纸上登寻人启事，却如石沉大海，晓雯在这个城市蒸发了。后来他明白一切的寻找都是徒劳的，因为晓雯不会让他找到的。这些年来，他一直有个念头在心里纠结，他弄不清楚晓雯为什么会离开他。晓雯走的时候只带走了她最喜欢的一件白色风衣。每天下班回来，他都盼望着晓雯又突然出现在家里，仿佛从未离去。有时候在睡梦中醒来，隐约听见客厅里有动静，他会失声喊出晓雯的名字，可是没有人答应，只有他的声音在回荡，之后是死一样的寂静。有一段时间他产生了幻觉，觉得这一切都是在梦中发生的，说不准哪天突然醒来，晓雯没有离开，他们还在一起幸福地生活。直到这两年，常前进的想法才有所改变，他希望晓雯回来，两个人把离婚手续办了。

　　常前进端起酒杯，对着对面墙上的晓雯说："老婆，你知道吗？"他的手开始颤抖，酒杯里的酒溢了出来，洒在他的裤子上，"我不知道我哪儿做得不好……"他一仰脖，酒全倒进嘴里。他满脸的泪水，带着哭腔继续对晓雯说，"老婆，咱们早有个孩子也好啊。"常前进再也说不下去，号啕起来。

哭累了，常前进也就没心思再吃饭。他仰面躺在沙发上发了会儿呆。侧身的时候，觉得有些硌得慌，一摸，原来是上衣口袋里的那个小白瓶。当时他从小来手里抢过来，顺手放进了兜里。他摸出来，打开盖，把里面的东西全倒在茶几上，等看清楚那些东西，他扑哧乐了，哪是什么安眠药啊，全是糖豆。什么颜色的都有，白色的，红色的，紫色的，绿色的……他放到嘴里一粒，齁甜齁甜的。

后来，他又找出小来写的那张纸，上面有几行豆芽般的字：

张来住在罗庄大众浴池

爸爸张德庆原来住在春风巷 16 号

妈妈李翠兰不清楚

常前进端详着这张纸，心想，这孩子的父母怎么当初没有给他落户口？为什么他不写爸爸现在的住址？为什么他不知道母亲的住址？大众浴池的老板他认识，他家是个女儿啊。那他怎么住在罗庄大众浴池？几个疑问在他脑海里翻腾。今天这个叫小来的男孩让常前进内心中最柔软的东西萌动了。就像那个晓雯离去的早晨，在快餐店看见那个小男孩时一样。冥冥之中，小来似乎和他有一根线连着，只是看不清这根线的起源，也看不到线的尽头。他就这样睡着了，梦中，晓雯和他相处的那些往事的片段鲜活地跳跃着，他们最后有了孩子，那孩子长得和小来一模一样。

四

小来在大众浴池干搓澡工。

十岁那年，小来终于可以天天待在外面，因为爸爸张德庆赌博把房子输掉了，从此他没有了家。一开始他们爷俩还能住在租住的小屋里，后来每况愈下，他们连小屋都住不起。夏天倒好说，随便找个地方眯一下。冬天晚上只能到医院的急诊室、火车站候车室、自助银行，甚至是公共厕所去睡觉。尽管睡得迷迷糊糊的时候，经常被人喊醒撵走，他也没觉得多么苦。只是冬天他不喜欢去公共厕所睡觉，并非因为里面多么臭，主要是睡着的时候，一听见耳边哗哗的尿尿声，这会让他小便失禁，裤裆里冰凉冰凉的，冻得两条腿都失去了知觉。

尽管混到如此田地，张德庆整天还是游手好闲，不去找工作。为了能让自己有钱吃喝玩乐，他让小来去卖花。卖花要到世纪广场去，那里闲逛的人多。刚卖花的时候，小来张不开嘴，只会捧着花跟在人屁股后面。一连三天，没卖出几朵，晚上回去自然少不了皮带的抽打。第四天的时候，他跟在一个老头后面走了两条街。后来老头倒背着手转过身冲小来笑了笑，说："傻小子，你跟着我干什么，我像买花的人吗？"小来不敢搭腔。老头指着马路对面一对牵手的青年男女说，"你要卖啊，就卖给那些人。"直到现在，小来仍旧感激那个老人。是他让他尽快知道向什么样的人推销花，这让他少了许多皮肉之苦。

广场上有不少卖花的小孩，小来在他们身上也学到了一些卖花的技巧。推销花的时候，要冲着女方先说，姐姐你长得真漂亮。一般这时候，女的都会开心得笑了。然后趁热打铁，对男的说，先生买束花吧，送给漂亮姐姐！遇到这种情况，男人都会掏出钱包。不过也有例外，有一次，赶上一个女人有些神经质，刚听完小来说她漂亮，她就把脸拉下来，对小来说，你敢讽刺姑奶奶，打死你。吓得小来拔脚就跑。

夏天是小来最愉快的时候，转累了可以坐在台阶上歇歇，看和他同龄的孩子在广场上嬉戏、游玩，他们有风筝、气球、旱冰鞋、滑板等玩具。最重要的是他们有脸上带着慈爱的父母。尽管小来不知道是什么原因，他和他们不一样。但他明白他和那些孩子是两个世界的人。小来喜欢看风筝，他想风筝没有翅膀怎么会飞那么高呢？如果没有线，风筝会掉下来吗？小来最不愿意看到的是那些在广场上和主人一起遛弯的宠物狗，它们撒着欢，脖子上挂着的铃铛发出清脆的声响。跑累了它们会在主人的脚下腻歪。有的主人会俯身抱起小狗，轻微地晃动小狗的身子，嘟着嘴说，宝贝。这时候小来会把脸扭开。寒冷的冬天，广场上的人就少了。经常到了天乌黑乌黑的时候，小来手中的花还没有卖完。他抱紧双肩，把花放在怀里，不时去广场天桥的柱子下避避风，暖和暖和。直至夜深了，他才无法逃避，只能回到爸爸身边接受惩罚。他最怕的就是那些比他稍大些的坏孩子。他们经常拦住他，问他要钱。这时候，他就会拼命地逃跑，但大多会被他们抓住。不但身上的钱被搜走，还会被暴打一顿。他被摁在地上，脸紧贴在冰冷的地面，四肢无力地挣扎，就像广场地摊上出售的金钱龟，被人掀翻了身子。坏孩子头会解开裤腰，哗哗地尿他一脸，不知道是泪水或者尿液，溅进了他的嘴里。那种味道，让他想呕吐。坏孩子头边尿边说，让你这个野孩子跑。爸爸的殴打只是疼痛，可这些坏孩子的殴打，不仅仅是疼痛，还有屈辱和绝望。夜里他鼻青脸肿地回到爸爸身边，不但没有抚慰，迎接他的仍旧是皮带。皮带一下下抽打在他身上，伴随着爸爸的叱骂，他已经感觉不到疼痛，他心里想，什么时候能长大，什么时候能脱离这一切呢？他瞪大了眼睛，看见的是铺天盖地的黑暗。

　　十五岁那年，小来离开了他的爸爸。那是一个晴朗的日子，风轻云淡，阳光温煦。他在广场上卖给一对残疾恋人一束玫瑰，那个只有一条胳膊的男青年搀扶着一个盲眼的女孩。他把玫瑰放在女孩的鼻边，女孩深深地嗅了一下，说，真香啊！男孩回应道，这是红玫瑰，和你一样漂亮。女孩子笑了，她的脸颊红红的，真的如那绽放的玫瑰。小来第一次体会到什么叫幸福。离开那对恋人，他走在广场上，脚步轻快。一群鸽子被他惊起，扑拉拉飞上了天空。天是那样湛蓝，细碎的阳光洒在身上，他好像听见了风铃的声音，那样美妙动听，让他内心柔软。在那一刻，他决定离开爸爸，自己闯荡。

小来开始了流浪的生涯。他得感谢他的爸爸，让他可以在晚上找到睡觉的地方，但是饥饿他没办法解决。身上那点钱，几天就花没了。挨饿的第三天，他终于控制不住，在大街上拦住一个中年妇女，说："阿姨，行行好，给我点吃的吧，我饿得受不了了！"自此小来开始了乞讨生涯。尽管时常挨饿，遭人白眼，他觉得这种生活也要比在爸爸身边好得多。

有一天他来到了罗庄。罗庄是这座城市里仅存的一片平房区，原先住在这里的居民，大多都搬到物业齐全的楼房里居住，把这里租赁给来城里打工、做小生意的人。住在这里的人们，家里一般没有洗澡的条件，王大姐就把自家的几间屋子改造成浴池。王大姐的老公王胖子在外地做生意，这家浴池就由她打点。那天小来来到大众浴池门口，走得又累又饿，于是他坐在大众浴池门口歇息。这时候他听见屋里有人说话："老板，你们这儿只有老赵一个人搓澡，排队要排半个小时才能轮到。"一个女人回答道："一直在找啊，可是现在招人太难了。""抓紧找吧，太耽误事。"声音没落下，浴池的门帘就被撩起，出来一个肤色黝黑的中年人。小来在外面被太阳晒得有些迷糊，中年人踢踢踏踏的脚步声，让他抬了抬眼皮。望着中年人的背影渐渐远去，他突然来了精神。他想，乞讨下去，什么时候到头啊，不如和别人一样，找一份工作。

就这样小来走进了大众浴池。

在大众浴池干了很久，王大姐遇到熟悉的客人还会指着小来说，这孩子来的时候，才这么高。她用手放在自己下巴的高度给客人比画着。又黑又瘦，穿得别提多脏。问他多大，他说十八。她撇下嘴接着说，哪有十八啊，我一看就是说的假话。跟他要身份证，他说在他爸爸那儿放着呢。唉！说到这儿，王大姐叹了口气。本来我是不想留他的，怕惹麻烦。拒绝的话还没说，就看见这孩子眼里噙着东西，我心就乱了。这不就把他留下了嘛。你看，王大姐这时候脸上露出自豪的神情，现在白白胖胖的，多精神的一个小伙儿。

小来在大众浴池安顿后，挺知足的。至此他结束了居无定所，吃了上顿没下顿的生活，并且他可以用双手养活自己。更重要的是，老板对他很好，他们吃什么就让他跟着吃什么，还时不时送他件衣服。浴池里另外的一个搓澡工赵叔，不忙的时候会热心地教他搓背和敲背的技巧。来这里的熟客对他也都挺好。有时候他想，为什么亲生爸爸还不如这些没有瓜葛的人对自己好。他最喜欢一个叫林哥的人，林哥比他大不了几岁。据林哥自己说，前年考上了大学，但因为家里穷，只好放弃读书，跟叔叔到城里干装修。小来之所以最喜欢林哥，是因为林哥经常教他认字。他知道如果不识字的话，以后在社会上如同瞎子摸路。每逢出去凡看见店铺牌匾上不认识的字，他就比着葫芦画瓢记下来，等林哥来澡堂洗澡再请教。因此他给林哥搓背格外卖力。后来，林哥还教会他怎么查字典。学会后，他到书店买了本《新华字典》，这算他有生以来读的第一本书。每当闲下来，他就会翻出字典看，他一看见字典，就会直咽唾沫，以致那本《新华字典》被翻得角都卷起来。

小来非常珍惜在浴池的工作。每天下班后他都会主动打扫卫生，尽管忙了一天，他的样子一点也看不出疲惫，仿佛上足了发条。最难打扫的是池子，要先把水放干净，沉淀在池子底部的脏东西很多，尤其那些细小卷曲的体毛贴在上面，用水也冲不干净，只能用布擦。每次擦得那些瓷砖发亮，他才会罢手。早晨起来，池子放满水，真清亮，瓷砖上的花纹都能看得清清楚楚。可这时候他心里会发出一声叹气，过一会儿，那些胖的、瘦的、白的、黑的各式各样的人就会跳进去，把池子弄得浑浊不堪。

打扫完卫生，小来就开始擦拭自己的衣柜。那是男更衣室里诸多衣柜中的一个，牌号是 17，和他年龄一样的数字。高八十厘米，宽三十厘米。小来的全部家当就放在里面。打开衣柜，几件叠得整整齐齐的衣服，一本《新华字典》，一本硬皮日记本，还有个小镜子和一把梳子。柜子深处，摆着一张桌子和三把椅子的模型，那是他用废旧的三合板做的，这几个模型都被小来打磨得明亮光鉴。中间那把椅子的背面写着两个歪歪扭扭的小字，那是他最先认识的两个字——小来。另外两把椅子的背面没有字。收拾完，他小心翼翼关好衣柜，锁上那把三环牌的小锁，然后把那把小钥匙放进上衣里面的口袋。

每当在外边时间稍微长点，他就会不时地掏出那把小钥匙看看。

可是平静的生活被两件事情给搅乱了。

先是张德庆找到浴池来。那天小来一直觉得右眼皮不停地跳，仿佛要发生点什么事。张德庆进了浴池说来找儿子，王大姐因为听小来说过那些事，心里很反感，就没承认小来在这里。可是张德庆说打听得很清楚，并且还知道小来在这儿干了多久。王大姐一生气把他搡了出去。张德庆赖着不走，蹲在门口死靠，王大姐只好悄悄告诉了小来。当听到这个消息，小来觉得脑袋轰的一声，人傻了。过了许久，才醒过神。他想躲也不是办法，只好战战兢兢地出去见爸爸。

小来在离张德庆伸出胳膊刚好够不着的地方站住，低声喊道："爸爸。"

张德庆站起身，小来吓得一哆嗦。不过这次张德庆并没有和以往一样对小来动手，他居然一脸的媚笑。这让小来丈二和尚摸不着头脑。

"儿子长这么高了！"张德庆说。小来才发现自己的个子比爸爸高了，他忐忑的心才有所平静。

"有出息，能挣钱了。"张德庆说。

小来不知道说什么好，没言语。

"儿子，不要记恨爸爸。古话说得好，棍棒底下出孝子。要不你现在会这么有出息。"张德庆挺挺身子。小来还是有些害怕，不敢吱声。

"爸爸养你这么大，现在爸爸老了，你该孝顺爸爸了吧。"张德庆边说边伸出手。

小来没明白他的意思，以为他要动手，赶紧直往后躲。

张德庆跟着往前几步，哭丧着脸说："儿子，爸爸好多天没吃上饭了，你就可怜下吧，给点钱。"

小来紧绷的神经顿时松懈下来，他赶忙摸出几张钞票，还没等递，就被张德庆一把抢过去。

张德庆拿在手里瞅瞅，马上拉下脸，眼睛瞪得溜圆："你这是打发要饭的呢？"

"爸爸，我就这些了。"小来边说边把口袋翻过来。

张德庆边把钱揣进兜里边说："一点良心都没有，白把你养这么大。"

"我在这儿挣不了多少，爸爸。"小来怕张德庆不相信，赶忙解释。

张德庆这才作罢，嘴里骂骂咧咧地走了。看着张德庆渐远的背影，小来觉得脖子发紧，仿佛被套上一根绳子。回到浴池，王大姐就开始埋怨他给张德庆钱，刚才她扒着门口目睹了这一切。王大姐说："你给他这一次，他以后就会没完的。"小来没搭腔，心想，谁叫他是我爸爸呢。从那时，张德庆隔三岔五就会来一趟，小来挣的工资基本都给了他。为这事，小来没少烦恼。倒不是因为钱的事儿，关键张德庆就像小来无法摆脱的噩梦。赵叔没人的时候劝过小来，小伙子想开点，摊着这样的爸爸，你就认命吧。你们两个就好比，聊城的运河水和德州的运河水一样。小来用眼睛询问此话怎么讲。你俩是上游和下游的关系，怎么摆脱？

赵叔的话挺有哲理，小来似懂非懂。

　　第二件事情，就是罗庄半年内全部拆迁。接到通知那天，王大姐就告诉了小来。一听到这个消息，小来脸白了。张德庆来找他，只要拿到钱也不会再找他麻烦。可一拆迁，浴池就不存在了，他的工作也就没了。往哪儿去呢？小来不敢去想。王大姐安慰他，你这么年轻，又不是没力气，找工作不费劲。外面的世界对小来说，一点安全感都没有。但是没有办法，以后他必须面对。王大姐同时提醒他，抓紧办理身份证，要没这玩意儿，哪里都不敢要你。于是小来去了几趟派出所，可由于没有户口，无法办理。常前进告诉他必须找到自己出生的医院，开出出生证明才能办理户口。现在看来，只能找爸爸问清楚。可他最近有一个多月没来过，他不来小来落得清净，可现在小来盼望他出现。

五

　　早晨一到单位，常前进就开始打开电脑登录公安户籍网。根据小来留下的纸条，他很快查出张德庆的户籍档案，当他点出基本信息的页面时，一张男人模糊的脸在脑海中跳出来，张德庆就是晓雯临走前那个晚上在她身后一闪而过的男人。尽管当时他没能看清楚那个男人的样貌，但他那一双阴鸷的眼睛让他永远无法忘记。即使从照片上看这双眼睛，常前进的后背也会有阴冷的感觉。他迅速扫了下登记栏中的其他信息，发现只有张德庆自己的信息，家庭成员一栏是空白，职业系待业，婚姻状况一栏中是离异。常前进按捺不住内心的激动，打算马上去找小来的爸爸，但张德庆户籍上的住址春风巷16号，由于城市规划早已成为绿地。他这才打消念头，决定先去罗庄大众浴池了解一下。

　　常前进穿着便装去的大众浴池，王大姐认识他，当他说要找小来，王大姐神情变了，忙问："这孩子惹什么事了？"常前进说："没惹什么事，我过来就是想了解下他户口的事。"王大姐赶忙解释："这孩子没户口，我们也是刚知道的。当初留他的时候，他说有身份证。"

常前进摆摆手，说："今天我来是私事，不查你们非法用工。"王大姐这才稳住神色："哦，小来出去了，好像去找他爸爸问他出生医院的事。"当得知常前进要帮小来办理户口，王大姐话开始多起来，把小来的身世从头到尾给常前进讲了一遍。讲完后，她长叹一声，说："常警官，你可一定要帮帮这孩子，你看他在外边流浪这么久，一点坏毛病没沾上，要是别人早学坏了。他人老实，又勤快。我这儿一拆迁，他要是没身份证，可怎么办啊？"王大姐双手往大腿上使劲拍了下。"我会尽力的，"常前进说，"你知道小来的爸爸现在住什么地方吗？"王大姐摇摇头："那个坏蛋前些日子经常来找小来要钱，但最近一直没有出现。""那好吧，小来回来有什么消息，你让他尽快通知我。"常前进说。

随着拆迁日子的临近，小来嘴上起了好几个水泡，可张德庆还是没有出现。小来实在等不及了，他决定去找爸爸。他的第一个目的地，是汽车站附近的人民公园。他有印象，前些年的白天张德庆总在那里混。人民公园里有一帮人跳交谊舞，张德庆喜欢跳舞，并且拉丁舞跳得还不赖。张德庆之所以喜欢跳舞还有一个重要的原因，可以凭借这个勾引女人。过去张德庆高兴了，常对小来扬扬得意地说，学好拉丁舞，一辈子不愁没女人。那时候张德庆经常带一些女人回家，每逢这时他会把小来撵进卫生间，小来不知道他们在外边做什么。他坐在马桶上听见外面急促的呼吸和呻吟，心里说不出的害怕，那混杂的声音仿佛是从喉咙里跑出来的洪水猛兽，达到最高点的时候，他会觉得胸口被重重地一击，恶心得想吐。他对这些女人又恨又怕，但只有一个女人例外，那是一个喜欢穿白色风衣的女人，她身上散发出一股小来喜欢的淡淡清香，这股清香好像在他遥远的记忆里出现过。而且这个女人每次来不会像其他女人一样，任张德庆把他攥进卫生间，她会给小来带点零食或者小玩具，她哄小来，宝贝，你到卫生间自己玩一会儿，阿姨和爸爸谈点小孩子不能知道的事情。小来就会乖乖地自己去卫生间。

小来最后一次见这个女人是在一个早晨。一阵急促的敲门声把他们父子两个叫醒。张德庆打着哈欠，大声问，谁啊？回应的是一个女人的声音。他趿上鞋，慢吞吞地去开门。昨天夜里，张德庆一身酒气地回到家，又是不分青红皂白暴打了一顿小来。睡去后，小来做了一个梦，梦见自己穿上了一身盔甲，任凭张德庆怎么打，他也没有觉得疼。可是被敲门声叫醒后，身上又开始隐隐作痛。

女人穿着那件白色风衣神色有些仓皇地进了屋。小来实在是不愿意动，他闭上眼睛装作睡着了。张德庆回身看看他，便开始往床上拽那个女人，笑嘻嘻地说："这么早就想我了？"女人一把拨开他的手："你没别的事了？""男女不就这点事吗？"张德庆又把手伸了过去。"你到底和我走不走？"女人死死抓住张德庆的手，眼睛盯着他的脸。"去哪儿？"张德庆装糊涂。"你不是说，带我去一个谁也不认识咱们的地方吗？"女人的声音有些发闷，好像感冒了。"在哪儿不都一样。"张德庆一屁股坐在床上，把脸扭到一边。"原来你一直在骗我。"女人的呼吸变得粗起来。"都什么岁数了，别那么幼稚，好不好。"张德庆有些不耐烦了。"好，好，好。"女人一连说了三个好，"那我自己走。"女人扭身走了。到了门口，女人又停下脚步，回头对张德庆说："对孩子好点，要不以后准有报应。"说完"砰"的一声关上门，走了。等脚步声走远了，张德庆嘴里骂了一句，有病，然后躺下又睡去了。屋子里静下来，小来抽动了下鼻子，有一股淡淡的清香，他突然想哭，但身边传来张德庆轻微的呼噜声，他强忍住，泪却一颗一颗从眼里滚下来。

人民公园离罗庄有段距离，小来舍不得坐车，正好天气也开始暖和了，他决定步行去。走到新湖边上，身上冒出了汗。他坐在湖边的台阶上歇了会儿。远远过来一个拄木杖的老人。他走到小来跟前，小来才发现他手里擎着一个陶瓷缸子。老人站住，陶瓷缸子在小来面前晃荡了一下，里面的钢镚跳动起来，发出沉闷的声响。老人还穿着厚厚的棉袄，肩膀上露出了白花花的棉絮，他脸上的褶子皱在一起，以致眼睛眯成一条线，仿佛没有睁开。老人发出了异乡的声音："大兄弟，行行好！"陶瓷缸子有些地方掉了瓷，露出粗糙的底子，缸子里面就几枚硬币和几张毛票。风吹过来，老人的身上散发出一股汗味和霉味混合的气味，这股气味是小来熟悉的气味。小来往陶瓷缸子里放了两元纸币。老人点头哈腰地直说谢谢！

小来说："老人家，你别在这儿，这边被广电大楼遮住了，太阳晒不到，你去百货大楼，那边朝阳。"老人哦了一声，继续蹒跚着往前走。小来突然有想和他聊聊天的冲动，他叫住老人："老人家，你是哪儿的？"

老人回过头说："河南的。"

小来也不知道河南在哪儿，只是在浴池常听人开河南人的玩笑。

"什么时候离开家的？"

"过年就出来了。已经转了好几个地方。"

"在家吃不上饭吗？"

"那倒不是，年龄大了种不了地。不想闲着。我们那儿，出来要饭的很多。这不就跟着出来了嘛。"

"几个孩子？"

"三个儿子。"

"他们不管你吗？"

"怎么不管呢。我自己愿意出来的。"

"那你有身份证吗?"

"有啊,现在没身份证寸步难行啊!"

说到这里小来不言语了,老人看他不说话,径直走了。小来坐了许久,呆呆看着被风吹得发皱的湖水。一张旧报纸在他面前飘落,然后又飞起来,翻卷几下,落到湖里。小来踮起脚尖试图把报纸捞起来,但是报纸在晃动的湖水中渐渐漂远。自己的命运会像这张报纸一样,最后被湖水湮灭吗?现在看来这一切只要有一张身份证就可以改变。在去人民公园的路上,他突然对张德庆的恨强烈起来,比小时候张德庆往死里打他的时候都恨。只因为自己出身在这样的家庭,才和别人不一样,连一个人最基本的身份都没有。

一进人民公园,小来就看见了张德庆。他赶紧隐在一棵树后,仔细观察。张德庆坐在一棵树下的连椅上,他一只胳膊搭在椅背上,头歪在胳膊上,好像睡着了。他看起来有些憔悴,花白蓬乱的头发在风中摇摆着,远远的像一堆枯草。原来他可是一头的乌发。小来慢慢走过去,似乎怕搅醒张德庆。当快走到张德庆跟前的时候,他心里涌上一股异样的感觉。张德庆的头歪着,那张脸没有一点光泽,灰扑扑的,苍老得不成样子。嘴角挂着一堆黏稠的液体,手背上还有几处没有愈合的划痕,那还能算手吗,跟个枯木一样,长长的手指甲里都是乌黑的泥。衣服破得简直可以说衣不遮体。他身上散发的气味比刚才遇见的那个老人还要强烈。连椅上放着两块碎裂的饼干,其中一块上面正趴着一只撅着屁股往缝隙里钻的蚂蚁。不远处,有一群人在跳舞。那些男女衣衫鲜亮,满面红光,脚步敏健。一个中年男人紧紧地抱住自己的舞伴,两对胸黏在一起,两个人不时发出咯咯的笑声。小来百感交集,这个曾经无数次殴打他的男人,已经不能再对他挥拳头。那些恨啊,这时候通通在他心里飞走。两个字在他喉咙里滚动着,最后终于跳出来:"爸爸!"声音落地后,他的眼里都是泪,这时候他突然理解了赵叔给他说过的那句话的含义。张德庆醒了，他使劲挤挤眼睛，才勉强睁开，看见是小来，他居然有些不好意思地笑了笑，然后坐直身子，用手背蹭了蹭嘴边的黏液。父子两个人对视了一会儿，小来看见张德庆的眼里滚出几滴浑浊的液体，他的心仿佛被一辆车碾过，生疼生疼的。张德庆伸出手一把抓住小来的手，那只手没有温度，小来赶忙用另一只手握住。张德庆嘴里发出一声长长的啊声，那声音有气无力的。这时候小来感觉到那双手牵引着自己，他赶忙顺势坐在爸爸身边。张德庆抽噎起来，鼻涕一把，泪一把的，哭得小来心里五味杂陈。

　　这时候一个手里拖着把扫帚的大妈走过来，她问小来，你是他什么人？小来迟疑了下，说："他儿子。"大妈立刻显出气愤的表情："你们可真够心狠的，把人扔在这里，也不管！"小来脸顿时红了，刚想解释，大妈又说起来："前几天中风了，打120送去的医院，没人付住院费，人这一能动，又被医院撵出来了。问他家在哪儿，可他不能说话了。"大妈用手指冲小来指点着，"抓紧把人接回家，多可怜啊！整天在垃圾桶里翻吃的。再不管，说不准哪天就……"她摇摇头，没再说下去，摆摆手，走了。这番话让小来屁股上如同爬满了蚂蚁，坐也不是站也不是。张德庆没事儿人一样从连椅上摸起一块饼干就往嘴里塞，小来手疾眼快地给扒拉掉，张德庆把嘴一咧，想哭。小来说："爸爸，这个不能吃了，等会儿，我去给你买点。"小来跑到公园售货车那儿买了瓶矿泉水和一袋饼干。张德庆接过饼干，大口吞咽，没嚼几下就噎住了，小来赶忙喂他水喝，可他喝得不利索，水顺着嘴边流到脖颈子里，小来又赶紧给他擦干净。等他吃饱喝足，人平静下来，小来才想起自己来的目的。小来问他："爸爸，你知道我是在哪个医院出生的吗？"张德庆仿佛没有听见，闭上了眼睛。"爸爸，这个事情对我很重要，如果不知道我是哪个医院出生的，我就没办法落户口，没有身份，就找不到工作。爸爸，你好好想想。"小来往张德庆身边靠了靠。但是张德庆的回答，是左右摇摆了两下的头颅。小来突然意识到张德庆不能说话，忙从兜里掏出平常记生字的圆珠笔放到他手里："爸爸，你一定把医院的名字告诉我。"说着他抓住张德庆的肩膀，张德庆像没骨头一样随着摇晃了几下。这时候小来明白不可能得到什么结果。他不问了。他把头深深地垂下去，额头贴到了膝盖，绝望把他湮没了。

过了许久，小来睁开眼睛，看看身边这个连手指都不能任意活动、头有些歪、嘴里流着口水的男人，为什么当初没有给我落户口、在哪个医院出生等疑问，已经不会再有答案。小来真想骂他一顿，但是他做不到，他无法对这个男人狠下心，尽管这个男人当初可以那么心狠地对待他。他从兜里掏出一小沓钱，先是放在张德庆手里，想想他又拿起来塞在张德庆的上衣兜里，边塞边嘱咐张德庆："放好啊，别让那些坏人抢走。"

到公园门口短短的距离，小来就回头张望了三次。不知道为什么他心里居然有些愧疚，他觉得就这样丢下张德庆于心不忍。可是又有什么办法呢？他自己马上都要没有栖身之处，哪有能力管张德庆呢。

公园门两边是半人高的冬青，小来的手轻轻地从冬青叶子上滑过，沙沙的声音惊起几只在里面栖息的麻雀。麻雀呼啦啦冲上了天空，有几只飞远了，消失在视线里。有一只落在了公园墙内的榕树上。它们褐色的翅膀扇动的那一刻，姿态太漂亮了，仿佛是两支桨在划动水面，空气的波纹都荡漾起来。小来看着那只落在榕树上的麻雀，麻雀也歪头看他。他跳起来，把手伸得高高的，仿佛想抓到麻雀。麻雀满不在乎地仰起头，黑色的喙伸向天空，褐黄的小眼珠来回滚动。小来被激怒了，他弯腰捡起一块石子，冲着麻雀就扔了过去，石子击中了树枝，树枝和树叶轻微地晃动起来，麻雀划动双桨，飞到空中。

天真蓝啊，太阳在上面比盘子都大不了多少，望着，望着，小来的眼睛模糊了。他揉下眼睛，看看周围没有人，他扇动着两只胳膊，在街上跑起来。

六

回到浴池已经晚上八点多。一进门小来就看见王大姐有些心神不宁。原来下午王大姐的女儿媛媛的老师打来电话，媛媛没去上学，王大姐赶忙出去找，最后终于在网吧找到她。王大姐气不打一处来，当场发作。媛媛自幼就被惯坏了，根本不怕她妈妈，两个人针尖对麦芒，吵了起来。毕竟女孩子脸小，没吵几句，媛媛就跑了，到现在还没回来。王大姐边和小来说着话边到门口探头瞧瞧街上，嘴里直嘟囔："这个点儿从没在外边待过。"小来赶忙安慰王大姐："我出去找找，说不准一会儿她就回来了。"

媛媛上高一，和小来同岁。她平常和小来很少搭腔，一副大小姐的样子，对谁都爱搭不理的。不过小来知道她胆子特小，有一次不知道从哪儿溜达出来的老鼠，就把她吓得惊叫起来。这个点，估计她只会去人多的地方。小来先到周边的网吧找了一圈，没见到人。又去附近的银座超市。果然在超市里的图书专柜找到了媛媛。

媛媛心不在焉地一本本翻书，看样子也看不进去。小来先没和她打招呼，就在一边打量她。过了好一会儿，媛媛才发现小来。第一次她冲小来笑了。小来的脸有些发烫，低下头看自己的脚尖，发现有只鞋很脏，他抬起脚在裤子后腿上蹭了蹭。

九点半超市关门，两个人坐到超市门口的台阶上聊天。媛媛从包里掏出一包香烟，她抽出一根递给小来，小来摆摆手拒绝了。她又摸出一个打火机，熟练地点着。看她的样子，不像刚学会抽烟的。

两个人靠得很近，媛媛身上有股让小来晕眩的香味，他不由得往边上挪了挪。过了好久，小来才说："你妈都慌了。"

"慌就慌呗，碍我啥事。"媛媛满不在乎地回答。

"天这么晚了，你妈担心，让我出来找你。"小来不敢看身边的媛媛，以致他好像在自言自语。

"找我干吗，反正我不回去。"媛媛用食指弹弹烟灰。

"你妈说你，也是为你好，想让你好好读书。"小来给她讲道理。

"说我就不行，当着那么多人说我，白说了？你回去告诉她，今天她的所作所为，我会让她后悔一辈子。"媛媛从牙缝里挤出这句话。

小来看着她吐烟、吸烟，突然冒出一股火："没人担心你的时候，你就不会这么说了，没家的时候，你就不会离家出走了！"

可能第一次见小来凶，媛媛愣住了，有些不知所措。小来意识到自己有些失控，赶忙说："不回家，去哪儿呢？"

媛媛低头不语。

小来抬头看看夜空，那么安静，没有月亮，只有几颗闪着微光的星。一辆汽车在马路上缓缓地行驶着，车灯打得很远。汽车就像一个怪兽，吞噬着光束，随着汽车渐渐远去，光束也越来越短，直至消失。

"学校是嘛样的？"小来问媛媛。

"嘛样的？和监狱差不多。"媛媛回答。

"那你怎么能想去就去，不想去就不去？"

"老师化妆也管，恋爱也管。反正什么都管，一点自由都没有。"

"有人管不幸福吗？"

媛媛"喊"了一声，似乎是觉得小来的话有些不正常。

一阵风吹过来，媛媛缩了下身子。

"别坐着了，水泥地面凉。"小来说，"站起来，跺跺脚。"

媛媛站起来使劲跺了几下脚。她边跺边问小来："你流浪的时候，冷了也是这么办吗？"

"有时候冷得跺脚都不管用，只好使劲拧大腿，一疼就不冷了。"小来小声说。

"真的假的？"

小来没再说啥，他觉得今天晚上的路灯比往日昏暗得多。

"流浪多好，自由自在，没有人约束。我要是男孩，我也去流浪。"媛媛的眼睛有些发亮。

"饿了怎么办？"

"买东西吃啊！"

"没钱买什么？"

"那就当减肥呗。"

"等你饿得两眼发昏，迈不动两条腿就不减肥了。"小来想笑却笑不出来。

"那就找我妈要钱。她白生我啊，生了我就得养我。"

小来不说话。他觉得两眼发痒。

"你怎么哭了？"媛媛失声叫起来。

小来抹抹脸，说："哪哭了？"

"好啦，好啦。我跟你回去，让你好跟我妈交差。"媛媛伸出手拽小来。

回到浴池，看见小来把媛媛找回来，王大姐喜形于色。可媛媛一副拒人千里之外的神情，也不理妈妈，径直去了里屋。小来简单给王大姐说了下，就去男更衣室换衣服。这个点，浴池里的客人还有四五个。雾气腾腾里，赵叔光着脊梁，穿着短裤正在给一个客人搓背，看见小来，赵叔问："事情办得怎么样？"小来没回话，把毛巾放在池子里涮了涮。赵叔继续说："别发愁，车到山前必有路。"小来想，现在唯一的路，就是找到妈妈。

本以为打发完这几个客人就下班了，却又进来一个赤条条的大汉。他双颊通红，脸蛋上的肉都是一条条的。肚脐往下都是卷起的黑毛，毛刷似的。后背上还文了一只龇牙咧嘴的老虎，那老虎的眼神，居然冒着光，让人有些发怵。他晃晃悠悠就跳进浴池，顿时"扑通"一声闷响，弹起的水花溅了旁边的客人一脸，那个客人一看这位不是善茬，赶忙躲到一边。

池子里的水温还很高，这一泡，大汉的酒劲涌上来，他扒着池边就喷出来。带有食物残渣的污秽弄得周围都是，池子里也落进一些。那些泡澡的客人纷纷从池子里跑出来。酒气和胃液的味道混杂的臭味，顿时在澡堂子里弥漫开来，小来的胃开始翻腾。尽管如此，他还是拿来拖把，屏住呼吸打扫，多年前，爸爸醉酒回家后呕吐完了，他也是这样清理的。

大汉鼻涕一把泪一把的在那儿吐，最后实在没东西可吐了，他干呕几声，抹抹嘴，从池子里掬了把水洗脸。洗了几下，然后爬出池子，踉跄几步，一头就栽倒在搓背用的床上。小来本来是不愿意过去给他搓背的，这大汉让他有些惧怕，但赵叔还在忙，他只好硬着头皮过去。小来小心翼翼地给大汉搓着后背，那只恶狠狠的老虎他没敢碰。搓着搓着，大汉发出震耳的鼾声。平常搓个后背用几分钟，给他用了十多分钟。等搓完背部，小来下意识拍下大汉的肩膀。搓背工拍下客人，代表这面搓完了，请客人翻过身。可大汉丝毫没反应，小来不由得又拍下，力度比刚才那下稍微大点。这下可惹祸了。大汉一个激灵坐起来，嘴里嚷道："谁打我?!"他定睛一看，小来站在身旁，他一手撑住坐起的身子，抡起另外一只手就给小来一巴掌。他嘴里还骂道："王八羔子，敢打老子!?"这巴掌打得很坐实，小来的半边脸发木，人吓呆了。他捂住被打的半边脸，浑身哆嗦。赵叔听见动静，赶紧跑过来夹在两人中间，一个劲儿地给大汉说好话："大哥，孩子不懂事，你别和他一样。"小来小声辩解："我没打他，我轻轻拍他一下，是让他翻身。"大汉嘴里骂骂咧咧的，作势要起身下床。

赵叔边推搡小来边使眼色，小来明白过来，扭头跑了出去。

　　小来在更衣室慌里慌张套了件衣服，就出去了。王大姐一看他眼里含着眼泪，半边脸通红，忙问怎么回事。小来的委屈一下倾泻出来，"哇"的一下哭出声。刚才王大姐见过那个大汉，那人面相一看就是惹不起的主儿。她劝小来："碰着这样的人，只能自认倒霉。女浴正好人都走了，你先进去躲一会儿，别等他出来，再找事。"

　　小来躲进女浴的更衣室里，越想越委屈，眼泪止不住地流。他一直以为自己到浴池工作以后，可以和别人一样平等，不会再受欺负，没想到这只是自己一厢情愿的想法。

　　大汉从浴池里出来的时候，嘴里还吐着脏字嚷嚷。小来听见他的叫嚷声，身子马上绷得紧紧的，竖起耳朵一动不敢动，他真怕大汉把他吃了。幸好赵叔一直跟着劝说着把大汉送出去。赵叔回过头找到小来，看小来还处在惊悚之中，忙安慰他："别害怕，人走了。以后遇到这种人躲得远远的。"

　　客人全走了。小来稍微有些平静，开始和往常一样打扫卫生。在扫男更衣室的时候，从衣橱底下扫出一件东西，俯身拾起来一看，是个黑色的钱包。打开钱包，他的心狂跳不止，厚厚一沓百元大钞，看样子有几千块，他从来没见过这么多钱。他又翻了下钱包，发现一张身份证，仔细一看那上面的照片，原来是刚才那个打他的大汉的。小来心里那个解气啊，心想，活该，报应。他把钱包揣在怀里，想想，又打开自己的橱子，把钱包放了进去。等锁上橱子，他心里觉得跟有事似的，他仿佛看见那张身份证上的头像在跟他说话，没了身份证，多大麻烦啊！想想自己，他一下心软了。他打开橱子，把钱包又拿了出来。捧着沉甸甸的钱包，矛盾在他心里开始打架。最后小来打开钱包，往里面啐了口唾沫，仿佛跟解了气似的。

　　小来出了更衣室，他打算把钱包交给王大姐，等大汉来找的时候还给他。这时候店门被一头撞开。那个大汉风风火火进来，看见小来就嚷："小子，见我钱包了吗？"小来把钱包递过去，大汉一把夺到手里。打开钱包，就开始数钱。他数钱那个仔细劲儿让小来有些发毛。数完钱，大汉长吁一口气。他把钱包塞进口袋，塞到一半的时候，他又把钱包掏出来，从里面抽出两张拍到柜台上："小子，给你的！"

小来揉了下鼻子，说："我不要。"

"小子，有点贪心啊，嫌少？你想要多少？"

"我不要钱！"

"那你要什么？"

小来有些犹豫，内心纠结了一会儿，他还是鼓足勇气："我想让你对我说对不起！"

大汉愣住了，随后咯咯乐了。他拍拍小来的肩膀，尽管没用多大力，小来的身子还是一侧歪。大汉瞅瞅小来，眼神有些奇怪，然后转身走了，走到门口，他出人意料地回过头来，笑笑说："小王八羔子，对不起了！"

小来睡着了，他变成了一只麻雀。树枝头，屋檐下，他扑扇着翅膀，跟一群和他一模一样的麻雀嬉戏着。他一会儿冲向天空，冲到云彩之上，一会儿越过城市，一会儿飞过大河，一会儿飞过高山，他听见自己的笑声，叽喳、叽叽喳喳、叽喳、叽叽喳喳……

七

一觉醒来，常前进感觉感冒加剧了，头疼欲裂，膝关节发胀，鼻子里仿佛被塞上东西，呼吸不畅，还不时地干咳。昨夜睡前，只是觉得嗓子有些不舒服。看来这次感冒是病毒性的，否则不会加重得这么厉害。他挣扎着爬起来，先倒杯水喝，然后去了卫生间，他和大多数人一样早晨起来必须蹲下马桶。完毕起身时，可能是起得有些猛，突然天旋地转，一头栽倒在地上。

醒来的时候也不知道几点。常前进觉得额头有些疼，照照镜子才发现跌破了。他扶着墙从卫生间出来，头还是有点晕。等他坐在沙发上，浑身上下开始隐隐作痛。他抬头看看墙上的闹钟，不由得打了个激灵，已经是下午一点了。他连忙穿上件便装，顾不上吃点东西，就出了门。

前几天，小来找常前进，告诉他爸爸中风了，什么消息都打听不出来，想让他帮忙打听母亲李翠兰的下落。常前进去了一趟人民公园，当他看见歪眼斜嘴的张德庆时，心一下沉到谷底。他还是不死心，问张德庆，你认识罗晓雯吗？张德庆坐在连椅上，木然地望了他一眼，那眼神浑浊迷茫，没有丝毫的生气，一下让常前进闻到弥漫的死亡气息。即使当初晓雯的离家出走和他有关，那以他目前这种情况，也不会得到线索，常前进知道，晓雯离开他的原因将永远成为不解之谜。但有一点可以确定，晓雯现在不会和张德庆有联系。

常前进从找到符合小来母亲条件的十五个人当中，一一甄别，拿着这些人的照片，让曾在春风巷 16 号住过多年的老人一一辨认，最后终于确定了哪个是小来的母亲。小来的母亲现在居住在河西商贸开发区，已经改嫁，婚后有一个女儿，她和丈夫都在恒丰纺织厂的后纺车间工作。恰好常前进警校的同班同学兼舍友王树峰在河西商贸开发区公安分局当副局长。老婆离家出走后，常前进的性格变得孤僻寡欢，同学之间已经没有了来往。因为都是一个系统，有时候开会或者工作的原因，两个人也能碰到，每当王树峰热脸相迎的时候，常前进总会避而不视。这次常前进的突然来电，让王树峰有些吃惊，他几乎不敢相信，这是常前进打来的电话，以致他在电话里问了好几次："你真是常前进吗？"

"废话，我不是常前进，还能是谁？"常前进的回答让王树峰感觉多年前的那个常前进回来了。常前进把小来的情况给王树峰说了个大概，然后委托他帮忙联系小来的母亲，看什么时间方便母子两个能见下面。王树峰沉吟了下，说："母子很多年没见，如果我直接带着孩子去找她，若有什么不便，会很唐突。不如这样，恒丰纺织厂的保卫科长老刘和我关系很好，我给他透个信，看他能不能帮忙。"常前进觉得这样也好。昨天王树峰打来电话，说已经和老刘说好，李翠兰上下午四点的中班，让常前进带着小来四点到恒丰纺织厂找老刘。

常前进没有和往常一样骑那辆除了铃铛不响别处都响的自行车，他破天荒打了辆出租车。在车上他不时掏出手机看时间。路上很顺，十几分钟就到了罗庄大众浴池。听常前进说找到母亲了，并且今天下午就去见面，小来搓搓手，激动得说不出话来，但小来还是察觉到常前进说话带出鼻音。"常叔，你是不是病了？"小来说，"要不咱们改天去吧。"

常前进心里泛起一股热乎乎的东西："没事，小感冒。再说都约好了。"

河西商贸开发区距离比较远，他们坐22路公交车去的。小来在座位上坐立不安，老想开口说话，张开嘴却又把话咽下去。下了车，步行几分钟就能到恒丰纺织厂，小来跟在常前进后面结结巴巴地问："常叔，你说，一见面，我喊妈……妈吗？"

"先问清楚，如果是李翠兰，你就喊。"常前进想象十七年未见的母子马上见面的情景，激动得几乎要发抖，连身上的疼痛也忘记了。

"我要是马上喊的话，是不是很傻？"小来没头没脑地问。

"喊自己的妈妈，不傻。"常前进笑了。

"妈妈长得什么样？"小来问常前进。

"你长得可像她了。"常前进不知道为什么自己会这么说。

"真的吗？"小来嘴角浮出一丝笑意。

"真的，你们可像了。"常前进说。

老刘是个四十多岁的中年人，个子不高，但很精干。一见面寒暄没几句，常前进摸出盒玉溪烟塞给他，老刘边推开边说："常警官，你别这样，这样我生气了。王局长和我是很好的哥们儿，他的老同学来了，我肯定鼎力帮忙。何况这孩子够可怜的。"

常前进这才作罢，收起烟，说："等事情过去，叫上树峰，咱们好好喝喝。"

老刘说："好，正好给这孩子也庆祝下。"接着常前进问："他妈妈现在在吗？"

"她是四点上班，这个时间应该到了。"老刘说，"常警官，你看这样好吗？他妈妈的丈夫和她在一个车间上班，如果直接去车间找她，恐怕不方便。不如这样，我找人把她喊到保卫科的办公室，就说有亲戚找她。"常前进点头同意。

时间一分一秒地过去。坐在保卫科的办公室里，常前进不时站起来往窗户外边瞅，小来在一边脸色苍白，神情有些焦躁不安。

门终于被推开了。老刘领着一个白色工装的中年妇女进来。看见屋子里有两个陌生人，中年妇女脸上现出疑惑的神情。

老刘指着小来问她："认识吗？"中年妇女摇摇头。老刘又对常前进说："她就是李翠兰。"

"你就是李翠兰？"常前进又确定了下。中年妇女点点头。"你认识张德庆吗？"常前进接着问。

这个问题让她有些警觉，她问常前进："你是干什么的？"

"你的儿子张来过来看你了。"常前进说。

小来走到李翠兰的面前，他嘴唇哆嗦着，吐出一句："妈妈！"一旁的常前进听见后，眼泪哗哗地流了出来。他觉得激动人心的一幕马上就要降临了，母子两人肯定会相拥而泣。

"来找我做什么？你判给张德庆了，还来找我做什么？"

李翠兰的话让常前进简直不敢相信自己的耳朵。他以为是感冒加重出现的幻觉。他赶忙晃了下头，接着看李翠兰，只见她神情淡然，丝毫没有母子重逢的惊喜。他这才知道这不是幻觉，而是真实的一幕。

老刘在一边打圆场："小来靠你妈近点，让她仔细看看你。"刚才李翠兰的那番话，让小来感到彻骨的寒冷。但他还是挪动脚步，紧贴着李翠兰站住。气氛一下很尴尬，常前进做梦也没有想到会有这样的局面发生，一个母亲会这样对待十七年未见的儿子。

还是李翠兰打破了僵局："找我什么事？说吧！"

小来期期艾艾地说不出话来。

常前进有些愤怒，他几乎想拍桌子，指责李翠兰，有你这样的母亲吗，儿子千辛万苦找到你，你却这么冷冰冰地对待他。但他还是克制住了，因为他明白小来此次不是单单的寻找母亲，更重要的还是打听到小来出生的医院。

一看没有回答，李翠兰说："是不是你那个混球爹让你来找我的，他怎么还没有死啊！"她这句话，让常前进觉得好受了些，以为她是误会了小来的来意。

小来低低地说："爸爸中风了，已经不能说话。小的时候他经常打我。"说着小来将起头发让李翠兰看他头上的伤疤。李翠兰翻翻眼，就把视线移到了别处。

"妈妈，你当初为什么不要我？让我受这么多苦……"由于情绪激动，小来开始语无伦次。老刘向常前进摆手示意，两个人退出了屋子。当门被掩住的一刹那，李翠兰伸起手，在小来的头皮上抚摸了一下。手擦过头顶，就悬在了半空。小来一头扎进她的怀里，一股熟悉又陌生的淡淡清香，直往他鼻子里钻，让他几乎晕眩了。

李翠兰长吁一口气，手无力地垂下，说："你恨妈妈吗？"

"我想妈妈。"小来抬起头看她。

"你真不恨妈妈？"

"我想妈妈。"小来低下头，声音有些发闷。

两个人再也没说话，李翠兰两眼望着屋顶发呆，小来似乎睡着了。

常前进和老刘在门口抽了两根烟，说些闲话。后来他贴着门听了会儿，发现没什么声响，于是他和老刘合计合计，决定应该进去，当他敲门的一瞬间，李翠兰一个激灵，忙把小来搡开，小来猝不及防，一屁股坐在地上，这一幕正好让进门的常前进和老刘看见。

常前进有些生气，他问小来："怎么样？"

小来因为妈妈突如其来的一搡正茫然不知所措，没听清常前进的话，坐在地上不知道怎么回答。

常前进只好接着对李翠兰说："是这样，小来一直没有落户口。我们这次来，没有别的意思，就是想找你问清楚，他是在什么医院出生的。好补办一张出生证，给他落户口。"

李翠兰说："我还要上班呢！"说完就要走。

老刘发现情况不妙，赶忙拦住她："老李，不要激动，大家坐下好好说。"

李翠兰一看老刘堵着门口，一下也不好走开，只好坐回椅子上。

这时候常前进觉得头又疼起来，他不时按按自己的头顶。他强压住内心的愤怒，说："李翠兰同志，你知道吗？这事关孩子前途，如果他没有身份，今后他怎么办？今天无论如何你也要回答这个问题。"说这话的时候，常前进的眼珠子都瞪起来了。

"我真的记不清了，时间太久了。"李翠兰有些不耐烦地回答。

"啪"的一声，常前进拍案而起。由于血都涌上头部，额头渗出了汗珠，眼珠子通红通红的，人显得有些狰狞。

老刘连忙过去把常前进按回到座位上："常警官，你先别激动。"老刘又回过头对李翠兰说："老李你一共生过几个孩子？"

"两个啊。"李翠兰回答。

"你一共生过两个孩子，你还想不起孩子在哪儿出生的，骗鬼啊！"老刘用手指指点李翠兰，面目严峻地说，"我告诉你李翠兰，今天你要不说出来，我让郭涛问你，看你说不说。"郭涛是李翠兰现在的丈夫。

"我不是不说，说了也没用。"李翠兰口气明显软了。

"你说就行。"老刘拉过一把椅子坐下。

"生他的时候，"李翠兰的嘴冲小来努努，"我和张德庆还没有登记，只好在乡下找了个接生婆把他生下。当时流了好多血，差点死了。张德庆这个狗日的连管都没管。"她的嘴里发出咯吱咯吱的声音。常前进听她说完这番话马上泄了气。他不敢看小来，但还是忍不住瞟了一眼。小来这时候已经起身坐到了椅子上，他的头靠在椅背上，一动不动，眼神呆呆地瞧向屋子的一个角落，仿佛魂魄去了别处。

屋外突然传来一阵声响。李翠兰赶忙站起来："可能我老公来找我了，我得赶紧走。"说罢起身往外走，开门的时候，吹来一阵风，被风撩起的衣角正好挂在门上，她手忙脚乱地挣脱，但是衣服好像粘到上面一样，她尴尬地回头望了一眼，看见小来的眼神，赶忙又收回目光。继续使劲拽衣服，由于用力过猛，衣服一下扯坏了，她也顾不上，急匆匆逃出屋子。老刘看这情景也不好再拦她。

十七年未见的母子重逢结束了。

屋子里一下沉寂下来，三个人都开始沉默。天色慢慢暗淡，常前进内心沉重如铅，他责怪自己，如果知道母子相见是这么个结局，他就不应该带小来过来，这种伤害都让自己快窒息了，何况对一个还没有成年的孩子呢？

回去的路上，两个人一直走着。这次是小来在前面走，常前进在后面跟着。他想，让我说什么好呢？让我说什么好呢？起风了，小来的身影那样单薄，单薄得让他心疼。后来他还是问小来："她不认你，你恨她吗？"

小来叹口气："恨不起来，毕竟是她生了我。"

常前进的鼻子有些发酸，他掏出纸擤了下鼻涕。

"也许咱们来得有些突然，她一时接受不了，等过段时间她想明白了，可能会来找我的。"小来的眼睛有些迷离。

这一刹那之间，常前进心中的一个念头更加坚定了。

快走到站牌的时候，路边有几只蹦蹦哒哒的麻雀，它们走走停停，不时歪下脑袋打量打量周围。一辆救护车呼啸着驶过，刺耳的声音划裂空气，麻雀受到惊吓，扑扇着翅膀四散飞去。小来止住脚步，抬头仰望，天空无边无际，那几只麻雀在空中变成了黑点，后来消失了。它们飞到什么时候才会落下来？它们会去哪儿？一会儿落在房顶？树上？还是地上？它们和他同在一个天空下，为什么它们的世界没有搓澡工，没有乞丐，没有老板，没有警察，更没有出生证明，它们只需要衔来几根草放到瓦下就是家……

晚上小来耳边都是叽叽喳喳的叫声，天快亮的时候，一只麻雀衔着一张身份证向他飞来，他伸出手去抓，却抓了个空，睁开眼一看，是男更衣室的屋顶。

八

从恒丰纺织厂回来以后，常前进就开始收集如何收养孩子的材料。在收集材料的过程中，他才意识到收养程序比他想象中复杂得多。这些年，他除了上班、吃饭，几乎别的事情都是不管不问，甚至可以说他总是有意无意地去逃避。可如今这么烦琐的事情要让他去办，他头都有些大了。可这件事情无法逃避，他知道如果自己逃避了，将会造成无法弥补的愧疚。

民政局就在派出所附近，常前进带着准备好的材料，惴惴不安地进了民政局业务大厅。当办事员了解到常前进的目的，递给了他两张表格，一张是收养人的证明材料，一张是被收养人的证明材料。他一条条仔细填写完毕后，交给了办事员。

办事员看看表格说："你这个被收养人不符合收养条件。"

"为什么啊？"常前进问道。

办事员给他解释："一、被收养人的年龄已经超过十四周岁，必须经过被收养人父母的同意并签字才行。二、被收养人的父母都健在，并且母亲有抚养能力，更不符合收养条件。"

"同志，情况是这样的，"常前进耐下性子解释，"他的父母在他出生不久就离异了。两个人根本不尽做父母的义务，连户口都没给他落，更别说现在管他。他现在马上要满十八岁，如果没有身份，他怎么生存？"

"抱歉，同志，我们不能违反规定。"办事员脸上挂着机械的笑容。

常前进长呼出一口气，但是积压许久的火还是爆发了出来："别给我提规定，你有没有同情心，你就眼睁睁看着一个孩子没有身份，成为黑户，被这个社会遗弃，这不是逼他走歪路吗？再说没有身份根本不是他的责任。"常前进的话如突突的子弹射向办事员。

"同志请你冷静，不要影响我们正常的工作秩序。"这时候过来一位领导模样的人。

"我冷静不了，我不像你们那么冷血，你们配做人民公仆吗？一个好孩子，需要你们帮助了，你们还在这教条。你们有同情心吗？"常前进声嘶力竭地嚷道，引得屋子里的人都过来围观。

两个保安过来拽常前进，他一甩胳膊把他们甩到一边，他指着保安说："我看你们谁敢再过来？！"他眼睛里的火都要冒出来了，果然那两个保安没敢再靠近他。常前进这么一闹，大厅里的工作没法进行了。于是有工作人员打110报警，派出所离这儿没多远，一小会儿的工夫，民警就到了。出警的年轻警察一看是常前进，也不好怎么着，只能把老前辈劝回单位。一回到派出所，他们就向所长做了汇报。

所长参加工作比常前进都晚了几年。说实话，所长不喜欢常前进。平常见面，常前进爱搭不理的。所里的工作他也不积极，应付了事。前些日子，岳母去世，他连表示都没表示。尽管如此，其他同事给他说常前进不是的时候，他还是尽量维护常前进，一个男人，老婆莫名其妙地失踪了，搁着谁谁也不可能若无其事，大家多多担待多多理解吧。一听说常前进在民政局闹事，所长让人把常前进喊到自己办公室。问清原由，所长埋怨常前进："老常啊，你可是个老同志，怎么脑子不开窍呢，你这么闹，影响多么坏，何况咱们是穿这身衣服的。"

常前进坐在椅子上低头不语。

"老常，我不是说你，这事你要早给我说，早就办妥了。"所长说完这句话，常前进马上抬起头。"这事很简单嘛，小来既然没有出生证明，他的岁数不就好说了吗？没有出生证明，又有谁能证明谁是他亲生父母？"

这番话让常前进茅塞顿开，有拨云见日之感，常前进起身过去紧紧握住所长的手，由衷地说："领导就是高啊！"

所长扑哧乐了："老常，你也会拍马屁。"

常前进摇摇头，说："所长，我这是真心感谢你。"

　　收养手续没问题了，但是常前进心里还是没底，因为他不知道小来同意不同意。等见了小来，常前进说出想法。

　　小来没有正面回答这个问题，他说："常叔，求你个事。"

　　"你说吧。"常前进说。

　　"你能不能帮帮我。"小来说，"我爸爸现在这个情况，我也没能力管他，但我也不能置之不理吧。"

　　常前进心里酸酸的，他沉吟了一会儿，说："我找找人，看看能不能把他送到养老院。"

　　话音一落，小来"扑通"一下跪倒在地上："谢谢你了，常叔。我一定会报答你的。"

　　"起来，起来。"常前进赶忙把小来扶起来，"小来，现在看只有这一个办法，才能给你身份。"常前进怕小来不同意。

　　小来抱住常前进，哽噎着说："常叔，我愿意这么办。"

　　常前进也紧紧抱住小来，像抱住自己，迷蒙中，他看见有几滴东西落在小来的后背上。

　　小来的身份证照片是常前进在派出所给他照的，照完以后，常前进又让同事给他和小来照了张合影，他把这张合影和晓雯的照片合成在一块儿。他们一家三口的全家福现在就挂在常前进家的墙上。挂上照片那天，常前进炒了几个拿手菜，临吃饭前，他对着墙上的晓雯举起酒杯，心里说，老婆，回来过日子吧。晓雯微笑着看着他。还有就是，派出所的同事们自那儿发现常前进整个人都开始变得开朗、热情。用常前进的同学王树峰的话说，常前进又变成了十七年前的常前进。

　　拿到身份证那天，小来捧在手里一遍遍扫描。他问常前进："叔，这是我吗?"

　　"我看看，"常前进捏着照片一角儿，伸直胳膊端详，"不是你能是谁?"

小来又拿过身份证，盯着上面的名字——常来，看了一会儿，他又抬头看看墙上的全家福，上面的那个女人紧紧靠着他，他抽动了下鼻子，闻到的却是屋里一股发霉的味道，他突然感到，晓雯是那样地陌生。

蒙娜丽莎的梦

"老五把鸟放了。"

骚狐狸吐了口烟，灰白的烟雾慢慢从她面前散开，她的脸从清晰变得模糊，然后又清晰，好像从梦里走出来一样。骚狐狸叙述的声音和平时截然不同，听着好像感冒了。

"老五临走前带着我，在县城东边的棒子地里放的。"纤长的食指弹了下烟灰，烟灰洋洋洒洒地落在水泥地面上。我知道那只鸟，是老五去年在集市上买的，当时我还笑他玩物丧志。把鸟拿回家后，老五当宝养着。还给鸟起了个名字，叫什么蒙娜丽莎。

"那鸟真漂亮，毛色虽是杂花，但是顺眼，羽毛如同抹了一层油，锃光瓦亮的，像杭州的绸缎。老五小心翼翼地拉开鸟笼的插销，把鸟捧出来。蒙娜丽莎在他手心轻轻地跳动，晃动着它灰白的小脑瓜，两只黑珍珠般的眼睛滴溜乱转。老五把它捧向天空，它抖抖翅膀，用奶黄色的鸟嘴，啄老五的掌心。老五捧着它好大一会儿，目光都有些痴了，但它丝毫没有飞走的意思。后来老五把它抛向天空，它像石子一样坠落，几乎坠到老五的头顶时，它终于展开羽翼，飞向天空，慢慢变成一个黑点。"

"那天老五在地里站着……"

骚狐狸的叙述有些困难。

　　老五离家出走的消息我是先从老田那里得知的。老田来找我的时候，我正在制冷车间的值班室练毛笔字。我从十岁就立志当书法家。当时一个老书法家应邀到父亲的单位写字，我正好在现场。鹤发童颜的老书法家手拎一支大狼毫从研好墨的砚台里，狠狠地蘸饱墨。宣纸早已铺好，四个角都压着灰色的枕石。当大狼毫快要触到宣纸的时候，那浓浓的墨汁就掉了下去，这笔顺势按下去。只见老书法家手腕抖动，笔走龙蛇，一气呵成。写罢，老头端笔端详，鼻孔里冒出两股粗气，如同刚刹住车的公交车的后屁股。然后搁下大狼毫，换一小狼毫，落款，钤章。围观众人齐声叫好。在我看来那幅字分明是一堆烂草绳纠缠在宣纸上。诸人按官职大小一一求字。要到的端着墨未干的字窃窃自喜地走开，未求到的满脸不甘，但又无可奈何。老头写完字，又被领导们簇拥着去了县城最好的酒店。据父亲回家讲，老书法家离去时不光是单位派车送的，带走了厚重的礼品，还拿了不菲的红包。我心中充满了无比的向往。书法家不光受到大家的尊重，随便一写还能得到物质的回报。当然父亲教育我，书法没有功夫难以成家。我开始练字，但由于我是个没长性的人，断断续续。高中落榜后，父亲安排我进了商业局下属的肉联厂，在制冷车间当一名工人。制冷车间的活儿很轻松，三班倒。上班也就是按时开压缩机，定时抄下仪表的数据，定点关机器，只是机器开的时候，声音很大，那曲里拐弯的管道都在抖动，抖得我心慌。其他时间就是坐在值班室里了。带我的师父三十多岁，人有些木讷，闲时不是打瞌睡，就是去把自己的自行车擦得锃亮。我是个闲不住的人，就在值班室里练毛笔字。现在回想，之所以车间主任和师父没有反对我练字，一是因为我爸是商业局的副局长，二是我没有耽误工作。另外一个乐趣，就是车间主任上中班，我们十二点接他班的时候。车间主任姓刘，是个干巴老头，烟瘾极大。抽完一根，就接下一根。他喜欢让烟，他抽的时候，还要递你一根，你要是拒绝，他那手就伸着不缩回来，你只好接过来陪他抽。我这烟瘾就是那时候落下的。刘老头家住农村，上中班他就不回家。这时候他就撺掇着打"跑得快"。我一开始不会。在他教导下，我很快青出于蓝。刘老头的牌技特臭，但牌瘾和烟瘾一样大。没一个月，我就经常赢钱，这钱正好够抽烟。

我在冷库上班的时候，老五、老田、张涛、癞子、子强、吴虾米、成军他们还在社会上晃荡。没事他们就来找我。这也怪我吹牛，说冷库的食堂天天炖红烧肉。其实食堂里天天是白菜炖肥肉膘子。他们和我一样，期待了很长时间，也没吃到红烧肉。因这个，吴虾米说我是骗子。不过引以为豪的是，我是国营厂的工人，他们是待业青年。

老田推门进来的时候，我的字已经练到收尾阶段。我先比着颜真卿的《多宝塔碑》练一个小时楷书，剩下半个小时就开始龙飞凤舞自由发挥。老田不言语，坐到连椅上抽烟看我练字。我更装腔作势，悬肘腕动，分明大家气派。一根烟的工夫，老田说，老五跑了。我刚要落最后一笔，听这话笔悬在了空中。这小子刚结婚还没三个月，怎么跑了？跑了也没给我打招呼呢？他结婚的时候，我一咬牙随了五十块钱的礼呢，那可是我一个月的工资啊。他要是再结次婚，我可赔了。不过这话我没说出口。我把笔放下，看老田。"你知道，他去哪儿了吗？"老田眼睛盯着我。我气不打一处来。"他去哪儿，我怎么知道。"我反问老田，"你俩这么好，他去哪儿能不跟你说吗？"老田那眼神分明是在诘问，"你和他还好呢。"我把练字的报纸团成一团，扔进了纸篓，再也不搭理老田。"张涛、癞子他们都在老五家呢，他妈快疯了。"老田说完抬起屁股走了。

下午四点换了班，我走出车间。机器早就停了，车间里那么安静，我能听见衣服摩擦出的窸窣声。我蹬着红旗自行车去老五家。西下的太阳耀眼，我半眯着眼。经过电业局门口时，我看见高中女同学高阳挎着个小伙子走在人行道上。高阳穿着白色连衣裙，脚下一双黑高跟鞋，嘎哒嘎哒的，很清脆，敲得我心里直痒痒。我骑了老远，还回头看了下。

老五家在食品加工厂家属院。家属院是一溜儿的平房。推开院门，几辆熟悉的自行车横七竖八地支在那儿。我招呼，有人吗？没有回声。我看见晾衣服的铁丝上挂着那个竹编的鸟笼，它在风中钟摆般摇晃。鸟笼里没有蒙娜丽莎，笼子底上有它留下的干燥的鸟屎和散落的小米粒，还有它喝水的小罐子里剩下的半罐浑浊的水，轻轻地荡漾，上面居然有片发黄的柳树叶。我径直进了屋。老五的老婆王岚脸一闪，进了里屋。老田、张涛、癫子他们都在。老五他妈坐在沙发上，身子像一个硕大的桃子。他爸在他妈身边闷头抽着烟。见我进来，老五他妈抽噎了下："来了，大伟。"我点下头，站在她身边不知道说什么好。"大伟，你给你姨说个实话。老五去哪儿了？"我有些蒙了，下意识地说："我不知道他去哪儿了，姨。"老五他妈垂下头开始抹眼泪。屋子顿时静下来，静得让我难受，可我又不知道如何打破这沉默。我看见老五他妈白胖胖的手指头在我眼前晃荡。"准是那个小私孩妮，把我们家老五勾跑了。"老五他妈突然冒出这句话。如果让我再回到学校，老师让我解释咬牙切齿，我就会把老五他妈现在的样子说出来。她白咧咧的牙让我有些心惊胆战。我们这帮人里，就是人家张涛懂事，他安慰老五他妈："姨，你别着急了。老五也是大人了，没准过几天，他想明白，就回来了。""这个不争气的老五啊，从小到大让我们操多少心啊！原以为成了家，就安稳了。谁承想，结婚还没仨月，就出这档事。人家王岚都怀孕了。"老五他妈拍着大腿号啕起来。我站在那儿，一直没人给我让座，别提多尴尬了。这时候我看见一个白晃晃的东西从老五他爸手里呼啸着飞到墙上，瓷器破碎的声音和四溅的瓷片似乎发生在同时。一片瓷片溅到我胳膊上，生疼，叫声刚到我嗓子眼，我就压了下去。我整个人都木住了。如同小时候玩的游戏木头人，我喊了木头人就不能动了。老五他妈的哭声戛然而止，就像一列飞速行驶的列车，突然刹住了车。她脸颊上挂着两行流淌的泪，无神的眼睛左右看看，人一下委顿了。懂事的张涛忙说："叔、姨，我们出去打听下老五的下落。"我跟在他们三个屁股后面慌忙出去。出门的时候我看见老五的那把吉他挂在墙上，琴弦都长锈了，还有两根折了。琴箱上一层苔藓般的灰尘。

我们几个推着自行车依次出了胡同。癞子突然回头问我："你真不知道老五去哪儿了吗？"我恼了，如果不是他比我又高又壮，我肯定会一把揪过他，在他长满青春痘的脸上狠狠来一拳。"王八蛋知道他去哪儿了。"我龇牙咧嘴。"好了，好了，咱们都去打探一下老五的消息吧，重点是到骚狐狸那儿。"张涛说。

回家的路上，我一肚子委屈。我似乎好几次看见老五就走在我前面，两只手挼挲着，弓着背，身子如同鸭子般摇摆。我紧蹬几圈，一下撞在他后腰上。他跳了下，扭过身，黑不溜秋的脸都青了。看见是我，说了声："扯淡呢？""你他妈跑哪儿去了？"我没好气地问。

第二天上中班，我没睡懒觉。八点多在母亲疑惑的眼神里出了门。来到供销公司宿舍区的胡同口时，我看见老田骑着他那辆坤车晃晃悠悠地出来。看见我，他用脚撑住自行车，用手指了指身后："我这第三趟了，还没得到什么有价值的情报，你上吧。"骚狐狸的家就在胡同口第一家，我有好几年没来过了。上高二的时候，老五勾搭上了上初三的骚狐狸。据老五说，他们两个都是初恋。老五是我们这帮朋友里第一个谈恋爱的。他自然成了我们羡慕的对象。每次讲起男女之事，一到关键时刻，他总是停住，然后扬扬得意地瞅瞅我们，仿佛他是发现美洲大陆的哥伦布。我们的心痒痒的，但又不想他看出来。于是我们齐声说："下流！"

老五和骚狐狸好的时候，我经常和他一起到骚狐狸家。骚狐狸很小的时候父母就离了婚，她跟爸爸。她爸是供销公司的业务员，经常出差在外。这让老五出入她家如同自己家。有几次骚狐狸她爸在家，老五半夜还摸进去，到天快亮的时候才走。推开院门，骚狐狸家的院子没有变化。一根碗口粗约十米长的木杆竖在屋门口，顶部绑着铁丝弯的电视天线。那时候还没有有线电视，都是在院子里竖个杆子，上面绑个金属线，条件好的绑个在五金商店买来的接收器。一进屋，我看见骚狐狸半躺在沙发上看电视，沙发垫子皱成一团，压在她腰下，也不嫌硌。电视柜上的电视画面模糊，声音呲呲啦啦的。见我进来，骚狐狸眼皮都没抬。我坐在她身边，摸起茶几上的烟，开始闷声抽烟。电视里演的好像是一个叫《夕阳红》的节目。我抽了一支烟，骚狐狸还是没反应。"我今天来，不是找你打听老五消息的。"骚狐狸欠起身，拿起遥控换台，其他台都是一片雪花。"昨天晚上刮大风，你家这天线该转转了。"骚狐狸白了我一眼。"我今天是来提醒你的，你赶快走吧，要不就出事了。老五他爸妈说不准马上就来找你闹了。""来呗，他跑了，和我有什么关系。""你怎么这么傻呢，他爸妈都要疯了，什么事情可都干得出来。""我不走，我走了，我爸回来怎么办？"骚狐狸点了根烟，她抽烟的时候表情凝重。"这事情其实很简单，只要你让老五跟家里联系下，就说在某地某地很好，把你择清楚，不就没事了吗？"我看她有些动摇，继续加大力度。"你还不相信我吗？我和老五什么关系？老五走的时候，其实给我打招呼了，只是没告诉我具体去哪儿。说等安定好了会和我联系的。"茶几上那盒烟是金大鸡，要三块多，平常我只抽一块五的迎宾。我又抽出根点上。"你告诉我老五去哪儿了，我抓紧找到他，带他到河北我表哥那儿去，给他安排个好工作。过些日子，他父母一看老五铁了心，说不准就同意他离婚。你俩不就能光明正大在一块了。"骚狐狸有些动心，她把烟摁死在烟缸里，用眼媚了我一阵儿。我拍拍她肩膀："咱们俩都在一个床上睡过，你还怀疑我啊？"上学那会儿，我和家里闹矛盾，离家出走。老五带我到她家住过几天，晚上我们仨在她家那张双人床上睡的，老五在中间。"那我告诉你，你可谁也别说啊！""你看我是那人吗？"骚狐狸先是给我讲了这篇小说开头老五放鸟的事情。如后又讲前天他们在一起混了一个晚上。一早老五就坐上火车去了南京。骚狐狸的哥哥在南京读研究生。我说："你哪来的哥哥？""我哥跟我妈，所以你不知道。但是我们感情一直很好。""老五的事情，你谁也不能说。"骚狐狸扬起那张白生生的脸看我。我心里有些发虚。"我是那人吗？"我装作恼了。"你要给他爸妈说了，老五所做的全白做了。""我不会做对不起你俩的事情的。我把宿舍都借给你们用了。咱们是一个队伍的。""我相信你，就像老五相信你一样。"她这句话，我听了心想她怎么说出这么瞎扯的话呢？"好了，我得走了。我会尽快找到老五，把事情安排好的。"我起身就走，临出门口前，我看了几眼茶几上的金大鸡。烟盒上的金色公鸡昂然而立，真漂亮。

我推着自行车来到街上。老田还在那儿，骑在自行车上，一只腿撑在马路牙子上，一只腿荡来荡去。"怎么样？"看见我，他迫不及待地问。我看看街上过往的车辆，手一摆。"你不看谁出马。""我说嘛，就你和老五这关系，你还弄不明白。"我有些不愉快。"这不是因为我和他好，而是凭我的智慧。"我用手指指脑袋。

我和老田并肩骑着自行车走在去老五家的路上。老田一直盘问我老五的去向，我顾左右而言他。突然我有些迷惑，我自己也开始怀疑老五离家出走的时候给过我什么信息。但是记忆清楚地告诉我，他临走前的几天根本没和我见过面。老五结婚后的一个月，带着骚狐狸去冷库找过我。他要借用我的宿舍，我拒绝了他。这并非我不想让他胡搞，而是我刚换了床单。当时在车间门口，老五递给我一盒开封的迎宾烟，说："拿着，喜烟。"我接过来，心想，五十块就换了盒破烟和一顿饭，这买卖真是亏了。"把宿舍钥匙给我。"老五伸出黑黢黢的手。"我没带。"我迅速地反应。"扯呢？"老五吐了口烟。"真没带！不信，你翻。"我两手一伸。骚狐狸穿着一件黄色的毛衣在一旁若无其事。老五太了解我，他用了半个小时说服我。最后在伟大的友谊面前我让了步。把钥匙交给他之前，我千叮咛万嘱咐让他别把屋子弄脏，动静别弄大。老五接过钥匙连个屁都没放，驮着骚狐狸就走了。第二天我一上班就跑到宿舍。一开门，一股腥臭和腐烂的气味扑面而来。我掩住鼻子进屋，一看气不打一处来，床上被子没叠，堆在那里，如同一堆烂柴火。更可气的是，床底下扔了几团有些发黄的卫生纸。下了班，我就把被子驮回了家。我妈还纳闷，这不是刚洗的吗？我坚决让她拆了，再洗。

　　进了老五家，我看见他妈眼睛通红通红的，和姜兰潮家的兔子一样。老五的姐夫也在，他是邮电局的一个中层干部。因为行业优势，他是我们这个县城最早佩戴 BB 机的人之一。老田邀功似的嚷："有老五的消息了。"他嚷完了回头看我，老五他爸、他妈、他姐夫的目光一块儿投向我。我感觉自己站在舞台上，一束束灯光投向我，有些晕眩。我犹豫了下，用手揉揉鼻子："老五可能去了南京。""他怎么跑那儿去了？"老五他妈夹子般的声音，夹得我心一揪一揪的。"他好像去找一个弹吉他的朋友。""准是那个私孩子妮给他出的主意。"老五他妈的脸涨得有些紫。"这倒不是，我得到的消息是老五要带人家走，人家没跟他走。"老五他妈捶着大腿："这个不争气的东西。"我不知道说什么好，但觉得老站着不是回事儿，就一屁股坐到沙发上。

　　"都是你教育的！小时候我一管他，你就拦着。"老五他妈这挺重机枪开火突突射向老五他爸，他爸中弹哑火了。老五他姐夫劝老五他妈："妈，先别着急。现在当务之急是把老五找回来。"老五他妈回过神，追问我老五的具体地址。冷汗一下从我后背渗出来，如同打雪仗有人往我脖子里塞了一把雪。不容考虑，我急中生智："在雨花台附近。"南京在我印象里只有雨花台和长江大桥。于是老五和烈士们就离得很近。我不想背上出卖老五和骚狐狸的黑锅，我也不想老五他妈误会我是老五离家出走的同谋。我想把老五的去处告诉老五家里后，他爸妈情绪会稳定下来。我再做骚狐狸的工作让她劝老五回家。

快到晌午了，我和老田要走。老五他妈拽着说什么也不让走。上了一桌子的菜，我和老田直咽唾沫。我认识老五这么久，也就是拜年、给他家帮忙修小伙房的时候，在他家吃过饭。这次最丰盛。吃饭的时候我问："王岚呢？"老五他妈说："让她去老五他姐那儿了，在家里她闹心啊！"老五他妈一个劲地给我夹菜，仿佛我不会用筷子似的。我看见老田有些不自在，吃得很少，便说："姨甭管我，老田饭量大。"

"小袁，明天你和大伟一块到南京找老五去吧。"老五他妈对老五他姐夫说。我屁股马上被钉子扎了下，几乎要跳起来。"这个嘛，"老五他姐夫沉吟着，"我去也没什么，不过怕老五看见我，惊着他，他再跑了可不好找了。"老五他爸说："小袁说得有道理啊！""我看不如让大伟自己去，他和老五关系好。想个招，把老五诓回来。"老五他姐夫说。我心想，老五那么好诓吗？"大伟啊！你说平常姨对你怎么样？老五这一走，王岚怎么办啊？我们这个家可怎么办啊？"老五他妈说。说实在的，我真没想去南京找老五。可这套是自己套上的，不管多重的东西咬着牙也得往前拉了。"姨，那我回单位请个假，看什么时候能去？"我感觉自己就像要去敌后方营救革命同志。

临走的时候，老五他妈塞给我五百块钱，推辞一下我接了。

我给主任买了条金大鸡。说老家有事情，要请几天假。回家我给我妈说单位设备大修，忙得很，这几天就不回家了。

次日早晨是老田驮我去的汽车站。一路上我们沉默无语。快到的时候，我看见高阳骑着红色的凤凰坤车迎面而来，我跳下车拦住她。她一个急刹车，差点摔倒。"干吗?"她急赤白脸的。"我要去南京了，有很重要的事。"我悲壮地说。"去呗，关我什么事。"高阳大义凛然地回答。"如果事情顺利，我回来后，咱们拉对象吧!""神经病啊!"高阳白我一眼，绕开我，推着车就走。"你慎重考虑下，我回来找你。"我在她身后喊道。看她走了老远，我恋恋不舍地回过头。老田骑在车上咯咯地乐。"乐个毛。"我骂道。

去南京要先坐公共汽车到德州，在那里倒火车。买火车票出奇地顺利，没排多长时间队，就买到了带座号的票。是北京到镇江的，票价四十五元，开车时间下午五点半。我买了些面包，在火车站售票处边的录像厅混到快开车的点，和一群群扛着大包小包的人挤上车。在拥挤的、充满混杂气味的车厢里，我迈过一双双腿，挤过身体的夹缝，找到了自己的座位。我的座位上坐着一个脏兮兮的中年人，我费了十分钟的时间解释座位是我的。他装模作样地检查我的票，最后看我还是坚持，这才懒洋洋地站起来。我一屁股坐在绿色人造革的座位上，看那些因长久站立脸色发暗、身体有些摇晃的旅客，感觉自己太幸福了。

火车在铁轨上咣当，我开始迷糊。半夜的时候我醒来，车厢的灯很耀眼。座位上的人东倒西歪地睡了，就连座位底下都躺着人。车窗外黑咕隆咚的。火车交错驶过，发出巨大的呼啸声。火车有节奏的咣当声，让我有种恍若隔世之感。这是我第三次坐火车。第一次是全家从南方搬回老家的时候。第二次是和老五。当时高中刚毕业，老五他妈托人给他在电业局找了份烧锅炉的工作。他烧的是烧水的小锅炉，每天比别人早一个小时到单位，等水烧开，没什么事了，老五就到门岗上拨拉吉他。老五吉他弹得很好，同样的曲子，我弹出来干涩，他弹出来却流畅、有味道。这和同样的菜料，不一样的厨师炒出来不一样的味道是同一道理。夏天的夜晚我和老五经常在路边弹吉他。我喜欢听他弹《月光》。琴声舒缓、明净。月亮挂在天上，用温暖的手抚摸我们，风吹过来，树叶沙沙响，琴声流水般汩汩地淌进我的心里，似乎隐隐听到一个美丽的女孩在跟我诉说心事。我的内心平静、安然。老五在电业局干了不到三个月就被辞退。顶替他的是办公室主任的表弟。辞退理由是浪费燃煤，上班时间弹吉他。辞退那天老五去找我，他解嘲般地说："谁叫咱没当官的亲戚呢。"他突发奇想，让我和他一起去坐火车，因为他还没坐过火车。于是我们来到德州，买了德州去桑园的火车票。车上没有座，我和老五站在车厢连接处。火车轰隆的声音，让我们听不见彼此的说话声。可能是那声音巨大，我看见老五的眼神里充满恐慌，他恐怕是在担心火车随时在轰隆中断成几节。二十分钟后，火车把我们扔到了桑园站。我和老五站在灰扑扑的站台上，如同两片飘落的树叶。老五说，火车无非就是加长的公交车罢了。我说，非也：一、火车的动力是蒸汽机，公交车是燃料发动机；二、火车在铁轨上行驶，公交车是在公路上行驶。老五没有和我争辩。在站台上他做了一个重大的宣言，回去以后他要办个吉他培训班，最后招的学生比刘天礼都要多，他编的教材比刘天礼卖的都要火，他也要去中央电视台讲民谣吉他讲座。那个年代的年轻人都是跟着刘天礼编写的教程学习吉他的。时隔这么多年，那一幕我仍旧记忆犹新，老五站在空荡荡的站台上，手指天空，眉毛向上撇着，表情严肃，就像火线入党的八路军战士。

　　我在回忆中昏然睡去。到南京站的时候，已经是上午十一点。我随着滚滚人流来到出站口，傻了，南京站真大啊！正犹豫之间，两个中年妇女上来拽我，用蹩脚的普通话问，要不要住旅馆？国营的，干净，价格便宜。我挣脱开她们的纠缠往前走，这时候又遇见一个面色可疑的年轻人，问我要不要出租车。我不敢搭话。关于在火车站外地人挨坑的传说我听得太多了。我逃出了火车站。

站在宽敞的马路上，我踟蹰不前。眼前的繁华让我内心震撼，失去了方向感。犹豫了许久，我才涨红脸向一个女孩打听。她夹杂着方言的普通话，让我云里雾里。幸好我听明白了第一个倒车的站点。走了一身汗，我才找到乘车的站牌。上车以后，我紧张的心才松弛下来。我开始打量车窗外的世界。路边高大的法桐后一幢幢高楼，呼啸而过的车辆，时尚的男男女女，让我目不暇接。天气凉了，经常有落叶在车窗外飘过。在我们县城，树叶落下，风起的时候，再飘起来，然后再落下，最后就烂在泥土里。南京的落叶呢？最后的归宿在哪里？我看见一个女孩穿着黑色短裙，露着白葱般的腿。在我们县城，这个季节，是没有这么打扮的。她哈着手，跑进一家我在电影里才见过的咖啡屋。咖啡屋的门头是黑色的，烫金的六个字——夜浪漫咖啡屋。我想，她的男朋友是不是已经坐在幽暗的单间里等她，面前有一个很小的白色瓷杯，里面的咖啡冒着袅袅的热气。

当我辗转来到骚狐狸的哥哥面前时，已经是下午两点多。我筋疲力尽、饥肠辘辘，样子狼狈。骚狐狸的哥哥是个白净、瘦弱的小伙子，戴金丝眼镜，嘴上挂着浅浅的笑。对于我的到来他没有吃惊，估计骚狐狸已经提前通知他了。我站在宿舍门口，看见他如同看见自己的亲人。我开口的第一句话就是，有吃的吗？骚狐狸的哥哥赶忙从床底下翻出一盒饼干和两个苹果。他出去给我打洗脸水的工夫，我就把这些东西消灭光了。当他回来看见我仍可怜巴巴地用目光向他讨吃的，他深表歉意地说："我出去再给你买点吧！"我已经坚持不到等他买吃的回来。我说："我睡一会儿吧，在火车上没有睡好。"没等他反应，我就一头栽到床上呼呼睡去。

　　暮色里我睁开迷蒙的眼，看见骚狐狸的哥哥正坐在桌前看书，他背对着我，背影很单薄。听骚狐狸说他学的是高分子材料与工程，这是一门对我来说很神秘的学科。他发现我醒了，回过头露出浅浅的笑容，说："醒了？"我爬起来，挠着头有些不好意思："咱们去找老五吧。"他把书掩上，说："老五那儿太远了，明天早上去吧。咱们现在去吃晚饭！"临出门的时候，我瞥了一眼他看的书，原来是张爱玲文集。我心里顿时轻松起来。

　　走在校园里，看到那些三三两两的学生，我开始后悔上学的时候没有好好用功，否则我现在也许是他们其中的一员。我可能会和某个漂亮的女同学发生浪漫的故事。不过我是个会平衡心态的人，我开始对骚狐狸的哥哥谈论张爱玲，对于一个正在看张爱玲的人来说，我完全有把握纵横捭阖。我说："你正在看张爱玲？"骚狐狸的哥哥的耳朵根有些发红："没事的时候，看着玩。"我点了根金大鸡，烟雾从我鼻孔里飘出老远，我用老师的口气说："中国当代文学史，有三个大师是不能不读的。第一个是以笔为枪的鲁迅，第二个是写湘西世界的乡土文学之父沈从文，第三个就是创作出女性的细腻与古典的美感的言情作家张爱玲。"看骚狐狸的哥哥听得很专注，我兴奋地讲了下去。其实这些都是从别处看来的，我无非照本宣科。"张爱玲是世俗的，但是世俗得如此精致，除此之外别无第二人可以相比。张爱玲的性格中聚集了一大堆矛盾：她是一个善于将艺术生活化，生活艺术化的享乐主义者，又是一个对生活充满悲剧感的人；她通达人情世故，但她自己无论待人穿衣均是我行我素，独标孤高。她在文章里同读者拉家常，但却始终保持着距离，不让外人窥测她的内心。只有张爱玲才可以同时承受灿烂夺目的喧闹与极度的孤寂。"骚狐狸的哥哥用异样的眼神看我，这让我感觉好极了。我接着说："这三个作家代表中国当代文学的最高水平。"骚狐狸的哥哥说："郁达夫也应该算上吧。""那个写《沉沦》的浪子？"我反问他。

"是啊，他的小说写得挺大胆。"我看看骚狐狸的哥哥觉得奇怪，我感觉他应该从小就是那种好好学习，听家长和老师话的乖孩子，怎么会喜欢那个浪荡子写的小说呢？

出了校园，右拐。路边都是大排档和小吃摊。吃饭的人很多，有站着的，坐着的，大多都是附近的学生。我们来到一家大排档坐下。骚狐狸的哥哥点的菜，一份鸭血粉丝、一只板鸭，还有一笼包子。他问我："喝酒吗？"我说："我从不喝酒。"他点的东西真好吃，不像家乡的菜除了咸还是咸。我大快朵颐，没嚼完，就又填进嘴里一筷子东西。骚狐狸的哥哥吃得很优雅，他细细地咀嚼，完全咽下去后，才抄起筷子夹一小口。这让我有些不舒服，我安慰自己，这是工人阶级和知识分子的差异。点的东西大多叫我一个人吃了。我打着饱嗝和骚狐狸的哥哥争着付账。骚狐狸的哥哥付完账，我的手从兜里都没掏出来。回去的路上，骚狐狸的哥哥说："你读书真多。"我说："哪啊，我读的很少。"我开始飘飘然然，尽管天气已经冷了，风吹过来，我依然感到惬意、舒服。我说："我上高一就开始发表诗歌。不过后来我觉得诗歌很难表达我的思想，我现在开始写小说。"骚狐狸的哥哥说："你写什么类型的小说啊？能不能让我看看？""我的手稿很潦草，你看不明白的。等发表了，我把杂志寄给你。"我回答。"那你千万不要忘了啊！"我有些忘乎所以。1994年的初冬，我在南京的一所高等学府里，开始虚构我的第一篇小说。"不过我可以把小说的大体情节给你讲下。一个男人和他的女友 A 相恋多年，突然有一天 A 失踪了。他开始寻找 A。在寻找 A 的过程当中，他认识了另外一个女人 B。B 很可爱，他慢慢开始喜欢上 B。可是 B 突然有一天也消失了。他彷徨迷茫，不知道该去寻找 A 还是 B。经过很长时间的反复思考，他决定两个人都不去找。这个时候，A 和 B 又同时出现在他面前。两个人都问他同一个问题，这些天他到哪儿去了？"我的第一篇小说讲到这的时候，我们已经来到了骚狐狸的哥哥的宿舍门前，于是小说结束了。"完了？"骚狐狸的哥哥问我。我点头："完了，结束了。""你的小说很深奥。"骚狐狸的哥哥说。"我是一个有思想的写作者。"我一字一句地说。

骚狐狸的哥哥住的是研究生公寓，两个人住一间。室友知道他来了老乡，到别处借住去了。临睡前，我继续胡吹海口。无非我如何多才多艺。比如我的毛笔字写得特漂亮，上高中的时候就在《书法报》上发表，还获过全国青少年书法大赛金奖。一开始还有些影儿，后来就没边了。我成了文学界和书法界冉冉升起的一颗新星。骚狐狸的哥哥一直安静地听我瞎白话，这让我很满足，话意更浓。临上床睡觉的时候，他感慨地说："真羡慕你们。""我们有什么好羡慕的？"我乐了，"你们多好啊，想干什么事情就去干啊！"

天刚亮，我就被骚狐狸的哥哥喊醒了，我不情愿地爬起来。他已经洗漱完毕，张罗着去打饭。一吃完早餐，我们就出门了。倒了好几班车，我都倒迷糊了。大约在九点多钟，我们在一家中等酒店后院的偏房里找到了老五。

这个偏房是酒店的男宿舍。我俩进去的时候，几个穿着白上衣的年轻人在打扑克，确切地说，是穿着斑驳的上衣。屋里摆满了双层的床，每个铺上是各样的被子、床单。屋里拥挤、杂乱不堪，混合着潮湿、臭袜子、男人体臭的味道。骚狐狸的哥哥抽动下鼻子，眉头皱成一堆。我们一进门，打扑克的几个人把目光投过来，刚和我们的目光接触，就又收了回去。我侧着身子在床铺之间走过，透过床铺的缝隙，我看见老五坐在靠窗户的一个下铺上，看着窗外发愣。那目光我很熟悉，就像当年骚狐狸抛弃他，他在骚狐狸家门前等了一夜也没等到她回来时的目光一样。当时我们高中毕业才一个月。骚狐狸变心还是我先发现的。有天晚上，我刚从姜兰潮家出来，骑着我的红旗自行车慢悠悠回家。没走出多远，从身后传来一阵巨大的轰鸣声，一辆雅马哈250擦着我身子疾驰而过，我一歪，差点摔倒。我站稳了，那车已经远去。依稀透过车尾灯，看见后座上坐的是骚狐狸。我告诉老五，他还不相信。没过几天他就收到骚狐狸托人给他的分手信。老五带着我去骚狐狸家找她，可是从黄昏等到深夜骚狐狸也没回家。那时候我不像现在这么能熬，九十年代初期县城没什么娱乐场所，我也没现在这么多有钱的朋友。那时候晚上不是看电视，就是我们这帮儿在大街上游荡，或者去看录像。除了除夕没超过十二点就上床睡觉了。快零点的时候，我的哈欠就像倒下的多米诺骨牌一样。我打算劝说老五回家算了，明天再找骚狐狸。可是我看见老五塑像般坐在马路牙子上，打消了这个念头，他看着远处，眼睛里分明有一片落叶在飘摇，却始终落不到地上。

我和老五终于在王胖家的胡同口堵住了骚狐狸。老五走过去，他的眼睛里只有骚狐狸。他的脚步缓慢、沉重，似乎腿上戴着镣铐。我在一旁关注着王胖，如果他稍有反应，我就会马上扑过去，给他致命的一击，但是王胖似乎傻了，他扶着摩托车一动不动。老五一直走，直到他的鼻子几乎碰到骚狐狸的鼻子。骚狐狸的眼没有回避老五的眼，她的眉毛扬着，眼珠瞪得像红枣。老五的身子绷得很紧，如同拉起的弹簧秤，我很担心，这杆秤随时被拉散。骚狐狸的眼里有水，这水一小会儿就浇灭了老五眼里的火。老五喃喃地说：“为什么？为什么？”那声音里竟然带着哭腔，这哭腔让我的脸都有些火辣辣的。“不为什么。”骚狐狸的声音真冷，就像冬天早晨起来一出门感觉到的冷。“你不是说过，要和我好一辈子吗？”老五的嘴唇渗出血丝。骚狐狸“喊”了一声：“等有这样的摩托车后，再找人谈恋爱。”骚狐狸偏腿上了摩托车。王胖眨着一双牛眼看看老五，看看骚狐狸，没有动。“走啊！”骚狐狸的声音像一根鞭子抽在王胖身上。王胖赶紧启动摩托，雅马哈250发出巨大的轰鸣声，一股呛鼻的黑烟冒出来，这对狗男女渐渐远去。

安慰是徒劳的，我只能过去拍拍老五的肩膀。老五兀自站在那里，喃喃自语。

后来我和老五来到学校门口的老城饭店。饭店的老板是个五十多岁的老头，高中三年我和我的伙伴们给他创造了不少效益。没钱的时候我们就用在家里偷来的酒、烟到这里来换菜。我可以保证，那时候我们就保持优良的品质，只会监守自盗，绝对不偷外人的。我在家偷的次数最多，因为我爹在单位上是个头，当时我家的南房屋里堆满了别人送的古贝春酒，一次我只偷一瓶，家里一直也就发现不了。一瓶价值五元的酒在这里只能换三块钱的菜。老板依旧坐在柜台后面正在用一根筷子剔牙，一看我和老五来了，脸上乐开了花。我们毕业以后已经很少光顾这里了。

仍旧是一盆肥肠炖豆腐，一盘水煮花生米，一瓶清烧酒。那次老五喝酒的速度是我见到最快的一次。我喝酒过敏，只能看着他喝，菜还没吃几口，酒瓶就见底了。老五一只手扶着桌子，一只手夹着烟，斜眼，歪嘴，嘟囔，再来一瓶。桌子晃动起来，菜盘子和空酒瓶也跟着抖动。我知道不能让他再喝了，如果再喝下去：一、他不能付账了；二、他闹腾起来，我控制不住局面。我起身给老板示意，不要上酒了。就在这时，老五狠吸一口烟，那烟头顿时亮起来，他用力把烟头摁在了胳膊上。我一把把他的手打开，烟头烫过的地方顿时起了个黄豆般大小的水泡。我骂道："傻啊，为一个女人值得吗？"老五趴在桌子上，呜呜哭了起来。那时候，如果有过失恋经历的男孩，基本会在手臂上留下烟花。初恋真的很可怕，它会浸入你的身体，留下你一生都无法弭灭的痕迹。

我坐在老五对面的床上，老五的眼里，有一片黄叶在飘摇。他的床上只铺着一层薄褥子，一床散乱没叠的军用被，枕头是一件羽绒服叠的。他安静地坐着，给我一个侧影，因为光线的缘故，脸一半黑，一半苍白，如同一块木头浸在溪水里。上衣的领子没有翻过来，窝在黑毛衣里，裤腿上有几块油渍，肥大的军警靴上居然沾着一片菜叶。好大一会儿，老五才把视线从窗外收回。看见我，他的脸和眼睛膨胀了一圈，几秒钟后，他恢复了常态，上来冲我肩膀上就是一拳，疼得我龇了下牙。"你小子怎么来了？""我怎么不能来？"我得意扬扬地说，"我只要打算找一个人，没有找不到的。"老五搂着我的肩膀，我们亲密无间地挤过床铺的缝隙来到院子里。在门口，老五亲切地招呼了一声骚狐狸的哥哥，仿佛喊他的亲哥哥。

我和老五站在院子里说话。太阳懒洋洋的，洒在身上。老五揣着手，一只脚在地上碾一块小石头。我递给他一根金大鸡，他拿到手里摆弄几下，然后又在鼻子底下嗅嗅。吸的时候，他两腮都凹了进去，然后一股浓浓的烟从他的鼻孔飘出去。他张着嘴巴陶醉了一会儿，说："南京烟有股怪味，抽了老爱咳嗽。"我弹着烟灰，望着从院子里走过的一个女服务员。"你离家出走，跑这么远干什么？""这不是有熟人嘛！"老五手里的烟才抽几口，就快到头了。"服务员你干得了吗？咱哥们也不是干这个的料啊！""这不是先临时干干，过几天再找个合适的嘛。"我看见老五鞋上的菜叶，忍不住笑了："你上好吃的菜的时候，会不会偷吃一口。""那还不是经常的。这里的菜比咱们那儿的好吃多了。"老五把烟头弹出一个弧线，烟头落地，仍旧冒着烟。"我这不是听骚狐狸说你到这儿来了嘛，就过来找你。"老五伸出手跟我要烟，我把烟掏出来，继续往下说，"我在县城待得也够够的，想出去混几年。不过我不想在南方。南蛮子都特狡猾，咱们斗不过人家。"我被烟呛了下，直咳嗽。我吐了口痰，把烟随手扔掉。"咱们附近那个清河县挺不错的，是羊绒基地，世界上百分之八十的羊绒出自那里。我想到那儿去，机会多。再一个小林不是在那儿嘛。他舅舅是县长。只要他帮忙，准能找个好事。你干脆和我做伴去那儿吧。"我盯着老五看他反应。老五喷吐着烟雾不说话。"咱们在那儿混几年，等风光了再回去。那时候你爹妈也就同意你和骚狐狸在一起了。"老五把大半根烟扔在地上，用脚碾灭。"行，我跟你去。"我悬着的心顿时放下来，我没想到这么容易就说服了他。我跟着老五屁股后回宿舍收拾东西。老五从床底下翻出一个旅行包，把床上的羽绒服胡乱塞进去。然后起身对那群打扑克的人喊："老李，过来一趟。"一个五短身材，满脸疙瘩的小伙子应声过来。打扑克的人停下来看我们。老五指着床上的被褥说："老李，你被子少，这些都送你。"老李有些吃惊："那你盖什么啊?""我不干了，回北方做生意。"老五伏下身把旅行包的拉链拉上。"你这才上了两天班，干不够一个月不发工资。""两天工资才多少，老子不要了。"老五把包拎到床下，然后将被窝卷起来，顿时露出布满毛刺的床板。

午饭我们是在老五上班的饭店吃的。这是一家规模不小的中式餐厅，装修古色古香。我们坐在大厅的一隅，正好面对吧台，吧台前面供奉着弥勒佛，他老人家摸着肚脐笑容可掬地看我们这些俗人。老五点了一桌子菜。他和骚狐狸的哥哥喝啤酒。我只顾闷头吃，老五不时和上菜的服务员开个玩笑，骚狐狸的哥哥还是那么优雅。我放在桌子上的金大鸡烟，被老五连抽带送同事，一会儿就净了。酒足饭饱，我心满意足地剔牙之际，老五的狗嘴里吐出一句："算账去!"我茫然地看看老五，又看看骚狐狸的哥哥。"大伟，快点啊!"老五的大黄牙让人恶心。我无可奈何地去吧台算账，我边走边安慰自己，"反正是你家的钱。"这顿饭一共花了六十七，让我有些肉疼，要早知道我付，老五当时点菜的时候，我真该拦下。回到桌边，我喝了口茶，正打算开口说撤。老五的狗嘴又吐出一句让我目瞪口呆的话："下午咱们到长江大桥转转。""别转了，抓紧时间走，下午有一班到德州的火车。"我怕夜长梦多。"不去长江大桥就等于没来南京。"老五叼着最后一支金大鸡，右脚踩在椅子上，活脱脱一个泼皮。

出了饭店，我们和骚狐狸的哥哥告别，他下午学校有事。从那儿我就再也没见过他。他的名字我早已经忘记。他是一个安静、善解人意的人，他可以聆听你的倾诉，哪怕是一堆废话，他也毫无怨言，脸上总是挂着浅浅的笑容。总之他是一个值得交往的朋友。本来写这篇小说的时候，我给他起了个名字，可我觉得很别扭，于是我只好用骚狐狸的哥哥来称呼他。不知道他现在怎么样？像他这样的人应该混得不错。如果我这篇小说有幸发表，他能看到，请和我联系。为了避免卖假证的、招聘公关的、倒腾汽车的、发布中奖信息的、卖保险的、推销东西的、联系培训的骚扰，我就不留手机号码了。

从老五工作的酒店坐三站地，在桥头堡公园下车，再走五六分钟就是长江大桥。还没有到桥头，空旷处吹来的寒风钻进我的衣领，我不由得缩下脖子。老五急匆匆地往前走，我紧紧跟在他身后，他就像射出的一支箭，我就是箭尾的那束羽毛。曾经我也紧紧跟随在他身后，走向大桥，不过那是我们那儿的运河大桥。那是因为骚狐狸。有一天放学的时候，在学校门口街混子孙二响冲骚狐狸吹口哨，骚狐狸往地下啐了一口。孙二响在学校那条街上称王称霸惯了，哪受得了这个，上去一把把骚狐狸的头花捋走了。骚狐狸披头散发地去找老五，老五听完她的哭诉，脸涨得通红，好久没出声。最后他从牙缝里挤出一句"干他狗日的"。老田、癞子都劝他算了，孙二响一个人不可怕，关键他有一帮社会上呼啸的兄弟，我们这些学生惹不起。老五的仇恨已经燃成熊熊大火，无法扑灭。他找到孙二响的邻居——邻班的鲁军，让他捎信给孙二响，第二天下午在运河大桥见。第二天下午老田、癞子等人不知何原因没有来上学。老五对我说："算了，你也甭去了。"碍于弟兄感情，我硬着头皮也得跟他去。一上桥就看见孙二响和他的五六个兄弟，每个人都跨在自行车大梁上，身子趴在车把上，沉甸甸的链子锁在一端的车把上荡悠，我的腿不由得有些哆嗦。孙二响示威般地扬起骚狐狸的黑色头花，在我看来那头花就像罪恶的罂粟花。老五面无表情，脚步迅捷。离孙二响越来越近，他的脚步频率就越快，到了面前的时候，他人几乎都冲了起来。他猛地从腰里抽出一把明晃晃的匕首，用力扎向孙二响的大腿。孙二响张着嘴呆住了，仿佛被点住穴道。眨眼间，他和他的自行车缓缓地倒向一侧，这时候他的喉结抽动了几下，一声凄惨的声音冲出口腔。血是黑色的、黏稠的，慢慢从他的裤子里渗出。老五弯腰捡起已经被孙二响扔到一旁的头花，吹了吹上面的尘土，又在上衣上蹭了蹭，小心翼翼地放进上衣的口袋里，然后起身冲孙二响的弟兄们扬了扬匕首，刀尖沾着一丝血渍，他阴鸷眼神里的杀气把孙二响的弟兄们吓傻了，没有一个人动。老五带着我扬长而去。走了老远，我还心有余悸，唯恐那帮人撵上来，抡起链子锁砸向我。这件事情的后果，老五受到派出所的经济惩罚、学校的留校察看处分、他爹的两个耳光，以及骚狐狸的以身相许。

老五和我一前一后走在长江大桥的人行道上，这次他不是走在会敌人的路上，而是走在他向往已久的地方。引桥下面的大桥公园里的各种花草树木大多叶子发黄，一片萧瑟。下层的铁路桥上正驶过一辆火车，巨大的轰鸣声伴随着桥身轻微地抖动。老五的手指一路沿着冰冷的桥栏杆滑过，我隐隐听到他在吹口哨，吹的是南斯拉夫电影《桥》的插曲《啊，朋友再见》。我们走过一个个兰花形的路灯，走过桥的弯曲部分，看见工、农、兵、学、商的五人围成一圈的塑像，栏杆上开始出现铸铁浮雕，有五星的、向日葵的，然后我们又看见桥两侧雄伟的桥头堡，每个堡顶上竖立着三面红旗，就像劈向天空的三柄巨斧。在桥头堡堡身周围刻有"全世界人民大团结万岁"的浮雕。我这时候才感到震撼，不由得生出景仰之心。我扶着栏杆探头一看，翻滚的、浑浊的江水，如同动物世界中非洲动物大迁移时不顾一切地往前冲去，我顿时感到一阵晕眩，赶忙把头收回来。

我们登上桥头堡上的瞭望台。风很大，吹在脸上有微微的疼痛感。我们的衣衫猎猎。视野辽阔，我终于体会到极目楚天舒的意境。太阳仿佛气力不足，如同一个婆娘剪的剪纸。长江和天际连为一体，远处一片雾蒙蒙。我想，那尽头是什么模样？桥上行驶的车辆、人群，在我看来如同是在一个巨兽的肠道里蠕动。一艘油轮在江上行驶，船后留下一条尾巴，仿佛一把利刃从天劈下来，把江水劈开一个大口子，不过这个伤口很快就愈合了。长江大桥两侧的引桥如同两只巨手，使劲攥住岸边。我突然有一种想要高号一声的冲动，但是我扼制住了。我平静了下心情，看见老五张开双臂，如同肋下长出一对翅膀，整个人似乎悬在半空。他双目紧闭，嘴微张。他是拥抱这江面吹来的风，还是想飞翔？我突然担心他跳下去，于是做好了抱住他的准备。就在我将失去耐心要喊他的时候，他突然睁开双目，放下那对翅膀，说了一句让我既可笑又有同感的话："长江大桥真长啊!"他从来没有用这么慢的语速说过话。我凭栏远眺。"真长啊!"他又感慨了一句。这时候我看见他从兜里摸出一个东西，那个东西在他手里留恋了一会儿，然后向桥下跳去。我抓紧栏杆，踮脚往下张望，原来是一个黑色的头花。头花轻飘飘的，如同宇宙中的生命，坠到浑浊的江水里，然后翻卷几下，就不见了。我看看老五，他出神地望着江水，不知道他为什么这么做，到底在想什么？江边上那些层层叠叠的建筑物，一眼望不到尽头。这些提醒我这不是我的城市。思乡之情顿时弥漫开来，将我淹没。我想念那带有草木香味，还混杂着柴油味的县城，我骑着那辆到处吱呀呀响的红旗牌自行车不用一个小时就可以转遍的小县城。路上会经常碰见打招呼或者不打招呼的认识的人。饿了，我可以去孙家铺子，花上五毛钱买个肉火烧，吃得满嘴流油。甚至我怀念声音聒耳的制冷车间，我多么想和车间主任老刘坐在值班室里打"跑得快"。还有我那张铺着厚厚褥子的床，软啊！

在老五的提议下，我们在桥头堡下照了张合影。桥上售货照相车很多，我们找了个穿黄上衣的女孩为我们照相。后来照片寄到了我工作的单位，不过照片让我很不满意。由于桥上风大，我们两个的样子很狼狈。头发被吹得凌乱，衣服歪七扭八，笑容不自然，仿佛有双大手拧着我们的脸蛋。尤其是我的裤腿被风撩起来，一条显得长，一条显得短。在照片的最上方，也就是老五的头顶，居然有那只鸟，它就好像我们照完相以后又钻进照片里的一样。它头朝上，身子竖立，翅膀张开，像火箭升空。

离开长江大桥，我和老五去他工作过的酒店拿行李。老五想等他的几个同事下了班一起吃个告别饭，我断然否决。此时的我归心似箭，尽管我心里一直打鼓，把老五骗回去后如何面对他。我编谎："和人家小林约好了，后天在清河见面，如果不能按时到，没信誉倒不怕，只是不好弄到好差事。"老五只好作罢。到了火车站，天已擦黑。排了老长时间的队才买到票，凌晨一点的车。这时候肚子咕噜噜直响，我们找了家小餐馆随便吃了点东西。时间尚早，老五非要在附近溜达溜达。南京真是个大城市，尽管已经夜里，灯火辉煌，车水马龙，比我们那儿赶集都要热闹。我们走累了，坐在马路边歇脚。老五望着身边来来往往的车辆和人群，感慨地说："咱们要是出生在南京该多好啊！"没有金大鸡烟了，我在身上乱摸索。老五看见，从兜里掏出一盒南京。这个混蛋，有烟一直抽我的，我没好气地说："你要是在南京出生就不是老五了，什么土壤长什么花。你这狗尾巴草只能长在咱们那儿。"

上车的时候，我和老五都困得睁不开眼。幸好车上人不多，我们找到座位，就呼呼睡去。我做了个梦，我们又去了长江大桥，桥头堡堡身上的"全世界人民大团结万岁"十个大字居然是我写的。天亮时，老五把我从梦中拽出来，他问我："你乐什么呢？"我睁开眼睛，打量打量车厢里，又看看车窗掠过的田野里的晨雾，然后和小猫一样抹抹脸，还打了个长长的哈欠。我不满地剜了老五一眼，说："关你屁事。""你小子准是在做龌龊的梦。"老五说，"看你乐得都合不上嘴。""呸！"我啐了一口，"我是梦见你做坏事，被警察抓住，我想，可为民除害了。"我们两个斗嘴，对面座位上是两个好像第一次出门打工的农村女孩，她们把包裹抱在怀里笑吟吟地望着我们。坐在我正对面的那个女孩年龄稍大些，短发，人挺精神。我看她戴着手表，搭讪问她几点。她没有回答，却把手腕伸到我眼前。我顾不上和老五贫，问她，到哪儿下车？她犹豫了下还是说了，到北京，终点站。一会儿我们就聊熟了，她说和妹妹一起去投奔一个亲戚，她们村的好多人都去首都打工，那里机会多。她问我在哪儿下车。我说，德州。我故意将德州说成 deizhou。她抿抿嘴儿，笑得还是有些腼腆。她说是不是出扒鸡的那个地方？我点点头，扭头看老五，他靠在车窗上一动不动，仿佛睡着了，但是眼睛却睁着。我拍拍他肩膀，说："走，去抽根烟。"

我和老五在车厢连接处抽烟。我们在火车的轰隆声中沉默不语，老五依着车壁，眼神有些呆。他突然问我："你还记得咱们上学时组织的乐队叫什么名字吗？"我点点头回答说："知道啊，不是叫翅膀乐队吗？""咱们坚持下来该多好，说不准现在出名了，全国巡回演出呢。"我哼了一声："做梦呢？"后来他问我，"你知道不知道我为什么离家出走？""为了爱情，为了骚狐狸呗。"我回答。烟从老五嘴里吐出来，又被他吸到鼻子里去。狭小的地方被我们两个弄得烟气腾腾。"也不全是。"老五说，"你知道吗？我要是再这样下去，这辈子就完了。我可不想和他们一样那么活。"老五有些激动，几滴唾沫星子喷到我脸上，带点酸臭味。我似乎听到了唾沫星子啪啪涨破的声音，我厌恶地抹抹脸。"你小子就是不想过本分日子。""和你也讲不清楚，你连恋爱都没谈过。"老五轻蔑的表情，让我心里硌硬，真想伸手给他两个耳刮子。

"这次回去，我就和高阳谈上恋爱了。""那你小子还给人家起什么外号，叫人家大山羊。""我喜欢山羊啊！"我咽了口唾沫。提起高阳，我的胸口不知怎的，就像饿了，总会抽一下。

我们回到车厢，正好一个服务员推着售货车过来。老五让我买啤酒，我问他，你的钱呢？他说早花完了。虽然是老五家的钱，我也想省点花，到时候好跟他妈有个交代。犹豫片刻，我还是买了两罐啤酒。原因很简单，离家越近，我对老五的内疚之果就越长越大。对于我来说，欺骗朋友是一件很痛苦的事情。啤酒是萃岛牌的，包装几乎和青岛啤酒一模一样，三块钱一听。老五喝的速度很快，几乎是一口一罐，以致我以为那里面装的是水。老五喝完酒眼巴巴地看着我，仿佛一只渴坏的小狗看着主人。没办法我只能再买两罐。老五喝酒的速度还和前面两罐一样，售货的服务员干脆坐在旁边的座位上等，我一次次不情愿地从兜里掏出钱，最后老五喝了十一罐，我在心里咒骂了十一次生产厂家，怎么弄得酒和水一样呢？第十一罐啤酒喝完，老五伏到桌子上，他凌乱的头发开始抖动起来，然后传出呜咽的声音，引来车厢众人的目光，我的脸顿时火辣辣的。我赶紧拨弄他："别哭，不嫌丢人吗？"老五仰起脸，眼里雾蒙蒙的。"你他妈才哭了呢！"我还没反应过来，他的拳头就击中我的下颌，我脑子嗡的一声，人差点从座位上栽下去。我的火噌地就窜出来，我扑到他身上，扼住他的脖子，拳头悬在半空的时候，跑出去的理智又回来。我缓缓松开他，他和我一样张着嘴，喘着粗气。我坐好，整整衣服，连理都不理他。老五可能觉得也没劲，无声无息趴到桌子上。对面的两个女孩都看呆了。过了好久，年龄大的那个女孩悄悄问我："他是不是失恋了？""他是恋得太多了！"女孩没听懂我说的什么，看我脸色不好，就没再问。老五突然开始嘟囔，声音不是很清楚，我把耳朵凑过去，听他说："原以为是只鸟，可以自由飞翔。哪知道是只风筝，刚想飞远，却被一条可怕的绳子拽回来。"我有些莫名其妙，不再管他。这时候我的目光瞥向车窗外，令人吃惊的场景出现了，我看见了蒙娜丽莎。尽管它的影子模糊。它拼命扇动翅膀，正在和火车赛跑。

到德州站时天色已经黑下来。我依依不舍地和那个女孩告别。那时候还没有手机和 QQ 号，否则我和那女孩说不准会发生点什么故事。戳在站台上，我发现车站的屋顶有积雪，天气比我走的时候冷多了。我的意思是抓紧到汽车站坐汽车回县城，明早再去清河。老五非要吃点东西，暖和暖和。想想和老五家还没联系上，我就同意了。我们是在火车站附近的一家到处都漏风的兰州拉面馆吃的。我比老五提前吃完，借口上厕所，做贼似的进了家商店，用公用电话给老五的姐夫打了个传呼。电话回过来时，铃声刺耳，让我有些心慌。在店主的提醒下，我才反应过来，把电话拿起来。我慌张地给老五的姐夫说好回县城的时间。他告诉我他们埋伏的地点，让我带老五走那条路。一出门，老五立在那儿，我心马上悬起来。他问，干什么去了？我说，买了盒烟，我觉得自己脸色都变了。我怀疑老五是否听到，但看他的神情，不像。

我们赶上了回县城的最后一班车。公共汽车在夜色中缓慢地爬行，车灯打在路面上，如同一根绳子在拽着车前行。我和老五一直没有开口说话，各装着心事。在黑暗中彼此看不见对方的表情，只能看到眼睛在闪光。我内心甚至想，这辆公共汽车不要在县城停靠，最好是到一个陌生的地方。一直是一个姿势坐着，加上气温低，脚麻了，我开始跺脚，这时候我听见老五也在跺。他跺脚的声音让我忐忑不安，像跺在我心上。

在县城的车站下了车，其他乘客匆匆地离去，偌大的车站只剩下我和老五。我们站在那里，如同两只迷途的羔羊。最终还是我说，先去我的宿舍凑合一宿。

已是夜里九点，县城的街道很清冷，路灯有气无力地亮着，好像垂死的病人。天气很冷，冻得膝盖生疼，走一会儿，我就哈下手，捂捂耳朵。老五揣着手在前面走，我在后面慢吞吞地跟着。我不时看看天空，没有月亮，只有几颗隐隐的星星。有好几次我想喊住前面的老五，让他回来，但是这个念头一次次被我顽强地压下去。如果那样，我怎么跟他的家人交代。走到饮食公司路口的转盘时，几个鬼魅般的人影蹿了出来，就如同皮影戏里的影子一样。老五没有任何反应，就被摁住。我停住脚步，听那几个人的声音，我知道是老五的姐夫、老田、张涛和癞子。老五明白过来，开始挣扎，但那几个人死死地抱住他，他胳膊和腿乱挓挲，如同溺水者。后来他被拖着带走。他挣扎着扭过脸冲我喊："徐伟，你个王八蛋，我恨死你了！"那声音回荡在夜空里，尖锐无比，如同一个酒瓶子砰然打破，那碎片全溅到我裸露的皮肤上。我整个人都木了。

那夜我回到家里，母亲见我怪怪的，以为我病了，伸过手摸我的额头，被我粗暴地推开。我倒在床上，沉沉地睡去，直至第二天中午。

起来后，我写了个账单：

请假给主任买金大鸡一条	36 元
去德州汽车票一张	3 元
去南京火车票一张	45 元
去南京的路上吃饭	8 元
南京坐公交车六次	6 元
老五请客	67 元

在南京火车站和老五吃饭	10 元
回德州火车票两张	90 元
火车上老五喝啤酒十一罐	33 元
火车上和老五吃盒饭	10 元
德州火车站和老五吃饭	5 元
德州火车站打传呼	2 元
回县城汽车票两张	6 元

共计：321 元

剩余：179 元

写完账单我骑上自行车去了老五家。走进院子的时候，我吃惊地发现，晾衣服的铁丝上挂着的鸟笼里居然不是空的了，蒙娜丽莎在笼子里安静地啄食，嘴里不时发出"咕咕"的声音。对于我的到来，它只是用黑珍珠般的眼睛漠然地瞥了一下，又垂下它的小脑瓜。我打量这只神奇的鸟，觉得不可思议。

张涛和老田在老五家里，我进门的时候，他们正在议论什么。看见我进来，张涛冲我摆摆手，算是打招呼。我走过去坐在一边听他们继续说话。他们说蒙娜丽莎今天早上飞回来了，一直在老五家的院子上空盘旋，就是不落下来。而且嘴里发出呜咽般的叫声，让人闹心，用笤帚撵，扔石子，它也不跑。最后老五出来，打开那个鸟笼，它居然自己飞了进去。"这事真奇怪，这鸟太有灵性了。"张涛感慨。"老五呢?"我问。"又睡觉去了。"老田说。

老五他妈从里屋出来。她手里拿着纱布和剪刀。我赶忙问："姨，怎么了?""老五的手得冻疮了，"她回答，"挺严重的，这不是给他敷药嘛。"不会吧，我们回来的时候，他手没事啊，我心想。难道这一夜又发生什么事情了? 我心中充满了疑问。但不知为什么，我没有问。我把账单和剩下的钱掏出来递给她。临给之前我犹豫了下还是把自己的三十块钱也夹在里面。他妈没说什么就接了，然后扔下我就不再搭理。我待在那里，有些尴尬，坐也不是站也不是，只好告辞。老五他老婆王岚送我出的门，我正打算转身走的时候，她说了一句让我至今无法接受的话，"以后你不要再来找老五。"说完门夹着一股寒气重重地关上，她那张仇恨的脸转眼消逝。我站在门口呆住了，不知道为什么，我连气愤的力气都没有了。尽管我想敲开门，问老五家里人，为什么？

1994 年的冬天，把老五找回来的我成了他家的罪人，从那儿我就再也没登过他家的门。

后来的事情是有次喝酒张涛告诉我的。老五手上的冻疮越来越厉害，他妈领着他去了很多家医院看，愈看愈厉害。整个手背都烂了，薄薄的一层皮下都是脓水，随时都会流出来。手指头肿得和用水洗过的白萝卜一样。眼看着这只手就要废掉了。这时候老五他妈听说了一个偏方，用鸟的头做药引子，治疗冻疮有奇效。救子心切，老五他妈也顾不上去抓鸟，把蒙娜丽莎给杀了。当把蒙娜丽莎的头捣碎了敷在老五手背上的时候，老五疼得龇牙咧嘴，一个劲地问，什么药啊？这么疼。怕他着急，他妈没敢说。敷上药的那天晚上老五疼得叫了一宿。说来奇怪，很快老五的手好了，居然手背上没有留下一点疤痕，完好如初。蒙娜丽莎不见了，老五就像魂丢了一样。直至他说要出去找蒙娜丽莎，王岚才把真相告诉他。出人意料的是，暴风雨没有来，老五一句话也没说就走开了。自那儿老五开始沉默寡言，就连张涛他们去，他也不搭理。他经常把自己反锁在屋里。有次王岚趴在窗户上看到，老五张开双臂，把腰弯成九十度，扇动着两只胳膊，在屋子里跑来跑去。

十年后的一次同学聚会又见到老五。当时我喝了点酒。刚离婚的高阳老往我身边贴，频频给我敬酒。望着这个醉眼迷蒙满脸雀斑的女人，心下感慨万分，当初我怎么会喜欢她呢？可是在她的眼神里，我看到了自己的怜惜，于是我喝了点酒，惹来周围同学的不满，说我重色轻友。正在与大家纠缠之际，一个穿黄色上衣的女孩从酒店的大厅穿过，她走路一扭一扭的，眉眼之间左顾右盼，甚是妖媚。不过她的目光已经不能像当年骚狐狸的目光那样飘到我们身上让我们心潮澎湃。我看见老五在邻桌推杯换盏。我走过去，坐在他身边。他看见我一愣，我在他眼里没看见那片飘摇的叶子。我说："最近怎么样？"老五举起杯和对面的一个同学喝了口。看我还是盯着他，他把杯子放在桌子上。"凑合混呗。哪能和你比。在工厂混了快十年了，刚凑够买房的首付。"我掏出烟递向他，他接过来，转转烟："嗬，中华啊！"他凑过头让我点着烟，深深地吸了一口，他的样子顿时模糊起来。"骚狐狸现在干什么呢？"老五夹了口菜慢慢咀嚼着，然后扬起那张炭黑脸，瞪着血红的眼珠子，反问我："谁是骚狐狸？"

香如故

身体里的脂肪
还能做八块肥皂
送给妓女
请她洗净骨头去做母亲

——引自李庄的诗《身体清单》

一

她从大连来，到德州。

硬座车厢里挤满了人，弥漫着一股酸馊的味道。对面是对年轻男女，女孩的头歪在男孩的肩膀上睡着，左手攥着一个仿皮的红色坤包。男孩的头仰在椅背上，发出轻微的鼾声。身边坐着一个和她年龄相仿的男人，衣服皱皱巴巴，衣领处有层浓亮的污渍。男人抱着肩，翘着腿，面无表情，有人经过，把他翘起的腿蹭到地上，那腿便迅速再翘上去，像安了架弹簧。

她头靠车窗，呆呆地望着一晃而过的风景。

她是昨天下午才决定去德州的。从医院出来没回家，就直接到了火车站。最早的车夜里十一点，始发车。坐到座位上的时候，她长吁了一口气。二十年来，"去德州"这三个字一直在她心里回响，声音时大时小，时而像谁的吼声，时而又像喃喃自语。一个人的时候，去德州的念头愈加强烈。这些年，她反复做同一个梦：那个人向她跑来，背后是棵枝叶茂盛的大槐树，树上缀满白花，散发着没有方向感的香气。那个人向她跑来，那槐树也向她跑来，但无论怎么跑，她与他们都还是那么远，以至于每次梦醒，都会急出一身冷汗，都会在胃口偏下的位置，引发悠长蜿蜒的疼痛。

去德州。有几次，她买了票，即将踏上去德州的列车。但每次都没有成行，候车室门外，她看着拥挤的人群，有种强烈的失重感，一根无形的绳子把她一次次拽到退票窗口。现在，她终于坐上了去德州的列车，大连的夜景已经滑进无尽的黑暗。她想，还会回来吗？多年前离开德州时，她也想过同样的问题。

车轮撞击铁轨，发出咣当咣当的声响，时而清晰，时而模糊。车厢里的馊气，随着夜色渐渐平复下来，让胃部的疼痛水落石出，清晰而尖锐。

不知道过了多久，列车闯进黎明。前面的天空开始泛白，铁道边公路上赶早的车辆和行人渐多起来。身边男人依然翘着腿，对面男孩停止了鼾声，低头摸索着女孩裸露的手臂。

列车开始减速，乘客们纷纷起身收拾行李，车厢里的气味再次被搅动起来，淹没了她胃里的疼痛。去德州。现在，德州到了，她却有了惧怕。说不出是种什么心情，可能她希望这车永远开下去才好，一直在去德州的路上。

站在出站口，眼前的一切让她陌生，仿佛到错了地方。记忆中，德州站的站前广场是黑白色的，小得一眼就可以看过来。如今广场色彩驳杂，往任何一个方向看都有树木、电子屏、零售窗口、长途客车、廊桥等阻挡视线，让人无法确切了解广场的界限。

几个中年妇女猫般围拢过来，仿佛她是条腥臭的鱼，手里拿着彩印的宾馆卡片，嘴里不停歇地兜售着关于那个宾馆的关键词：星级，附近，干净，闭路电视，热水，上网，等等。无论她往哪个方向走，这些中年妇女都随她一起移动，很是执着。她有些厌烦，胃部的疼痛又一次袭来，让她想要呕吐。她停下来，用德州话说，我到家了。那些人才忽地散开，去围拢别的提了行李的人。

我到家了！她咀嚼自己的话，继而感到迷茫和悲哀。家在哪儿呢？四周密密的人流，在广场炸开，然后散向不同的去处，哪一处才是二十年前的家呢？

她站在站前广场上，不知道该往哪儿去。

包里传来铃声。她不用看，也知道是他的电话。从昨天下午去医院开始，他就一直打电话，她没接，她不知道该如何向他说出一切，包括医生慢声细语的解释，包括"去德州"三个字。列车驶出大连的时候，她给他发了条短信，说自己走了，让他开始新的生活。他回了短信，她没看；他一遍遍打来电话，她没接。她想让自己走得彻底，走得决绝；她怕一旦听到他的声音，会忍不住哭起来，忍不住回到大连，把德州重新埋进那个做了二十年的梦里。

站在站前广场上，她寻找自己的去处。

"请问簸箕王怎么走？"她拦住一个穿西装的男人，那人看看她，摆摆手，脚步都没停。

"请问簸箕王怎么走？"她拦住一个边走边吃糖葫芦的女人。"簸箕王？""对，簸箕王，化工厂旁边的那个村。"她满眼期待。"没听说过这个地方啊。"女人摇摇头，从嘴巴里滤出几粒山楂籽，吐进手心。

"请问簸箕王怎么走？"她拦住一个穿橙色马甲的环卫工。环卫工边摇头边挥动扫帚，把她脚边的一个烟头扫进簸箕。

⋯⋯⋯⋯⋯

胃部的疼痛剧烈起来，像一万根针，挑起那里丰茂的神经。她摁住腹部，缓缓蹲下身子，一颗颗汗珠从额头渗出，嘴里不由得发出低低的哎哟声。她腾出一只手，从包里翻出一个紫色的小玻璃瓶，用嘴叼住瓶盖，拧开，咽口唾沫，艰难地把药吞了下去。过了好一会儿，胃部才舒展了些，她慢慢起身，踩踩蹲麻的脚，向广场边那排商铺走去。

商铺没有门，从打开的窗户里，飘出扒鸡浓浓的香味。窗户上面挂着写有"正宗德州扒鸡"的牌匾。这商铺的旁边，也有几家扒鸡店，都有正宗二字，不知道谁真谁假。因为这排商铺，人们一出站就能知道这是德州，而不是别的什么地方。这排商铺的营业窗口也都对着站前广场，风向适宜时，广场上便满是扒鸡的味道。

店主是个中年男人，正在货架后摇着扇子驱赶苍蝇。

"大哥，我打听个道儿。"她在窗口前停下，声音因刚才的疼痛而略显低微。

中年男人瞅瞅她，没有停下摇晃的扇子。

"去簸箕王怎么走？"

"簸箕王？"中年男人的扇子慢下来，像问她又像问自己。

她点着头，眼里满怀期待。

"那地方啊，十几年前就拆了，改成了董子公园。"

"原来住那儿的人呢？"

"拿着拆迁款各奔东西了呗。"这时一个拖着行李箱的男人走过来，中年男人继续摇起扇子，吆喝起来：

"新鲜扒鸡，刚出锅的扒鸡啊！"

二

这家旅店招牌上只有"旅馆"两字。门面很小，楼梯是铁板焊的，上面刷了层褐红色的防锈漆，踩在上面，回音很大。

她的房间在二楼，是个单人间，大约十平方米，一张双人床，一张少了一个抽屉的两屉桌，电视机是十八寸的，窗户倒是不小，街上的景色尽收眼底。

屋子里弥漫着汗臭味儿，阴潮的墙角有几只黑色的多足虫，蜿蜒着爬进破旧窗帘的后面。

她掩上门，把窗户打开，街上嘈杂的声音立刻灌满房间：无数辆汽车引擎在轰鸣，无数的男人女人在叫喊或窃窃私语，无数只音响在唱，无数只玻璃酒杯碰撞在一起，无数双鞋子摩擦地面……她觉得整个德州都装进自己狭小的房间里了。

手机又响了，是他的，铃声固执而坚决，像男人棱角分明的那张脸。等铃声响过，她关了机，抠出了电池和手机卡，把手机零散地装回包里。

坐了一夜火车，脑子里满是咣当咣当的响声，仿佛那里面有列火车在跑，仿佛她就坐在那列车的某个车厢里，永远到不了终点。

她洗了把脸，在浴室的镜子前，仔细端详苍白的自己。二十年前，她也曾在德州某面镜子的前面这样端详自己。镜子里映出一张二十岁的脸，外眼角稍稍上扬，像戏台上束了妆的青衣。青衣刚刚哭过，脸色因失血而如一张潮气浸润的白纸，无力而绵软。青衣的心是凉的，在这之后她将离开德州这座戏台，去往任何一个地方。她把自己的血留在德州，把自己的魂留在德州，带走的只是这副轻飘飘的躯体。她不知道自己是否还会回来，在德州这座戏台上，重新勾描自己的脸谱。

　　此刻，镜子里的脸如二十年前的青衣，潮湿而匮乏血色。不一样的，是那一道道清浅的鱼尾纹，在上扬的眼角处，荡起一小片水域。她长叹了一口气，拿起梳子，细致地把额前垂下来的头发一根根向后拢去。这个过程极其用心，她要在自己走出浴室时，找回一些岁月，以及几丝德州的感觉。

　　整个白天她几乎都在窗前，望着窗外的德州，嗅着德州灰蒙蒙的气味。她仔细辨认着，想从中嗅到一点点熟悉的东西。若街上有人留心，会仰头看到这扇打开的窗户，会看到窗框里嵌着的这张苍白而安静的脸，会发现这个女人，在街边法国梧桐的叶片缝隙里，撒下月光般的眼神。

　　这期间，她的胃疼了几次，但都不是很剧烈，似乎心静了，疼痛也没了力气。她知道，这初来德州的宁静，会在之后自己的寻找中被打破。那个叫簸箕王或董子公园的地方，那个跑向她的人，那棵枝叶茂盛的大槐树，会在之后搅动她的身体以及内心的疼痛，会让她痛不欲生。在这一切还没来临之前，她想安静地这样趴在窗前，仔细打量一下德州，也让德州好好打量一下自己。

　　这期间，铁制的楼梯被人一遍遍踏响，隔壁便传来男人和女人的欢愉声。那是一种年轻的声音，女人咻咻笑着，而后会轻哼一首歌。随着床板震动声越来越密，那歌声也会高亢起来，并在最后关头，发出低叹，仿佛一个音符扎进深水，终结在那里。她用心听着女人的歌声，听不清歌词，旋律却扯着她越走越远。这是一种似曾相识的东西，是德州这座城市，留给她唯一可以辨识的印记。也许隔壁是二十年前的那个青衣，她想拉开一道门缝，看看从隔壁房间里走出来的人。但没有，她不想证实什么，只想把这一切当成自己的想象，毕竟在大连的时候，她也多次出现类似的幻听。

　　中午她只喝了半杯白水，胃似乎失却了对于食物的反射功能，所以她并没有感到饿。只是到天将黑的时候，才意识到自己已经很久没有进食，才整了整衣服，走出了旅馆。

三

夜色抹平了健康与疾病、富足与贫穷、年轻与衰老，所有的界限都变得模糊而暧昧。她一直喜欢夜，无论在德州还是在大连。即使伤痕都是在夜里留下的，她也无法责备黑夜。在她看来，伤痕在夜里比白天更容易愈合，疼痛有时候不源于伤口，而来自眼睛射出的刀子一样的目光。

与大连相比，德州的夜色略显混沌，这正是她需要的。

在一个拐角处，她简单喝了碗白米粥，吃了枚鸡蛋，又小坐了一会儿，才起身沿街往回走。过来过去没有她认识的人，这很好。二十年的光阴，即使碰到了曾经的熟人，也不要紧。从大槐树下抽身的那一刻，她就已经死了。现在，她是另一个人，到这里寻找的，只是自己生前留下的影子。

旅馆就在前面，隔着条小街，街上有群穿短裙的姑娘和光着脊背的年轻男子，边走边吃零食，边毫无忌惮地打闹着。门旁的方凳上，坐着旅馆的老板娘，摇着一把大扇子，呼呼啦啦地扇着胸前那两坨夸张的肉堆。

她不想现在回去，便在街边树下的水泥椅上坐下来，感受着一股白日的热流自下往上漫，像越涨越高的水。她抬头望向二楼，自己的房间窗户大开着，窗内没有光，黑得如啮齿类动物的巢穴。隔壁的房间垂着窗帘，有些斑驳的光影在窗帘上跳跃。她知道，那是电视屏幕发出的光线。

她觉得有些无聊，一只手习惯地按着胃口，心里盘算着即将的寻找。

大槐树，大槐树。对于簸箕王这个地方，她能记忆的只有这一棵树。她能记得这棵树上的每一朵小花，花中有抹淡淡的微绿，白色花冠层叠着打开，探出蕊，像一滴弹出杯面的酒珠。她记得那天有风，花在风里层层落下，黏在她年轻的头发上、脸上，每一朵都寒冷，都嘲笑，都咒骂。那一刻，她听到了这个世界上所有的骂声，即使在大连的日子里，这些骂声也像洪水般围着，把她困在一座突出水面的孤石上。那一刻，她唯有奔跑着离开，不管背后槐花吐出的口水。她是带着骂声离开簸箕王，离开德州的。此时，她又背着这一树的骂声回到了这里。

有首歌轻声传来，冲破骂声，把她从孤石上拉回岸边。在不远的树下，一个年轻的女孩靠着栏杆，百无聊赖地哼着。梧桐阔叶间洒下的灯光，让女孩年轻的脸忽明忽暗，有些迷离，也有些潮湿。

她突然很想和这个女孩说说话，在直觉里，这个女孩有种说不出的熟悉，是她回到德州唯一感到可以亲近的东西。她不确定这就是隔壁的女子，她没有听到那声低叹，但歌声是一样的，虽然声音很小，却如溪流般清亮和连绵。

她慢慢走过去，靠在栏杆上。女孩没理会，继续哼着，栗黄色的头发遮住大半张脸，一侧的眼角在灯光下稍稍上扬，像戏台上束了妆的青衣。

"妹子，你哼的歌很好听。"

女孩停止了哼唱，笑微微地看着她，说了声谢谢。

"你也在这旅馆住？"

女孩点点头，伸手指着窗帘光影斑驳跳跃的那个房间，扭头问她："阿姨新来的吧？"

她也点点头，伸手指向自己的房间窗户。

"隔壁？"

"对，隔壁。"

女孩说她叫张璇，和自己的男朋友住在这里两三个月了，说这里的胖老板娘是个喝人血的老巫婆。听说她来自大连，又说在德州有事招呼一声，她男朋友在这一带很有势力。说这些话的时候，女孩的眼角不断上扬，一跳一跳的，显得豪气十足。

她本来想和女孩多聊几句，但门旁的老板娘吆喝女孩过去。女孩骂咧咧地直起身，对她说："来活儿了，下次聊啊。"走了几步又回头说："和您很有眼缘呢。"

看着女孩钻进旅馆，她的胃突然间疼起来，一股气冲出口腔，形成一声长长的低叹。

四

公交车摇摇晃晃、走走停停，她感到胃里一阵阵恶心，身体也散了架，一下车，就瘫坐在路边的石凳上。

眼前只有董子公园，没有簸箕王。

青石砌成的高大牌坊正中央雕刻着"董子公园"四个大字，大门内侧花儿艳艳、草木青青，有风拂过，送来绵绵草香。这如画的、崭新的感觉并没有让她欣喜，反而生出了绝望。这是董子公园，不是簸箕王。没有她熟悉的拥挤的胡同、低矮暗哑的平房，更没有那曾经的烂菜、臭水，甚至屎尿的气味。二十年，时间把簸箕王的一切都擦除了，擦得一点不剩，而后又在这里刻画出董子公园的样子。世界上可以有无数个董子公园，但簸箕王只有一个，那是她的簸箕王。

想到那棵大槐树，她突然有些怕，怕树也没了。那是她记忆的根，断了，一切就都断了。在这种怕里，她犹豫起来，在公园门口徘徊了几圈，迟迟不敢迈进牌坊里面去。

一个老头拎着鸟笼从大门里出来，鸟笼随脚步晃晃悠悠，外面罩着一层黑布，看不到里面是什么鸟。她迎过去，努力在脸上堆了笑："大爷，这地方什么时候变成公园的？"

老头翻翻眼睛，沉吟了一会儿："差不多快十年了吧。"

"怎么就拆了呢?"

"拆了好啊!过去这地方乱七八糟,连条像样的街都没有。现在多好,空气新鲜,闲着没事还能溜溜弯。"

"原先住这儿的人呢?"

"拿着拆迁款住楼房去了呗。"

"楼房在什么地方?"

老头打量打量她,扑哧乐了:"想去哪买就去哪买,这话问的。"

老头边说边把鸟笼挂在牌坊旁边低矮的龙爪槐上,扭头问:"来这儿找人?"

她应着,从包里翻出一张照片,递过去。老头接过来,捏着照片的一个角,端远了,眯着眼睛仔细瞅。这是一张有点发黄的照片,彩色的,由于时间久了,有些地方已褪色。照片中间有道深深的折痕,把照片上的人劈成了两半。这是个年轻的姑娘,穿着碎花连衣裙,撑一把花伞,身后是片竹林,是过去照相馆那种司空见惯的背景画。撑伞的姑娘二十岁刚出头,外眼角稍稍上扬,像戏台上束了妆的青衣。

"这照片有年头了吧。"

"二十年了。"

"哦,那这姑娘到现在得小四十了。人的模样变得快,莫说二十年,就是十年八年,也不见得认得出来。"老头把照片递给她。

"大爷,我不找她,是找她女儿,今年二十岁刚出头,就是在这簸箕王出生的。您再仔细看看,她们娘俩长得很像。"她没接照片,央求老头再仔细看看。

老头又瞅了会儿,最终还是摇了摇头,把照片还给她,拎起鸟笼,晃晃悠悠地走了。

望着老头渐渐远去的背影,握着手里发黄的照片,她心里空荡荡的。在列车上的时候，她就不敢想象这次寻找的结果。回到德州，也许什么也找不到，对于她来说，回到德州也许就是一个结果。漂泊了二十年，重新回到起点，即使起点所有的一切都改变了，但毕竟回来了，离梦里的那个人、那棵树近了一些。

她曾想过拿着照片去公安部门查找。在大连的时候，她曾向一个脾气和蔼的片警打听过类似的事。那人告诉她，没有其他信息，仅凭一张老照片是很难实现的。她便断了这念头。此刻，她就站在簸箕王的土地上，闭上眼还能感受到这片土地带给她的疼痛和温暖，还能听到二十年前那个女婴的哭声。她没有理由不继续找下去。

她沿着公园的围栏走着，漫无目的。公园里人不多，零星地有三两个老人坐在湖边的石凳上，有的抽烟，有的端着个收音机，里面飘出葱味香浓的吕剧唱腔，有的什么也不做，就那么呆坐着，看着眼前不大的湖面。在她的记忆里，簸箕王并没有湖。村东北有个湾，比起眼前的湖面要小很多倍，但很深，曾淹死过一个十二岁的孩子。那时候，湾边上堆满了垃圾，经常有条灰黑的野狗在湾边上找食吃，把一些死鸡死鸭啃得血肉模糊。

此时，湾变成了湖，周边有了围栏。几处栏杆破损出了缺口，人很容易掉进去。四周是竖直的石壁，且长满绿苔，掉进去的人大概是存活不了的。

假如这面湖就是在湾的基础上扩建的，那她的家此时已经浸泡在水里了。那间一年四季都见不到光的房子，房后不远处爹娘的坟茔，应该都沉入水下了。她不记得父亲的样子，母亲在她的记忆里似乎永远都躺在床上。在她出去做事前，母亲只会说饼干两个字。反反复复地念叨这两个字，让她一听到就会头疼。她第一次做事也在簸箕王，在湾的对面，人家给了她五十块钱，她买了包饼干带回家。母亲吃饼干的样子很难看，吃到最后，突然就流下了两行泪水，然后人就没了。那一刻，她没有哭。她把母亲嘴角的饼干碎屑擦干净，把泪也擦了，然后坐在母亲的枕边，把剩下的饼干一块块塞进自己的嘴里。

她沿着湖边漫无目的地走，说不上悲伤，也说不上欣喜，胃部的疼痛也因忽略而没有了感觉。一阵风腾起，随风飘来沁人心脾的香气，这香太熟悉了，她抽动抽动鼻子，整个人也精神了起来。

远远地就看见了那棵槐树。

树冠像一大朵墨绿的云，墨绿中夹杂着一簇簇即将开放的花苞。那花苞的顶端有点点的白，一副欲言又止的样子。风吹过，树轻轻晃动，像在跟她招手。她几乎是跑过去的，脚步轻盈。

是这棵树吗？站在树荫下，她摩挲着纵横交错的灰褐色树干。二十年来它一直在她的脑海，在她的梦里。如今，它的枝干比那时候伸得更远，枝叶更加茂盛。金黄的阳光，穿过树梢，穿过叶子的缝隙，洒在她脸上、身上，斑斑点点，恍如梦中。她闭上眼，沁人心脾的槐花香，让她有了饥饿感。她张开嘴巴，贪婪地嗅着，好大一会儿，才长长地舒出一口气。

睁开眼睛，她已是泪眼蒙眬。她似乎看到二十年前的那个早晨，听到树下那个在襁褓里的婴儿撕心裂肺的哭声。她一步三回头，婴儿的哭声却越来越响，树上的花朵齐声咒骂，像射向她的一万支箭、一万口诅咒的唾液。她奔跑着离开，心被一只大手揉搓成碎片。

她终于控制不住，涕泪滂沱。迷蒙中，她伸出双手，抱住槐树，像抱住自己的女儿。

那天，她不知道自己怎么回的旅馆，魂丢在槐树下，被那些即将绽放的花苞捉去了。进了房间，她倒头就睡，做了一夜的梦。梦里，大槐树跑近了抱着她发出笑声；那个人跑近了，栗黄色的头发凌乱不堪，遮住大半张脸，露出一只眼，外眼角稍稍上扬，眼眶乌青，嘴角上有一撇新鲜的血痂。

五

　　第二天，她在旅馆楼梯口看到了张璇。

　　张璇栗黄色的头发凌乱不堪，遮住大半张脸，露出一只眼，外眼角稍稍上扬，眼眶乌青，嘴角上有一撇新鲜的血痂。

　　张璇的样子让她恍惚。

　　她叫住张璇，挽着张璇的胳膊回到自己的房间。

　　张璇一副无所谓的样子，在洗手间洗了脸，也不擦，就坐在她的床上。又见床头柜上有烟，便径直抽出一支，叼在嘴上，用打火机点了，一晃一晃地吸。

　　她冲了杯茶，递给张璇。

　　"怎么弄成这样，你这孩子。"看着张璇脸上的伤，她的口气中充满怜惜，也有了丝责备。

　　张璇吐出一口烟，咧嘴露出了苦笑："还能咋样，那小子打的。"

　　"谁？"

　　"邢三儿。"

　　邢三儿是张璇的男朋友，也是她走上皮肉营生的引路人。两个人都没有正经工作，靠张璇出卖肉体过日子。张璇并不觉得这有什么不好，在她看来，只要邢三儿和她好，最后能成就个家，让她做什么都成。邢三儿平时对张璇还不错，每做成一笔买卖儿，都嘘寒问暖，老婆老婆地叫。邢三儿叫老婆的时候，张璇很受用，觉得日子不会就这么铁板一块，总有些缝隙有些光线在前面等着。对前面的日子，邢三儿也有打算，让张璇辛苦几年，攒下点家底两个人换个城市做点小本买卖，像正常人一样过生活。这图景对张璇来说很诱人，便把用身子挣的钱悉数交给邢三儿存着，想攒到一定数额离开德州，去开始一种新的生活。

说到这些的时候，张璇的眼睛里充满光线，说想去大连，用那里的海水把自己从上到下洗个干干净净。

张璇知道邢三儿赌博是半年前，那天有两个凶巴巴的人闯进房间，说邢三儿赌钱输给他们两万块，手里还握着邢三儿写的欠条。张璇没钱给他们，只好摊开身子让那俩人发泄。他们走的时候边提裤子边让张璇告诉邢三儿，利息就算张璇刚刚付了，本钱两个月内必须还，否则如何如何。他们走后，张璇很生气，也很担心，怕邢三儿出什么意外。她忍着下体火辣辣的疼痛蹬上裤子，想去找邢三儿。邢三儿其实就在旅馆，看到两个追债的，便躲进了另一个房间。此刻他溜出来，和刚要出门的张璇正好碰上。

那天，邢三儿赔了很多不是，说想赶紧弄点钱带着张璇离开德州，说心疼张璇每天被那些臭男人揉来揉去，说一不小心钻进了别人的圈套，说以后再也不赌了，再赌掉湾头里淹死，连个尸首也不留。邢三儿说着说着张璇的心就软了，就化了。那段时间她做得很辛苦，慢慢还上了两万块的赌债。为了让邢三儿断赌瘾，她把钱控制了起来，每月只给邢三儿抽烟喝酒的零花钱，邢三儿虽然不满，也没多说什么。

这次张璇挨打并不是为赌博的事，对张璇来说，这事比赌博要严重得多。

邢三儿在外头有了女人，张璇又接了一根烟边抽边说。

邢三儿怕水，小时候掉进簸箕王的湾头，险些丧命。救他的人也是簸箕王的，家里有一个小女儿，比邢三儿小一岁。这件事后，邢三儿经常到那家玩，都是小孩子，也没多少事。后来，那家搬到东北，便断了联系。前些日子，邢三儿不知道通过什么和那家女孩联系上了，两个人在网上聊得死去活来，有些话都到了谈婚论嫁的地步。昨天晚上，邢三儿出去买酒，张璇偶然看到了他们的聊天记录，便与邢三儿吵了一架。谁知邢三儿一点不示弱，说自己是为了报恩，又说网上的话不能当真。他说救他的那个人如今生了重病，让张璇把钱拿出来。张璇不拿，邢三儿便动了手，抢了银行卡出了门，到现在也没回来。

"密码呢，邢三儿知道吗？"

张璇抽了口烟，把烟蒂摁死在烟灰缸里："我告诉他了。"

"为什么？"

"我不说，他要和我分手。"

"分手不好吗？"

"我离不开他，活这么大，没有人对我像他这么好。"

张璇说着，眼睛里涌出一股子泪水。

她看着张璇熟练地吞吐着烟雾，听张璇讲自己的事，心里一阵阵痉挛，胃部一缩一缩地疼起来。她用手摁了摁，想把疼摁回去。但那疼却愈发伸展开来，铺得满腹都有了痛感。她忍痛从包里拿出照片，问张璇你也是在簸箕王出生的吧。张璇点点头，接过照片潦草地看了眼，问："您年轻的时候？"她没搭话，也抽了支烟，点了，深深地吸了口。"你见过照片上的人吗？"张璇拿起照片又看了眼，摇了摇头："有点面熟，但想不起来了。"

她把照片收起来，拖了把椅子，和张璇面对面坐了。

"听我的，你不能这么下去了？"

"我怎么了？"张璇满脸疑问。

"我是说你不能再干这个营生了。"

"不干这个能干啥，我和邢三儿要钱没钱，要技术没技术。"

"这会把你毁了。"

"要毁早就毁了，我和邢三儿商量好了，等钱攒够了，就不干了。"

"你咋这么傻，要是邢三儿真对你好，会让你干这个？"

张璇警觉地站起来："请不要挑拨我和邢三儿的关系，他赌博是为了多弄点钱，给那个女孩钱也是为了报恩，我俩的事不要外人指指点点。"

看张璇生了气，她不知道该怎样劝解这个陷入泥潭的纯真女孩，胃里的疼痛愈发厉害，额头也冒出了汗水。

走廊里有人喊张璇的名字，是个男人。张璇应了一声。门被推开，探进来半个男人的身子，精瘦的前胸，短短的头发，摇着一颗纺锤状的脑袋。张璇说你还知道回来。纺锤状的脑袋立即堆了笑。

看着两个人凑到一起准备离开，她忍住疼痛说："张璇，记住我说的话，以后有什么困难跟我说。"

张璇挎住邢三儿的胳膊，回头打趣道："我的困难就是缺钱，你能给吗？"然后笑嘻嘻地走出房间关上了门。不一会儿，隔壁传来张璇轻哼的歌声。

六

拆迁后，簸箕王的原住户们像块被打碎的冰，蒸发消失在德州各处了，即使派出所的人给了她两个地址，找起来也很困难。

接待她的是位年轻的女警，手里捏着她递过去的照片，很干脆地表示无能为力。于是她给对方讲了一个千里寻亲的故事，讲得声泪俱下。泪水在女人面前最有杀伤力，于是那个女警告诉了她两个地址，说只能做这么多了，能不能找到全凭天意。

一个地址在德城区吕家街，小区的名字叫丰和苑。她找到那家门牌号的时候，心跳得厉害。簸箕王村不大，只要是上了点年纪的老住户，应该通晓二十年前的事。她想证明自己到德州后内心的一个判断，又怕自己怀疑的成了真，这份纠结让她在敲门时犹豫再三。

开门的是一个光了脊梁戴着黑框眼镜的小伙子，一手抓着门把手，一手扶着门框，探出小半个胸膛。

"找谁？"

"柏祥伟在这儿住吗？"

"你谁啊？"

"我是他在簸箕王的街坊，想找他打听点事。"

"到别处打听吧，老爷子瘫了好几年了，吃饭都费劲。"

屋内传来年轻的女声："东子，谁啊？"

"找老爷子的，"小伙子扭头对屋里喊了句，回过头来对她说，"你去找别人吧。"说完不等她说话，砰的一声，关上了门。

站在门外，她没有多少失望，只觉得心里空荡荡的。下楼的时候，她突然想起张璇，想起张璇嘴角上那撇新鲜的血痂，想起她挽着邢三儿的胳膊笑嘻嘻的样子。她感到悲凉，仿佛通过张璇那稍稍上扬的眼角看到了二十年前的某些场景：黑哑破旧的房间，吱吱呻吟的木板床，前胸布满汗珠的男人，揉成一团的纸币……她能清晰地看到窗台上有角白晃晃的光线，一只麻雀站在光里，歪头张望着屋里的一切。她禁不住低声哼起歌来，随着床板的震动，歌声也渐渐高亢，并在最后关头，发出低叹，仿佛一个音符扎进深水，终结在那里。

她慢慢往楼下走，边走边辨认着这是虚幻还是现实，是想象还是回忆。她得不到确切的答案，二十年前的事情因此变得混沌不堪，以至于她的眼睛在走出楼门时，被外面的阳光一下子蒙住，过了好一会儿才能看清东西。

虽刚初夏，气温却早早地升起来，地面像口熬热的锅，炖着蚂蚁般焦躁的行人。禁止鸣号的路段正在堵车，司机从车窗探出头，高声叫骂，暴躁地拍响喇叭。路边一个拾荒的女人狠命地跺着几个易拉罐。不远处的公交车站里，一个孩子放肆地哭着。世界在初夏里烦躁不堪，失去克制，路上少了慈眉善目的眼神。

她突然觉得有点冷，坐进公交车里，旁边肥胖女人用一张广告纸扇出的风都是强劲的，都让她不得不挪动着躲避。

另一个地址在另一个城区，将要走出这座城市了，稍稍远望就能看到城外的麦田，以及麦田中央灰色的厂房，烟囱里吐出黄灰色呛鼻的浓烟。这个小区没设门卫，拾荒的、叫卖的、盗窃的都能自由出入。大门内一条暗黄的土狗卧在树下打盹，每座楼下都坐着目光呆滞的老人。

她找的那栋楼下也坐了五六个老人，有的可能谈不上老，但看她的眼神却似乎布满了皱纹。她走过去，向最右侧的一位老头打听："大爷，高玉宝在这儿住吗？"

"转啥圈儿啊——"老头喊了句没头没脑的话。

她以为老头耳背没听清，便又追问了一句，音量也放大了些："高玉宝，我找高玉宝。"

"反正都得从头走一遍。"老头又喊了一句，引起周围人的笑声。

"他就是高玉宝，"旁边一个妇人搭话，"你问也是白问，这老爷子甭管跟谁说话，都这两句，好些年了。"

"我想打听点簸箕王的事。"说着她从包里拿出照片，递给搭话的妇人。妇人看了摇摇头，又传给其他人看，其他人也如妇人般摇头，仿佛规定动作般，连摇头的节奏都一样。

"这王老爷子的老伴呢？"

摇头。

"咱这里再没有从簸箕王迁过来的了吗？"

摇头。

她在人们摇头的动作里，拿回照片，想转身离开。但心有不甘，便把照片伸到高玉宝的面前："大爷，你瞅瞅认识这个人吗，簸箕王的？"

"转啥圈儿啊，反正都得从头走一遍！"

随着老头的喊声，周围人愉快地笑起来。

七

回旅馆的路上，她耳蜗里总是传来高玉宝的喊声："转啥圈儿啊，反正都得从头走一遍！"她不知道这位老人的喊声里记忆了什么、隐藏了什么，更不知道自己接下来该怎样寻找。随着这声喊，她本就寥寥的线索断了。她不知道自己在德州还能做些什么。

她在临近旅馆的公交站下了车，身体摇晃地沿着路边走。经过一个茶馆时，她从巨大的落地幕窗上看到了自己的消瘦。她向后拢了拢头发，让脸显得不那么狭窄。玻璃后面零星坐了几簇人，有的窃窃私语，有的微微笑着。靠右的角落里相对坐了两个年轻男女，女的扎着高高的马尾，发线高昂，露出宽宽的额头。男的头发短短，摇着一颗纺锤状的脑袋。

"邢三儿！！"

邢三儿穿着白色 T 恤，正襟危坐，一改上次见到时的邋遢。他的一双手搁在桌上，轻握着女孩的左手，脸上挂了层蜜。看到邢三儿的样子，她心里为张璇暗暗感到悲哀。她觉得自己应该做些什么。但又能怎样呢？她快速离开幕窗，横穿公路，向旅馆处走去。

前面聚集了一堆人，仰头望向半空。随着众人的目光，她看到旅馆不远处的大厦天台上有一个人影。那是个白色的影子，穿了白色的长裙，裙摆在高处的风里轻荡，像即将飘落的纸。

她有种不祥的预感，立即挤过人群向那大厦奔去。大厦下面接到报警的消防员刚刚展开气垫，有几个穿橙黄制服的人向楼里跑。她跟着那些人跑进电梯，在十二层的地方又跟着他们想要进入天台。有人制止了她。她很急，说那是自己的女儿。这句话很管用，穿制服的人询问了些情况。

"孩子多大了?"

"二十。"

"上学还是工作?"

"待业。"

"精神有什么问题吗?"

"没问题。"

"知道为什么轻生吗?"

"失恋。"

那人又嘱咐了她几句,比如控制情绪、说话语气等,才挟着她登上了天台。

就是张璇。此刻正坐在天台边沿轻哼着一首歌,两脚在空中一晃一晃的。

"张璇!"她极力压制着嗓音,低声喊了一句。

张璇回过头来没说话,脸上爬满了泪水。

"张璇,听我的话,别做傻事,有什么委屈,咱回房里说。"

"那家女孩从东北来了,他不要我了。"张璇说着抽动起来,身体也有些颤抖,在天台的风里愈发危险。

"姑娘,看你妈都急成什么样子了,"穿制服的人边说边缓缓地向张璇靠近,"有什么事过不去的,别一时犯糊涂。"

"我妈早死了!"张璇猛地回过头来,"你们别过来,过来我就从这里跳下去,我要见邢三儿。"

"好,我这就去找邢三儿,你等着,等着我啊。"她想起刚刚路过的茶馆,转身离开了天台。

茶馆儿里早早地开启了冷气,从外面进来,有丝丝凉意,跑了一路的汗,瞬间被这凉气截住了。看到她,邢三儿没什么表情,只斜斜地瞟了一眼。

"邢三儿,张璇跳楼了。"

"跳楼了?!"邢三儿略略地有点吃惊。

"还没跳，正坐在天台上，说要见你，你不去，就跳楼。"她的气力无法支撑这些急促的话，胸腔猛烈地张合，刚刚被截住的汗，又在额头上冒了出来。

"哦，放心，她不会跳，不是一次两次了，就会拿这个吓唬人。"邢三儿放松了身体，重新靠在椅背上，看着对面的女孩。那女孩把头扭向别处，左手端起茶杯，轻轻地吹开漂起的茶叶。

"求求你，去看看她吧，万一有什么闪失，后悔可就来不及了。"

"你是我什么人，这事儿跟你有关系吗？"邢三儿看着对桌的女孩，训斥着她，"初来乍到的别没事找事。"

看求邢三儿没有效果，她把脸朝向了扎马尾辫的女孩："姑娘，你就叫邢三儿去一趟吧，就是不成也有个交代。"

马尾辫放下杯子，对邢三儿说："三儿，我觉得这阿姨说得有道理，你是得去一趟，去跟她讲清楚，别再纠缠了。"说着女孩站起身，挎上包儿，继续说，"我先回酒店了，有事电话联系吧。"末了又加了一句，"别忘了你的承诺哦。"说完从包里拿出墨镜，戴了，不紧不慢地转身离开了。

"小萍，我处理完这事儿就去找你。"邢三儿扔到桌上二百块钱，和她一起向大厦奔去。

楼对面的空地上聚满了看热闹的人。城市被汽车尾气和霓虹灯麻醉的神经，此刻变得异常兴奋，每个人的脸上都充满了期待和欣喜，不少人拿出手机对着楼顶的天台，准备记录这一事件的高潮部分。

天台上，穿制服的人正在劝解张璇，见她带着邢三儿过来，给他们让出了一块空地。

"张璇，你折腾什么呢。"邢三儿喊道。

听到这熟悉的声音，张璇回过头，放声哭起来："她来了，你不要我了。"

"谁说我不要你了，她就是路过，已经走了。你看我这不是回来了吗？"

"你说真话？"

"当然是真话，你先过来，别在那儿怪吓人的。"

"你发誓。"

"我发誓，如果说假话，就一头栽进湾头里淹死。"

张璇翻身爬进天台，扑进邢三儿的怀里。楼下传来围观者的起哄声。

八

在旅馆的房间里，她给张璇冲了杯热茶。邢三儿出去了，说是警察让录笔供，说张璇的自杀行为妨碍了公共秩序。她知道邢三儿去找马尾辫了，但不能挑明，怕张璇再受什么刺激。

旅馆那位乳球夸张的老板娘推门进来，把张璇批了一顿。她理解老板娘的担心，自己的顾客里掺杂了有自杀倾向的人毕竟不是一件好事，万一在旅馆里出事自会担些责任。老板娘没有很直接地赶走张璇，张璇对于这个旅馆的生意还是有些帮助的。她给老板娘赔了很多好话，张璇也表示不会再做傻事。老板娘才晃动着胸前的两个大肉球离开。

夜自下而上，从地底升腾蔓延开来，刷灭了事物白日的明亮，缩短了视线，把城市的一切拢入怀中。窗外的道路挤满各色车灯，像一条光怪陆离的河流，承载着无法辨认的杂质。

她买了两笼蒸包、两袋小米粥回到旅馆。张璇胃口很好，一点没有了天台上的样子。她想，这是个毫无心机的女孩，无论经历多少男人，心都像碗水一样清澈。也许是因了张璇的缘故，她的胃口大开，原本难以下咽的食物在两个人的说笑里变得可口，内里的疼痛也遁到不知什么地方去了。这是她到德州后吃得最香的一次晚餐。她恍惚觉得，这才是自己所要找的，她必须为此做点什么。

夜深的时候，邢三儿还没有回来，手机也打不通。张璇有点担心，怕因为自己生事让男朋友遭遇麻烦。为了让张璇安心，她编了很多谎话。在此之前，她不知道自己还有说谎的能力，而且谎话说得顺畅和圆满。她说派出所里规矩多，录完口供，还要批评教育，还要看录像、学法条、写保证书，当天晚上是很难回来的；说也就是教育教育，没太大的罪过，还管饭，人家不会为难邢三儿的；说以后不能再干傻事了，不爱惜自己的人，还能指望别人爱吗，不光伤了自己，伤了亲人，还触犯了法律……

在她低沉的声音里，张璇枕着她的胳膊，睡了。看着张璇甜美的笑脸，听着张璇轻缓的呼吸，她感到一种莫大的幸福。她把脸贴在张璇的头上，两行热泪不知道什么时候滚落下来，流进张璇栗黄色的头发里去了。几缕头发遮掩着张璇细长的眼睛，外眼角稍稍上扬，真像戏台上束了妆的青衣。

她低声哼起了歌。歌声里，城市宁静，夜色化水。

九

邢三儿是第二天上午回来的，进屋的时候，她和张璇刚刚吃完早饭。两个人有说有笑，让窗外法桐上的小鸟也跟着喜悦。

邢三儿见她在，没怎么说话，一进屋就在床上倒了，仿佛干了一夜苦力。张璇问他吃了吗，他不说话，问他在派出所受难为了吗，邢三儿坐起来，唉声叹气地说："为难倒不至于，因为你昨天那么一闹腾，影响不好，人家罚了三千块钱。"邢三儿说这话的时候低着头，无奈的样子。她知道邢三儿说谎，知道邢三儿骗着张璇挣钱。她胃里有些恶心，久久未发作的疼痛被再一次唤醒。

"都怪我，"张璇很愧疚，"我好好干活儿，把钱再挣回来。"

"唉，你现在不一样了，有亲戚撑腰了。"邢三儿说着用眼瞟向她。她知趣地离开了，回到自己的房间。

躺在床上，她回想着到德州后发生的事情。其实什么也没有发生，所有的一切都与她无关。董子公园还是董子公园，变不回簸箕王；腹部的疼痛依旧是疼痛，逃遁一整夜后，这疼反而更加尖锐。但她心里却有了变化，有了牵挂，说不清，道不明，但实实在在地立在那里，像梦里那棵躲也躲不掉的大槐树。

她想起了远在大连的那个男人。到德州后，她经常想起他，想起他寡言的样子，想起他从春天穿到秋天的灰色衬衣。她不知道自己的不辞而别会对他产生怎样的影响，是否如二十年前，她毫无征兆地出现在他面前一样。那天，她如何会敲响那扇门。外面风雨大作，她站在门前仿佛一只淋湿羽毛的小鸟，全身每一处都在抖动。门开了，显出一个树枝般的男人。男人只简单地问了几句，就把她让进屋，拿出男式的上衣和裤子，然后钻进厨房，下了面条煎了蛋。等她擦干头发，男人已把饭食端到桌上，自己则坐进椅子看电视。他们的相遇没有周折没有情节，第二天男人推着装满水果的三轮车出摊时她就跟了上去。她在男人的家里留下来，一留就是二十年。二十年间，男人没问过她的过去，也没有言语的体贴。他每天晚饭后都会为她削一个苹果，这让她想哭。

二十年后，她默默离开大连，像片不负责任的叶子，随风来，随风去。干枯的叶子不想拖累树干了，叶子在心里寻根，寻遗落多年的种子。她这片叶子如今被张璇牵住了。拿起自己年轻时的照片，她现在看到的是隔壁那个栗黄色头发的女孩，梦里向她跑来的那个人也面容清晰：眼角稍稍上扬，嘴角上有一撇新鲜的血痂。她的心揪起来，像瑟缩成团的一只小刺猬。她想自己该做件事，这与她正在做的那件事相比，更加真实与急迫，触手可及，气喘吁吁。

邢三儿把张璇领进二楼的另一个房间，她知道那里有一个饥饿的男人等着，过不了几分钟张璇就会哼起歌声。邢三儿没回房间，靠在走廊的墙壁上吸烟，像等候收款的马戏团老板。她向邢三儿招招手，邢三儿迟疑了一下，摇着纺锤状的脑袋走了过来。

在屋里，邢三儿半躺在床上，一口一口地喷吐着烟雾，目光向上盯着天花板，那里有两只正在交配的苍蝇。

"直说吧，你怎么才能放过张璇。"

"我为什么要放。"

"你不爱她，你爱的是那个叫小萍的姑娘。"

邢三儿斜了斜身，斜着眼角看她，斜着嘴角扑哧一下笑出了声。看着这个倾斜得有点夸张的男人，她无法想象张璇的爱到底是怎么发生的。

"你凭什么要求我？你是她什么人？"邢三儿重新仰面躺好，继续盯着那对交配的苍蝇。

"你甭管我是她什么人，只要你离开她，什么要求我都可以答应。"

邢三儿一字一顿地说："我要钱。"

"多少？"

"五万。"

"我答应你，你把手机号留给我，等钱凑齐了，我联系你。"

邢三沉吟了一下，报出一串数字，然后起身摇摇晃晃地走出房间。

天花板上，两只苍蝇完成了交配，哼着歌不知道飞到何处去了。

✝

五万，她不知道从哪里去弄这么多钱。她想过大连的那个男人，但很快就否定了。那个人为她付出的已经太多了，她没有理由在自己最后的关头再要求什么。是的，最后关头。从拿到那张诊断书开始，她就已经做好了准备。现今做的这一切，都是为了迎接那一刻的到来，那对她将是美好的。

午后，半空中聚集了一层厚厚的浮尘，把整个德州扣住。潮热从地表散发出来，又被浮尘挡住，在中间地带形成凝滞的蒸汽。人们在这样的天气里，很快被黏稠的汗液包裹，无处逃遁，无处躲避。

她漫无目的地走，衣服早已湿透，每根头发都挂满了汗珠。但她还是觉得冷，这冷来自内里，腹部仿佛盛着一个巨大的冰块，从里向外呵着寒气，并随着她的脚步不断下坠，拉扯着五脏六腑和破败的神经。在找什么？她不知道。邢三儿走后，她便离开了旅馆，她不知道到哪里去弄五万块钱，但她明白躺在床上是无用的。

前面是家银行，她的双腿自然而然地迈向那里。

银行大厅里挤满了人，大部分是来办事的，也有些人纯粹坐着，享受旁边空调吹出的凉气。窗口叫号的声音此起彼伏，这声音很职业，让她想起大连的那家医院。也是这么多人，也有个甜美的女声叫号。被叫到的人起身进去，没被叫到的焦急地等着，像群等待宰杀的被施了咒语的羊。

ATM 机前也排了长队，轮到她的时候她犹豫了几秒钟，后面立即响起不耐烦的催促声，闷热的天气里，人的心里都有火。她把卡插进去，输入密码，查了查余额——5600 元，这是她现在能拿出来的全部的钱。她很绝望，这个数字离五万毕竟太过遥远，让她看不到丝毫的希望。

出银行拐弯向北是学校，高大的围墙，浓密的树荫，让这条路的一侧成为纳凉的好地方。学校围墙下一簇簇有不少人，有的聚在一起甩着扑克，有的靠墙坐着，有的横七竖八躺在地上睡大觉。大多是些打工者，肩上搭着工衣，身旁放着安全帽。她沿着这些人向北走，小心翼翼，怕踩着突然伸过来的一条腿。

五万，这对于一个女孩的一生来说实在不值一提。但没有这些钱，张璇将无法重生。她觉得这很像电影里为青楼女子赎身的桥段，她觉得不合理，但无能为力。她想也许报警是另外一条出路。可报什么呢？诱拐，逼迫，好像都不是。张璇是心甘情愿的，出于爱而心甘情愿。她被爱毒害了，毒瞎了眼。这世上还有多少这样的盲女子啊。

学校的围墙上刷了标语，刷得久了，很多地方已经脱落。有些小广告胡乱地贴在标语上，有些黑油漆喷涂的字，像趴在墙上的一条条潮湿的虫子。迷药、枪支、高利贷、假证……她不知道世界里到底有多少阳光照不到的角落，滋养了多少啮齿类动物。它们仿佛无处不在，如邢三儿般，盯着人们思想的漏洞。

她看到两个字，歪歪扭扭，但很容易辨认——卖肾，后面是一串手机号码。卖肾！肾可以卖吗？谁又能为了钱出卖自己的器官呢？穷困潦倒者，走投无路者？那么她呢？她不是一个走投无路的人吗？看着这两个字，她感到后背一阵阵发凉。腹部的疼痛又一次袭来，这仿佛提醒了她，也许生命在不远处即将关闭，那她身体里的一切都将失去意义，会在一把大火里变成灰烬，无论是蔓延病魔的部分，还是健康的部分。她的肾也必会在这把火里熔化，对于她来说，这没有什么意义。但对于张璇来说，则会烧毁一点点希望。卖肾。这能是一条路吗？她犹豫着，最终颤抖着手，取出一小张纸把那串手机号码记了下来。

她也许轻松了，也许更沉重了。她说不清自己的感觉，继续向北走去。前面学校围墙内折，显出一块空地，有更多的树，形成一小片林子，旁边围了浓密的冬青。林子终日难见光线，显得阴冷，一定会有许多喜潮的多足虫。想起那种虫子，她胃里泛起酸水，想要赶紧离开。但里面一个人的声音引起了她的注意，她藏在一棵树后，悄悄向里望去。

树荫下，五六个裸露脊背的年轻人将一个人推靠在树上，有人扇那人的耳光，有人从侧面伸出腿踹那人的肚子，那人摇晃着纺锤状脑袋，不断地呻吟和求饶。是邢三儿。

"黑哥，"邢三儿满脸卑下，"求您再宽限几天，我正在想办法。"

被称为黑哥的人挑起邢三儿的下巴："哥哥对你够意思了，三儿，愿赌服输，你不能输了钱就拍拍屁股走人，让个婊子顶事，你他妈的还是个男人吗。"

"兄弟手头最近紧，您再给我一周的时间，我一定连本带利给您送去。"

"一周?! 凭你娘们的裤裆!"小树林里响起哄笑声。

"黑哥，我真没吹牛，有人这两天给我送钱，钱一到手，我立马给你送去。"

"怎么，你小子遇到财神了。"叫黑哥的人不屑地笑着。

"不是，是张璇的亲戚，要给我五万块钱逼我和她分手，外地来的。"

"你舍得? 没有那丫头，你小子喝西北风啊。"

"先把钱弄到手，分不分手还不是咱说了算。"

叫黑哥的人拍着邢三儿的纺锤状脑袋，不解地说："我还真纳闷，你小子一个吃软饭的，有什么好，张璇对你死心塌地的。"

邢三儿脸上堆满讨好的笑。

黑哥领着那几个人离开林子走了，邢三儿揉着下巴，拍了拍裤子，向另一个方向走去。看着这一切，她感到自己的幼稚，随手把刚刚记手机号的纸撕成了碎末。

<h1 style="text-align:center">十一</h1>

晚饭是她和张璇一起吃的，在距离旅馆外不远的一个小面馆里。想起白天小树林里发生的一幕，她反而沉稳下来。她知道，无论怎样，那个赌徒那个爱情诱骗者那个背叛者都不会放开张璇，除非张璇觉醒，除非张璇没有了价值，除非邢三儿兑现向那个叫小萍的人做出的承诺。她不知道那个承诺是什么，这似乎没什么意义，无非像骗张璇的话一样，攒一笔钱与之结婚。她不想猜测这个，只想在这个时候不受打扰地和张璇吃一顿饭。

张璇边吃面边拢着栗黄色的头发，一双眼角上扬的眼睛在热气腾起不时眨动，显得活泼而生动。她伸手抚着张璇的头，爱怜地说："慢点吃，小心烫。"张璇咯咯地笑着，像枚清脆的小铃铛。

"阿姨，您怎么对我这么好。"

"我也有一个女儿，她和你一般大，长得也像。"

"真的，她可真有福，有你这么好一个妈妈。"

"我这个当妈的一点都不好。"听着张璇的话，她又想起簸箕王的那棵大槐树，又想起二十年前那满树的槐花密集的骂声。

"怎么不好，要是我有一个像您这样的妈妈就好了。"

"你妈妈？她不好吗？"

"不知道，我没见过，听爸爸说我一出生妈妈就死了。爸爸也不管我，他经常喝酒，喝醉了就打我，好像我不是他亲生的一样。"

"可怜的孩子。"她心里有一根针挑来挑去，每挑一下都钻出一粒血珠儿。

两个人说笑着回到旅馆时，邢三儿已经在房间里了，她没进去，径直回了自己的房间。她知道，邢三儿会来找她，她不急，有些事情，还要一个人梳理梳理。

夜渐渐浓起来，铁制楼梯不时被人踏响，隔壁的门也一次次开合，发出沉闷的响声。她不知道，这一晚，张璇要应付几个体味不同的男人。男人的体味有着很大的差距，这在二十年前，她就知道了。那时候，她和张璇一样，整夜消耗自己的身体，对男人的体味有着条件反射般的敏感。有的男人会散发出铁锈般的气味，有的则似乎已经腐烂，发出的气味呛得人直流眼泪，碰到散发茶香的男人，她的心里会舒服些，虽然下体照样会被撞痛，但因了气味的缘故，她会稍稍原谅男人的鲁莽。到了后来，这种对气味的敏感渐渐麻木，几近丧失。再有生意，她便试着哼歌，在低哼的曲调里，身体的难过会减轻些。

她躺在床上，把包里的东西一一拿出来排列整齐，又仔细端详了那张诊断书，一个字一个字地看。现在，她已经不再怕上面那些细小的字了。她想，有些人终究会消失的，比如自己，很轻易地从大连消失了。过不了多久，在德州也不会有她的影子。她将在这个世上完全抹除，仿佛没有存在过一样。人的消失大多时候是无法自已的，冥冥中有双手，现实中也有双手，无论哪双手完成的都是一件事情——删除，有的删除是命运，有的删除是罪恶，有的删除是拯救。

邢三儿敲门溜进来，她不紧不慢地把东西收进包里，没有理会眼前这个散发臭气的人。

"你答应的钱啥时候给我？"

"急啥，不是说好了过几天吗。"

"你别要我，还想不想救张璇，你拖一天，她就得多接不少客。"

她顿了顿，似乎在琢磨邢三儿的话，过了好一会儿，才说：

"明天，明天晚上九点，在董子公园的湖边。"

"跑那么远干啥？"

"给我钱的人就住那里，总不能让我带着这么多钱自己回来吧，你要是不放心就算了。"

"成，董子公园九点，你要是敢耍我就再也见不到张璇了。"

邢三儿说完转身走了，她叹了口气，在脸上挂上一丝笑容。

十二

上午她睡得很晚才起床。好久没睡这么踏实了，醒的时候，身体感到有了点活力。

中午张璇从外面买了几个菜，邢三儿也在，把她叫过去。吃饭的时候，她和邢三儿有点心照不宣的意思。邢三儿一口一个阿姨地叫，她也不断地给邢三儿夹菜倒酒，很是亲近。张璇开心极了，像只跳跃的小鸟，说自己是世界上最幸福的人。张璇说再辛苦一年，就一年，就洗手不干了，和邢三儿到大连去，做个小买卖，如果发展好能立足的话就结婚。邢三儿脸上隐隐有丝尴尬，但嘴上却随着张璇一起勾画着两个人的未来。看张璇开心的样子，她端起一杯水，祝福他们。

下午她在茶馆儿坐了很久，傍晚的时候买回来一堆东西：运动鞋是自己穿的，裙子是送给张璇的，一盒好烟是为邢三儿准备的，但邢三儿不在。她顺便带回来晚饭，有蛋有奶有面包，还有一小袋榨菜。她和张璇一个坐在床上，一个坐在椅子上，嘻嘻哈哈地消灭了所有的食物。张璇精神很好，说自己照镜子觉得和阿姨长得像，尤其是眼睛，眼角都稍稍上扬，像戏台上束了妆的青衣。张璇拉着她走进卫生间，脸并脸站在镜子面前，嘴里嚷嚷着："看，像吧，多像。"她看着镜子里的自己和张璇，禁不住一下子流出泪来，赶紧侧过身子，掩饰般地打了个喷嚏。

　　她借口累离开张璇的房间，出旅馆打的向董子公园驶去。她不知道等待她的将是什么。无所谓了，她想，一切都将无法遏制地发生。

十三

　　第二天她依然起得很晚，昨晚她似乎有点虚脱，感到骨头如散了架般。她不去想晚上发生的事，她甚至没感到一丝的恐惧。

　　中午张璇进来，说邢三儿从昨天下午出去到现在也没回来，手机也打不通。她看出张璇的焦急，便搂了张璇的肩，两个人一起在床上坐着。

　　邢三儿走了，去东北了。她尽量将声音压低，以免割伤张璇脆弱的神经。

　　张璇并没有表现出她想象的样子，而是呆坐着，喃喃地说："他还是走了，还是不要我了。"说着，眼泪涌出眼眶，断线珍珠般洒落下来。

　　她把那天在茶馆儿看到的听到的情景委婉地说给了张璇，也说了邢三儿赌博的事。她甚至添加了些枝叶，让邢三儿更加不堪。说这些的时候，她心里隐隐地有了一丝愧疚，但这并没有阻止她说下去。

　　"别傻了，那个人他不爱你，只把你当成挣钱的工具。那个人更不值得你爱，在你准备跳楼的时候与别的女孩子约会，邢三儿对你所说的任何一句话都掺杂了目的，都是假的，他不会带你去大连，更不会和你结婚，他心里想的只有钱，等有钱了就会逃到东北去。张璇，你该醒了，这世上还有真爱你的人，除了我，还会有人在前面等着你。你不能放弃自己。过几天，会有人接你去大连的，你可以叫他叔叔，也可以叫他爸爸。你会有笔钱，会像其他女孩一样拥有正常的生活，拥有美好的爱情。等过上十年，二十年，你像我这么大，回头想想会明白我的话。孩子，你该醒了。"

"我醒了。"张璇抱着她放声痛哭。不知道哭了多久，张璇边抽泣边睡着了，脸上布满泪痕，身体还一耸一耸的。

她守着睡梦中的张璇，看着看着，张璇在她的眼睛里越来越小，小成了一个婴儿。她知道，张璇不会再爬上大厦的天台了。那时候的张璇除了邢三儿看不到爱，看不到别的希望。现在，她带给了这个姑娘另一种不同的东西，她希望她若干年后能够体谅她所做的一切。

她从自己的身上闻到了死亡的气息。从拿到诊断书起，死神就经常在深夜出现，就在床头，一个模糊的身影。她曾经无数次想象死亡，在这种想象里她急迫地想要找回遗失了二十年的女儿。看着身旁熟睡的张璇，她不知道自己找到了没有。但生命已经越来越短，她已经无法去证明什么。此刻，腹部的疼痛也彻底消失了，也许死神的逼近，让那些疼痛无法立足，她感到一种健康洁净的舒适。

鼻翼处飘来沁人心脾的香气，那棵从来没有离开过她的槐树呈现在眼前，满树积雪，满目云飞。

她从包里拿出手机，装了电池和手机卡，轻轻地开了机。一些短信雪花般飘来，她知道是大连的那个男人。她没有看短信内容，只回复了条长长的信息，而后重新关了机，俯身贴着张璇，甜甜地流着泪。在半梦半醒之间，她看到大槐树在夜幕里轻摆，浓重的云隙里钻出一道银色月光，湖面荡漾，一圈涟漪向远处漂去……

不知道过了多久，她起身走进卫生间，仔细地洗了脸。在镜子里，她看到自己仿佛健康的脸庞，疾病不知道退到何处去了，身体从未有过的舒适。她取出红色唇膏，小心翼翼地画着，仿佛那是一张极其重要的工笔画。她已经很久不描口红了，持续的疼痛让她的双唇少了血色。此时，她抿了抿嘴，让唇膏均匀。她对着镜子里的自己笑了一下，镜子里那个人也对她笑了一下，这样的默契让她很满意。

张璇还在床上睡着，身体已不再抽动。她俯身在张璇的脸颊上印上了一枚红色的唇印，然后正了正衣服走出房间，轻轻掩上了门。

老板娘在一楼的柜台后面嗑着瓜子，墙角悬挂的电视上正在播放一部有关清宫的连续剧。她对老板娘说，邢三儿走了，张璇的情绪刚刚稳定，现在睡了。她让老板娘注意点张璇，也别给张璇介绍生意，说过几天会有人接走张璇，等等。老板娘似是而非地听着，边听边嗑着瓜子，看着电视。她给老板娘留下三百块钱，然后走出旅馆，走进外面明亮的光里。

十四

北园路傍晚发生了一起交通事故。肇事的车是辆新款奔驰S600，事故导致一位中年妇女死亡。经过现场勘查以及事故现场证人的证词，警方推断死者有自杀的嫌疑，因此判定死者负主要责任。奔驰车在市区内超速行驶，遇突发情况没有及时刹车，负次要责任。车主主动要求赔偿十万元，想尽快了结此事。第二天，女子的丈夫从大连赶来，做了一些善后的事。

张璇醒来时天已黑了，邢三儿的离去让她多少有点恍惚，但并没有像上次那样觅死觅活，她觉得自己突然间长大了不少。这不是她的房间，她的房间在隔壁。她隐约还记得阿姨说的那些话。在洗手间的镜子里，她看到自己脸上干结的泪痕，也看到了那枚唇印。她轻轻地抚摸它，一丝暖暖的感觉慢慢盈上来。她努力地想自己笑笑，嘴角刚一上翘，眼泪就禁不住流出眼眶。

邢三儿走了，以后的日子会怎样呢？

阿姨不在。她觉得有点饿，便洗了把脸，带上门下了楼。见她出来，正在吃饭的老板娘放下碗筷上来劝了两句，见她并没有寻死的意思，又拽她一起吃饭。她推辞了，说想出去一个人走走。

其实，她并没有走多远。也许是哭过的缘故，她感到全身无力，随便吃了点饭，就又折回旅馆倒头睡了。她做了一个很长很长的梦，梦里，她和邢三儿一起在簸箕王的湾边散步，不远的树后面，有人跟着。她知道是那个东北女孩。于是便倚紧了邢三儿，做出更加亲密的样子。湾边上没有人，一条灰黑的野狗在湾边上找食吃，把死鸡死鸭啃得血肉模糊。前面是湾头，是这个湾最深的地方。她偷偷向后看，见那个东北女孩冲出树丛，正向他们这边跑来。她感到一阵惊恐，拽着邢三儿的胳膊向前冲去。邢三儿被她拽得一趔趄，右脚踏空，跌落进湾里。她急得大声呼救，可无论怎样喊，也喊不出声。邢三儿没有多少挣扎，很快被吞噬，消失在一片平静的水面之下。梦里，她痴迷于那片水域，缓缓向那片水走去。有人拉住了她，是那位阿姨。她扑进阿姨的怀里，不可遏止地哭了起来。

两天后的下午，一个中年男子找到她，说来自大连，说有人托付了一些事。那人面容清瘦，穿着一件灰色衬衣，不说话的时候，像一截沉默的树枝。

男人给了她一缕头发、一张银行卡、一张纸和一张照片。那照片张璇见过，是阿姨到处寻找的人。那张纸是份医院的诊断书：

王芳香，女，40岁。

B超：1. 慢性胆囊炎；2. 后腹膜，腹腔淋巴结肿大。

X线检查：1. 右肺门区结节影，随访；2. 左肺心隔明显异常。

心电图：窦性心律不齐。

CT：1. 胃窦癌并癌性溃疡形成，胃周浸润，腹腔腹膜后淋巴结转移侵犯胰腺；2. 肝左外叶结节，转移癌，不排除，随访；3. 胆，脾，双肾见异常隐影。

大槐树上缀满了细密的白花，每一朵都向外发散香气。站在树下，张璇觉得走进了云里，有无数根绵软的细丝从树上垂下，闪着耀眼的光线。她微闭上眼，张开嘴，想要把所有的花香都吸进肺里去，想要融化在这朵云里。有风轻摆，一些花落下来，落在她的脸上、身上，像一群嬉闹的婴儿，发出咯咯的笑声。

她与中年男人将骨灰浅埋在树的周围，看着一丝魂魄微笑着在花间游弋，然后穿过最高的树枝，升到云端里去了。不远处的湖边，一截护栏已经修缮，并喷涂了新的油漆。没有几个人，公园里盛满了宁静。

"走吧孩子，咱回大连。"

张璇直起身，再一次把目光投向树上的朵朵白花，她要把每一朵都记在心里，多年后好回来认领它们。她觉得小腹狠狠地抽动了一下，一股阵痛袭来。那一刻，张璇感觉到了另外一个生命。

讲给你一个人听的故事

你知道世界上最可怕的事情是什么吗？不等对面那个人回答，小芳继续说下去，最可怕的就是，你的亲人离开你后，突然有一天，你却总是想不起他的模样。他的样子在一瞬间似乎是清晰的，可是片刻就开始模糊，最后几乎只是一个轮廓，一个隐约的影子。任你声嘶力竭地呼喊，他的身影就像断了线的风筝渐渐飘远。

每当这时候，我就会赶紧翻出爸爸的照片。我把他的照片放在一个铝制的饼干盒里，锁进抽屉。饼干盒里还有我小时候的照片，以及我曾收藏过的小贴画，还有那把针织厂宿舍 5 号楼 2 单元 501 门上的钥匙。我就留着他这一张照片。那是他在西湖边上照的。他站在一棵柳树下，身后是碧波荡漾的湖水，湖面上漂着几艘小船，远处依稀是传说中的断桥。他穿着那件参加家长会时爱穿的假鳄鱼牌格子衬衣，衬衣掖进了裤子里。我知道衬衣下面的那个纽扣早掉了，他一直说缝上，可就是没有缝上。他双手抱在胸前，嘴角露出浅浅的笑容。他笑的时候，总是撇下嘴角，好像在嘲笑谁。我爸爸——用现在女孩子的话来说，高大帅气，还带点坏坏的样子。在照这张相之前，他给我打过电话，在电话那头，他兴奋地对我说："闺女，你猜爸爸在哪儿呢？"当时我只知道他出差了，他不在家的时候，我只能吃方便面。我说："不管你在哪儿，马上回来给你闺女买好吃的。"他说："闺女，我在杭州呢，上有天堂，下有苏杭。"我想地上的天堂是什么样的？我嚷嚷起来："我也要去，我也要去。"

捧着照片，爸爸的样子渐渐清晰，好像从来没有离开过我，这时候我心上的石头才会落下来。你曾经问过我，爸爸离开多少年了，我说我不知道，你还露出不相信的样子。这是真的，我从来没有掰着手指头数他走了多少年。我一直相信这个世界是有轮回的。如果他离开我久了，就会转世成为一个陌生人，一个和我毫不相干的人，一个不会再疼我、再爱我的人。每天早晨醒来的时候，我总是固执地认为，爸爸是昨天离去的，他的魂魄就在附近某个角落看着我，这样我就不会害怕，不会孤单。

有些话如果我说出来，你会觉得我是个极端自私的人，但是今天我不会隐瞒什么，我要把我的心完全裸露给你。你知道我爱说谎，我从小就是在担惊受怕中度过的，我说谎是为了保护自己。本来我是有些担心，我怕如果你了解了我的全部，会瞧不起我。但是我想，你爱我，你肯定会原谅我曾经的无知、曾经的荒唐。

如果爸爸、妈妈不离婚，他不会四十出头就离开人世了。其实他们一开始感情非常好。他们是自由恋爱，当时姥姥一直不同意他们的婚事。姥爷在妈妈很小的时候就去世了，姥姥含辛茹苦把五个子女拉扯大，妈妈是姥姥最小的女儿，也是她最疼爱的老疙瘩。姥姥说，一看我爸爸那样子，就不像个能踏踏实实过日子的人。可妈妈那时候迷了心窍，一心只想嫁给爸爸。姥姥用尽了各种各样的办法，给妈妈介绍条件特别好的男人，把妈妈锁在家里，绝食吓唬她，但是妈妈丝毫不为之所动。终于有一天夜里，妈妈从二楼窗户里顺着拧成麻花状的床单，逃出了家。

第二天姥姥推开房门发现空无一人，当她看见顺着窗户的床单时，嘴张了张并没有发出声音，露在窗外的床单已经被风吹散开，如同一个披头散发的女人。姥姥一屁股坐在地上，"哇"的一声号啕起来，她似乎预感到小女儿未来的婚姻坎坷不平，而且有生之年母女不能再相见。

一个月后，姥姥撒手人寰。那天正好是妈妈和爸爸举办婚礼的日子。消息传到妈妈那里，她正忙着向爸爸的亲友敬酒。本来姨妈和舅舅们都不同意告诉妈妈，因为他们都认为姥姥是被她气死的，一个不肖子孙是没有资格参加丧事的，她已经被扫地出门，不是王家的女儿了。但是大姨坚持告诉妈妈，尽管姥姥的去世和她有关，但她毕竟是姥姥身上掉下的肉，如果儿女不齐全，这个丧事就不圆满，姥姥会死不瞑目。

大姨在电话里只说了一句话，咱妈走了。妈妈的表情瞬间凝固，酒杯在她手里缓缓滑落，掉到地上发出一声闷响。旁边本来呜里哇啦的一桌子人顿时鸦雀无声，妈妈仰着脸，眼睛瞪得溜圆，整个人仿佛傻了。爸爸刚想过去问怎么回事，妈妈一下醒过来，拽下头上的花，扔到地上，慌里慌张地跑出酒店。等她上了出租车，才觉察自己穿一身大红去参加葬礼不合适。幸好刚才奶奶给了她一个二百元的红包，她顺路买了身黑色的衣服，新娘的红色旗袍被她扔在了商店的试衣间里，营业员追出店门口要还给她，她边跑边摆手，扔了吧。

当妈妈匆匆赶回家，迎接她的是姐姐、哥哥们箭一般的目光，没有人上前和她打招呼。灵堂中间挂着姥姥的遗像，姥姥的目光爱怜地看着小女儿，好像在说："妮，你怎么不来看娘啊？"多年以后，妈妈给我复述了这段场景。她说，当时一开始并没有感到悲伤，只是说不出来的慌张。看到姥姥遗像的时候，她开始感到恐惧。她突然意识到，从今往后，她就像离开树枝的叶子，断线的风筝，这个世界上再也没有一个人像姥姥那样疼她、爱她。她跪在灵前，眼发直地望着姥姥，恐惧慢慢演变成绝望。那一刻，绝望就像铺天盖地的潮水把她淹没了，眼泪开始流成串，但她没有放声痛哭，只是抽泣，如同受了千般委屈。

丧事上，一般孝子们哭的时候，会有人上来搀扶、劝说，避免孝子伤心过度，影响身体。但妈妈跪在灵堂前，没有人过来，妈妈就这么跪着抽泣，后来她一头栽倒在地上什么也不知道了。

等她醒来发现自己在医院的病床上，爸爸就坐在她身边。妈妈盯着爸爸看了许久，看得爸爸心里有些发毛。"娟，你可醒了，你躺了一天一夜，把我吓坏了。"妈妈伸出双臂，说："抱抱我。"爸爸赶紧把妈妈抱起来，妈妈趴在爸爸耳边说："你得再给我买件和结婚那天一模一样的红色旗袍。""买多少件都行。"爸爸说。没有任何征兆，妈妈突然狠狠地咬住爸爸的肩膀，疼得爸爸"嗷"的一声叫起来，但妈妈没有松开她的牙齿，任凭爸爸的惨叫由凄厉转成低吼。尽管如此，爸爸也没有挣脱，他死死地抱住妈妈，牙齿咯吱咯吱发响。妈妈缓缓松开她的牙齿，嘴里吐出一句："王强，你给我记住，这辈子你要对我不好，我会杀了你。"

妈妈没有工作，爸爸只是个针织厂的工人，婚后两人的生活很拮据。有了我之后，日子更加艰难了。为了改变生活状况，爸爸辞职开始经商。那一年，由于经济纠纷，爸爸被河北某市警方扣押，他托人给妈妈捎来口信，要想获得释放必须交上两万元的赔偿和一万元的罚款。家里哪有钱，妈妈只好变卖了能卖的所有东西，但还是差一万多块钱。那天傍晚，妈妈从幼儿园接我回来，她没有像往常一样做晚饭，而是坐在沙发上发呆。看她愁眉苦脸的样子，尽管肚子饿得咕咕作响，我也不敢言语。后来妈妈腾地站起来，说："走，去你大姨家。"

我没有见过大姨，但是我知道大姨家住在城郊接合处的小锅市。妈妈经常跟我提起大姨，她小的时候，大姨可疼她了。到大姨家，要穿过一个长长的桥洞子，桥洞子上是火车道。那天穿过桥洞子的时候，上面没有火车经过时轰隆隆的响声。一辆辆拉煤灰的大货车呼啸而过，我坐在自行车的后车架上，有些顶风，妈妈弯着腰，屁股都离开了座子，两条腿拼命蹬着。大货车溅起的灰尘和车上掉下的煤灰不时飘进鼻子里，以致到了大姨家门口，我还在不停地打着喷嚏。

在大姨家门口，妈妈抬起手，在空中停滞了一会儿，才开始敲门。门打开了，这是我第一次见大姨，一个穿着白色碎花睡衣的中年胖女人站在面前。大姨看见我们，脸上露出惊讶的表情，妈妈使劲捏了下我的手，我赶紧说："大姨。"大姨这才醒悟过来，忙把我们让进屋里。大姨家比我们家好多了，客厅宽敞、明亮。大姨夫正坐在沙发上看电视，这个瘦瘦的男人看见我们，只是欠了欠身，然后坐下继续看电视。大姨一直端详我，弄得我有些局促。大姨问我："闺女，叫什么？"我低声低气地告诉她。她扭转脸对妈妈说："和你小时候一模一样。"妈妈咧咧嘴，想笑没笑出来，她揽住我，另外一只手轻轻在我头上讪讪地来回摩挲。大姨开始说那些陈年旧事，具体说些什么，我已经记不清了。我当时已经饿得前心贴后背了，一心盼着早点回家吃点东西。妈妈和她说话的时候时不时看看我，或者低头看看脚尖。妈妈侧了几次身之后，终于站起来和大姨告别。

临出门，大姨问："娟，你有事吗？"

妈妈说："没事。"

"娟，你要还把我当姐姐，就直说。"

妈妈的喉咙咕噜了几声之后，说："家里需要些钱。"

大姨问清了钱数，扭身就进了里屋，这时候看电视的大姨夫也不看电视了，跟着进去了。接着里屋传来争执的声音。妈妈的脸一阵儿白一阵儿红，她捏得我的手有些疼。

妈妈用在大姨那儿借来的钱赎回了爸爸。

你怎么不说话，是不是嫌我啰唆。你不知道，女人喜欢跟最亲的人唠叨。你还记得吗，过去我一跟你说事，你总是说，拣重点的说。可我觉得我说的都是重点啊。小芳拂拂前额的头发，今天说什么，我也得把我的经历全给你说完，过去我们在一起的时间太短暂了。你要是不愿意听，那就是不爱我。

这个世界上没有完美的生活。

我上小学四年级的时候，爸爸的生意开始有起色，家里的境况越来越好。男人啊真的不能有钱，一有钱就变坏。

你以后啊，就老老实实上班，别好高骛远地想去挣大钱。

男人有钱了会沾上许多坏毛病。爸爸就是这样，他开始喝酒、赌钱，因为这个妈妈没少跟他吵架，一开始，妈妈会拿出撒手锏："王强，你有良心吗？你忘记当初我怎么嫁给你的吗？"这话一说，爸爸马上不言语了。可是后来，妈妈再说这话，就和没说过的一样。有一次，都半夜了，爸爸还没回家，妈妈给他打电话他也不接，妈妈是个犟脾气，不接就一遍遍打，后来爸爸索性关机，把妈妈气疯了，她坐在床头等爸爸回来，这一等等到天亮爸爸才回家。一见面，妈妈也不说话，上去就打爸爸，爸爸左右抵挡着，一不小心被妈妈挠到脸上一道伤痕。爸爸马上恼了，甩手就给妈妈一个耳光，那耳光清脆响亮，躺在被窝里的我哆嗦了一下。妈妈被打蒙了，爸爸自己都愣住了。片刻，妈妈一头撞向爸爸，两手挖挲着，嘴里嚷道："王强，你这个畜生，敢打我！今天我跟你拼了。"爸爸边抵挡边往后退着，嘴里说："你把我脸挠成这样，明天我怎么去见客户？"

"你还要脸啊，一夜没回家，不知道跟哪个狐狸精鬼混去了。你还敢打我，呜呜……"妈妈哭了。

那次是我记忆中他们第一次动手，有了第一次就有第二次。生活就是这样，如果不幸的生活开始了，很难再停止。

二楼住着一个单身女人。不知道为啥三十多岁了还没结婚。妈妈说她是鸡，那时候我真没法理解坏女人和鸡有什么关系。这个女人喜欢穿紧身衣，胸前那两个球绷得好像马上要滚出来，走起路跟没骨头似的，我们那栋楼里的男人看见了，眼睛都直直的。

你可不能这么看女人啊，听见没？

爸爸没事就去她家串门，每逢不见了爸爸，妈妈总叫我去她家喊。爸爸一回来，两个人就开吵。吵急眼了就动手，妈妈吃了亏，就摔东西。一开始两个人打架，邻居还来劝，后来就看热闹了。两个人从家里打不够，就打到楼道里，从楼道里再到小区院里，再从院里打到马路上。妈妈披头散发发疯一样地一次次扑向爸爸，爸爸一开始可以轻易地将她甩开，到最后他没有力气了，嘴里喘着粗气，断断续续地骂道："你个不要脸的娘们，不嫌丢人啊。"妈妈这时候把手使劲从爸爸攥着的手里挣脱出来，又一次挠向他。爸爸只好回头就跑。妈妈在后面紧紧追赶："王强，今天你要不打死我，你不是你妈生的。"

先是隔三岔五打，后来成了天天打。这日子怎么过啊！起因都是鸡毛蒜皮的小事。他俩彼此看着都不顺眼。难以想象他们曾经相爱过。爸爸晚上总是很晚回家，或者不回家。妈妈也不像过去那样，天天闷在家里，她不知道从哪儿交了些朋友，经常出去吃饭。每次出去之前，她开始化妆，打扮自己。有时候，她也会带我出去吃饭，遇见最多的是一个做煤炭生意的中年人。妈妈让我喊他李叔，李叔真黑，比煤都很黑，而且是个大胖子。每次点菜的时候，他总是笑眯眯地对我说："闺女，想吃嘛就点嘛，甭客气。"一开始我挺喜欢他的，他好像总怕我和妈妈吃不饱似的，一点就是一大桌子菜，几乎都是我喜欢吃的。可是有次之后，我对他的态度开始有所转变。那次我正在啃一只大闸蟹，一不小心掉到地上，李叔看见了忙说："掉就掉了，别捡了，怪脏的。"我有些舍不得，低下头往桌子下望了望，我没看见大闸蟹，却发现李胖子的腿别在妈妈的两腿之间。我的脸顿时像有开水浇到上面，我下意识地想捂住自己的脸，没承想却捂住了眼睛，等我拿开手，看见的却是李胖子正皮笑肉不笑地看着妈妈，他的眼睛里爬出一条虫子，爬在妈妈的胸前。他脸上堆起的赘肉上停驻着一只硕大的绿豆蝇，恶心得我受不了。我只有一个念头，马上走，片刻也不能再待下去。我站起身，大声对他们宣布："困了，我要回家。"李胖子试图用巧克力、布娃娃诱惑我留下，我连看都不看他，冲着妈妈在牙缝里一个字一个字地挤出："你——不——走，我——走!"看我如此坚决，妈妈只好带我走了。回去的路上，她一直埋怨我，说以后再也不会带你出来吃好吃的了。我心想，李胖子请客，就是龙肉也不稀罕。

暴风雨是一条短信带来的。

我开始故意不让妈妈出去吃饭，我总是有那么多学习上的问题，加上即使出去吃饭，也必须要把我安顿好才能出去，这样会捉襟见肘。妈妈出去的次数越来越少，我也会装肚子疼或者这里那里不舒服给爸爸打电话，让他早点回家。这天，爸爸和妈妈都被我留在了家中。我们一家三口已经好久没有在一起吃饭了。这顿晚餐是在沉默中进行的。我发现他们两个在对方低头扒拉饭的时候，都会偷偷瞧上一眼。是那种彼此小心翼翼的眼神。其实这种眼神我现在已经理解了。他们之间已经有了陌生感。唉，原来这是两个彼此多么熟悉的人啊。我不时往爸爸和妈妈碗里夹菜，好像他们是我的孩子。

我问爸爸："妈妈做的菜好吃吧？"

爸爸正在咀嚼的嘴停住了，他的喉结滚动了一下，但并没有发出声音。

我对妈妈说："你看，爸爸吃得真香。"

妈妈白了我一眼："吃饭的时候，别说话。"

吃完饭，妈妈去厨房刷碗，爸爸去洗手间洗澡。我坐在餐桌上写作业。听着两个屋子里传出来的哗哗流水声，就像听到幸福的小曲。我在想，这样的日子，多美好。妈妈很快就收拾利索，坐在沙发上开始看电视。她手里拿着遥控器不时地换着台。我能感觉到她的心不在焉。这时候，那个该死的短信来了。就"嘟"的一声。如果爸爸的手机没有放在茶几上多好。其实不应该怪手机，应该怪那个坏女人。如果没有她，也许现在还有我的家。妈妈当时并没有翻看手机，她仍旧继续调台。爸爸洗澡时间太长了，如果他很快洗完出来，把手机收起来，也许这一切，就不会发生了，或者说会推迟些日子再发生。可是妈妈终于忍不住，拿起了手机。那几年，他们频繁的打闹，已经让我成了一个敏感的孩子。那一刻，我预感到了什么，紧张地看着妈妈。妈妈死死地盯着手机，看了很久。她的身子开始抖动，她紧咬着嘴唇，拼命地控制着自己。但最后炽热的熔浆还是喷发了出来。她几步走到洗手间，一脚踹开门，把手机狠狠地砸向爸爸。正在一团水汽之中的爸爸，根本不清楚是什么东西砸中了自己。他疼得哎呀地叫了一声。"王强，你这个畜生，我要跟你离婚。"妈妈声嘶力竭地叫道。可想爸爸当时多么狼狈，他根本无法穿衣服。他一只手抵挡着妈妈的厮打，又得顾及我这个姑娘，一只手捂着下体，跑到卧室里，死死顶住了门。妈妈推不开，拿起暖水瓶就砸到门上（好像是砸在爸爸身上），那一刻，他们过去所有的恩爱，都化作了仇恨。碎片还有开水溅到了我身上，我整个人都吓得木了，却没有感觉到疼。我害怕不是因为这个场面，直到现在我一想到那个词——破碎，心就痛。

那一天我的家，破碎了。

那天晚上家里几乎被他们翻了个底朝天。我是个被他们遗忘的孩子。我蜷缩在被窝里，耳朵边都是那些恶毒的争吵。爱人怎么能变成仇人呢？天亮的时候，妈妈走了。她知道我的泪水流干了吗？她知道我对这个世界充满了恐惧吗？那一声砰的关门声，是我撕心裂肺的痛楚，关上的是幸福之门。

唉，咱们以后可不能分开。我不指望跟你一辈子不吵架，但我们吵架了，也要一辈子。你别不说话，点点头也行啊。

上午我没去上学。也没人搭理我。爸爸在里屋呼呼大睡，似乎一场大睡就可以将这一切过去。中午的时候，我下了面条，那是我第一次做饭。谁叫家里只剩下我一个女人呢。我盛好了，然后喊他起床。我知道今后我将跟他相依为命。其实我特别想问他，妈妈去哪儿了。可我不能问，我只能骗自己，我没法面对这一切。他似乎也是这样想。我们静悄悄地吃着饭。最难以下咽的一顿饭。他满脸的疲倦，如同大病一场。吃完饭，他坐在沙发上一根接一根地抽烟。屋里乌烟瘴气的，我被呛得不停地咳嗽。他觉察到，说："闺女，上学去吧。"望着他通红的眼珠，我差点掉下眼泪。我怎么有心情上学去呢？

家里少了个人，显得那么冷清。我和爸爸都不敢触及有关妈妈的话题。晚上我跟他一起睡的。过去我从来没有感到夜晚是那么漫长。脑子里乱哄哄的，怎么也睡不着。爸爸在一边没什么动静，要是过去，他早呼噜连天了。后来我终于迷糊着，却做了好多梦，都是吓人的梦。梦里我失声尖叫起来，爸爸拍着我的肩膀，问我："闺女，你怎么了？"能怎么啊。还不是因为你们大人，你们忘记了你们彼此的伤害，伤及最大的还是你们的孩子。我说："没怎么，爸爸。你答应我件事呗。""什么事？""你答应了，我再说。""好、好，答应你。""等星期天的时候，咱们去照个全家福，好吗？我们同学家都照了，就挂在客厅里。"爸爸说不出话来，他紧紧地抱着我，勒得我生疼。我感到他的泪水打在了我的后背上。一滴、两滴，伴随着我内心的叹息，我的努力，多么苍白无力啊。

我和爸爸相依为命了两年。这两年来，他整个人都颓废了。随着妈妈的离去，爸爸的好运似乎也不再。他的生意一落千丈。他沉溺于酗酒和赌博之中。我跟他去过那家地下赌场，他那些所谓的朋友，其实都是一些老千，合伙弄他的钱。我从来没见爸爸赢过什么钱，输了钱，他就拼命地喝酒，后来他把家里房子的抵押贷款也输光了。其实爸爸挺好的，当然这是在他不喝酒的前提下。他喝醉了酒，魔鬼就附上了身。那时候，他根本不认我这个女儿，往死里打我。我最受不了的事，是他边打我边骂妈妈是破鞋。每逢这时候，我就用头拱他，拼命拱。他酒醒了，就后悔，抱着我失声痛哭，求我原谅他。我再恨他也得原谅他啊，谁叫他是我爸爸呢。

你看我这个疤。小芳撩起额前的刘海。就是有一次，他打我打得厉害，我跑的时候，跌倒到地上磕的。

爸爸也不会做什么饭。我们两个大多在外面吃。你还记得东地路上那家老地方餐馆吗？我们几乎天天在那儿吃。一盘三鲜水饺，我们爷俩就够了。不过爸爸得喝两口，一瓶古贝大曲，他两顿酒喝没。吃完饭我们两个就去广场散步。走一会儿，就坐在广场上的台阶上歇脚。我爸爸还会弹吉他呢，不过没你弹得好，他只会弹《东方红》。晚上睡觉的时候，他就给我讲故事，哄我睡觉。有一次，我半夜醒来，床上只剩下我一个人。我大声喊他，没有回声。我害怕极了，我怕他不要我，一个人跑了。我就这么坐着，坐到了天亮。我正完全绝望的时候，他回家了。一看见他，我眼泪哗哗地淌。他看了，慌忙说："闺女，你怎么没睡。"我鼻涕一把泪一把地抽泣着："我听话，我听话，你别不要我。"他赶紧抱着我："闺女，爸爸哪能不要你呢。"

后来我才知道，他半夜出去是找那个女人。我都要疯了。从那儿，晚上睡觉我就跟他一个被窝，紧紧抱着他睡。他知道，如果他出去，我会一夜不睡的。从那儿起，他就再也没半夜出去过。不过那个坏女人，也真不够要脸的。有一次学校开运动会，我提前放学回家了。门插着怎么也开不开，后来门开了，露出的是爸爸讪讪的脸。我一下明白是怎么回事了。我拉着个脸，进了屋。那个女人坐在沙发上，笑眯眯地说："小芳，回来了啊。"我没搭理她。爸爸在旁边说："你姨过来，给咱们洗衣服呢。"我把书包重重地扔在那个女人的身边，说："我累了，我要睡觉。"爸爸板起脸，说："你这孩子，大白天睡什么觉。"我讥诮道："还知道大白天不能睡觉啊。"那个女人脸色马上变了，拂袖而去。爸爸倒没有责怪我，他苦口婆心地对我说："闺女，你也大了，也该懂事了。咱们这个家现在需要一个女人，你需要一个妈妈，爸爸也需要一个妻子。这样的家才完整。"我瞪着他，一会儿眼圈就红了："你从今往后，只能有一个女人，那——就是我。"爸爸用异样的眼神看着我，嘴张了张，也没说出话。

在我的无理取闹下，爸爸不再跟那个女人联系。现在想起来，真对不起他。因为我，他没能开始自己的新生活。也许当初有人能照顾他，他也不会那么早离开我。我太自私了。生活中总是有那么多也许，但仅仅是也许，也许就是遗憾，无法弥补。

爸爸的病来得毫无征兆。其实当时他的心脏已经出了问题，不过他自己并没当回事，可能他觉得自己才四十出头，或者他根本已经不在乎这些了，他对未来不再抱什么希望。那时候我已经上初一了。妈妈偶尔会跟我联系一下，除了给我钱，她不能给我别的什么。妈妈彻底变了，浓妆艳抹，手上还戴了个大金戒指。她那样子我怎么看怎么不舒服。她经常要带我出去吃饭，我没同意过。我跟她见面的事，我从不跟爸爸说。

那是个下午，不知为什么，我一直有些走神。上课被老师点了几次名，依然打不起精神。后来，校务处的一个老师推开教室的门，向正在讲课的老师招了招手。他们两个在门口耳语了几句，然后老师冲着教室里，招呼我。我莫名其妙地出了教室。得到爸爸住院的消息，顿时，脑袋轰的一声。我也不知道怎么骑着自行车去的人民医院。现在，我每次经过人民医院的时候，都有种恐惧的感觉。我尽量不走那里。

一进病房，我就看到床上蒙着一块白床单，还有床头掉下的一只手。那是一只什么样的手啊。微蜷着，肤色苍白，青筋刺眼。我一下慌了，恐惧万分，我无法面对这一切，我只想逃避。我掏出手机，那是个老款的诺基亚手机，爸爸不用了，给的我。我开始玩贪食蛇的游戏，我玩得好专注啊。时间一分一秒过去了。病房外的走廊里那么安静，但又分明能听见清晰的脚步声和关门声。也不知道过了多久，有人进来，他们手忙脚乱地把爸爸抬到了推车上。我低着头，看着那一双双来回移动的脚，心里盼着这一切赶快过去。

那天晚上我是推着自行车回家的。路灯、霓虹灯那么刺眼，让我的眼只能眯缝着。我有些恍惚，老觉得这一切不真实。临近家门的时候，我看见屋里亮着灯。心里想，真是假的，医院里的那个人不是爸爸，这是别人跟我开的一个玩笑。但又有另外的一个念头冒出来，这个玩笑怎么开得这么残酷呢。推开门，眼前的一切，触目惊心。妈妈、叔叔、姑姑三个人正在翻东西，家里一片狼藉。看见我站在门口，他们怔了怔，又继续翻箱倒柜，仿佛我不存在似的。我看见爸爸用过的被子被扔在地上，在灯光下，那被子沾满了尘土，那么脏，脏得我心疼。我把被子抱起来，使劲掸，尘灰飞舞起来，呛得我直咳嗽。可能是找到了什么东西，他们三个撕扯起来。妈妈拦不住他们两个，嘴里骂道："你们要脸么，人刚不在，你们就来欺负我们孤儿寡母。"姑姑往地下吐了口唾沫："不知道谁不要脸，早不是我们张家的人了，人一死，就过来抢家产。你算哪根葱啊。"两个人手里不停，嘴里也不停。大人们怎么这样呢？昨天还是亲人，眨眼就成了仇人。他们不知道爸爸还躺在冰冷的太平间里，如果他知道这一切，他得多么难受啊。他们把家里翻了个底朝天，也没翻到什么值钱的东西。叔叔走到我跟前，问我："闺女，你可是我们张家的人啊，你爸爸把存折放哪儿了？"我没搭理他。他可能觉得也没趣，打算走了，走到门口，又不甘心，回身抱起我们家那台旧电视就走，妈妈见状扑过去拽住了他的胳膊，姑姑在后面死死抱住妈妈。叔叔一甩胳膊，就挣脱了。两个人像搬自己家东西一样，大摇大摆地出了门。妈妈坐在地上，两手拍打着大腿，哭天抢地地叫起来。

床上皱皱巴巴的被褥，就像爸爸扭曲的身体。在医院听人说，他是在家里犯的病。从屋里挣扎着爬到了门外，过了许久，才被邻居发现送到医院。我坐在床上，想他最后一刻的样子。他怎么爬的呢？他的手指紧紧扒住冰冷的水泥地面，拼命往前耸身子，一点点地挪了许久。他呼喊她的闺女了吗？他生命的最后一刻想的是谁？我想给他打个电话，电话很快通了。我的裤兜里，手机铃声响起来。是那首《东方红》。爸爸的手机在我身上。在医院里的时候，护士把他的手机交给了我，还有家里的钥匙。他去那个世界，为什么不带着手机，他怎么能让他闺女有事情找他，联系不上呢？我有些恨他。我摆弄着他的手机，发现一个秘密。也不算秘密，我发现手机快捷键拨出的号码是妈妈的手机号码。这让我有些失望，甚至有点伤心。

　　这也许就是所谓的爱情吧！让人绝望的爱情。就像我发现我爱上你，不能没有你的时候，你却永远地离开了我，没办法再回来。唉！

　　看着坐在地上的妈妈，我心里哼了一声。现在知道难过了，当初呢？为什么舍弃他，他是有错，可是你舍弃了他，舍弃了我，舍弃了我们的家。他一个人的错，为什么要我来承担后果？他现在走了，今后我只有一个依靠，那就是妈妈。我把她拽起来，牵着她的手，她顺从地跟着我，离开了那个生活了十四年的家。自那后，我再也没有回去。

　　爸爸走了以后，我们的生活越发艰难。要账的人一拨加一拨，妈妈疲于应付，我们只好四处搬家，躲避他们。但是他们的消息偏偏很灵通，总是过一段时间，就能找到我们。那一段时间我们搬了无数次家。妈妈没工作，她只能靠福叔接济度生活。那时候，我都懂事了，我知道他是她的情人。可我只能忍耐，我清楚地知道，如果没有福叔，我没地住、没饭吃、没学上。福叔是福建人。他在金华茶城干茶叶批发。他家里有老婆，还有两个女儿。他对妈妈承诺，迟早和家里的老婆离婚，跟她结婚。妈妈很喜欢福叔。他嘴甜，还知道疼人。我不相信福叔。我看他的时候，他的眼神总躲着我。他基本不跟我说话。一开始他们亲热还背着我，后来当着我面都开始调情。福叔不是很有钱，或者说他不是那种大方的男人。他只给我们在罗庄租了间小房子。每逢他来的时候，我要在家，就出去。不过幸好他大多是在白天我上学的时候才来。有一次，他回老家半个多月，妈妈给他打了无数遍电话，一次次催他回来，催得妈妈嘴上都起泡了。妈妈很在乎他，把自己的后半生都压在了他身上。他终于回来了，晚上的火车。回来之前，他没给妈妈打招呼。吃完晚饭，我正在写作业的时候，他打开了家里的门。妈妈的惊喜可想而知。我却很难过，她的表现让我感觉她的女儿没有她的情人重要。

我趴在桌子上写作业。我的身后就是床。他们以为我看不见。福叔的脏手在妈妈的乳房上游弋，他压低嗓音说："想死你了。"妈妈紧紧地抱住他，像抱住了自己失而复得的珍宝。我的脸烫得厉害，我感到屈辱，但我只能装作什么也没发生。这时候的我是他们的眼中钉。我听见他们悄悄交谈了几句。然后妈妈过来问我作业写完了吗。我说马上就写完。没有想到，妈妈居然说出了让我无比震惊的话，"妮子，写完作业，你去同学家住吧。"她一句多余的解释都没有，就回身又跟福叔说话去了。你知道我那一刹那的感受吗？我觉得自己被整个世界抛弃了，我是个多余的人。我没有流泪，我默默收拾好书包，连个招呼都没打，就出了门。我漫无目的地走在夜晚的街头，我谁也不恨，只恨自己。恨自己为什么来到这个世界，恨自己是个连父母都不爱的人。就这样走啊，走啊，也不知道走了多久。我想都没想，到哪个同学家借宿。我没有勇气编理由。难道我还说实话吗。妈妈跟她的情人幽会，把我撵出了家门。最后我来到了世纪广场上。我实在没有想到能去的地方，只能来这里。一年前的夏天，爸爸跟我吃完晚饭都会来这里转转、坐坐。可是现在呢？他去哪儿了？我特别想跟他说说话，哪怕他喝醉了，失去理智，打我、骂我。

那是多么漫长的一个夜晚啊。广场上空无一人，天上连个星星都没有，黑暗把天桥、草坪、雕塑，白天所有能看见的一切都隐藏了起来。我就坐在广场边上的台阶上，幸好是夏天，不冷，但是蚊子很多，出门的时候我专门套上了一件外套，我把扣子全系上。我不敢睡，把头埋在两腿之间，一秒一秒地等着白天到来，光明出现。后来我实在熬不住，迷迷糊糊地睡着了。也不知道过了多久，我隐隐听到窸窸窣窣的声音，我赶忙抬起头，一座黑乎乎的大山移了过来，是个人，我吓得差点叫起来。是个喝醉的男人，刺鼻的酒气飘进了我的鼻子，呛得我几乎想呕吐。我屏住呼吸，瞪大双眼，看着他走近。那个男人似乎没有察觉到我，他踉跄着来到我身边，站住，做出让我一想起就恶心的事。他拉开裤子的拉链，刺啦啦的声音，在夜色里异常刺耳。他，他在我面前小便。那腥臊的尿液，溅到了我的脸上，我吓傻了，一声不敢吭。他一直没有低头往下看，他尿完，抖了抖身子，提着裤子，又踉跄而去，那沉重的脚步声渐渐消失，我才长出一口气，这时候我才觉察到裤裆里湿湿的。

天终于亮了，晨练的人陆陆续续地出现在广场上。没有人发现我的存在，他们不知道有这么一个小姑娘，在这里熬了一夜，没人知道她多么害怕。

我只能回家，我没有地方可去。我不想再在外面待着。那个所谓的家，对于我来说，是最安全的地方。当我用了很长时间敲开家门的时候，惺忪着眼的妈妈看见我的样子，愣住了。她这一夜肯定睡得很好，她一点也没想过她的女儿。这件事我记她一辈子，其实她为我操了很多心，但这件事我一直无法释怀。后来大了，每次我们吵架的时候，我总是把这件事搬出来。一开始，她听了，脸色苍白，哑口无言。但后来，她不承认有过这事，说我造谣，说我污蔑她，说她为我操够了心，我还这么对她。

那时候要有你该多好啊，你肯定不会让我一个人在外面待一宿的。我记得有一次咱们吵架，我没跟你打招呼，坐上火车就去了沧州。你从王琳那里听说了，立即开着车追到沧州，在火车站出站口，把我截了回来。别看那时候，我还跟你发脾气，其实我内心可甜蜜了。这个世界上，还有这么在乎我的人，真幸福。

跟你讲讲我的初恋吧。我第一个爱上的人，是个女孩。吃惊了吧。她叫高菲，我的同班同学。那一年我十五岁，刚上初二。

高菲是个很开朗的女孩，她留着短发，小眼睛，喜欢穿运动服。如果从背影看，很容易把她认成男孩子。她体育成绩特棒，尤其是八百米，全市同年龄组冠军。我们班好多人喜欢她，主要是她乐于帮助别人。要是有男生欺负女生，她肯定第一个站出来，替我们出头。邻班有个小子叫王二，特坏。放学的时候总是骑着自行车撞我。要不就是揪我的马尾辫。我一见他就打怵，但我天生胆小，只能忍气吞声。后来，高菲知道了，她跟那小子打了一仗。王二是欺软怕硬的主，从那后就再不找我事了。因为这事，我跟高菲走得近了。一聊，我们还是同一天生日。生日那天，我们两个一块儿过的，谁也没叫，就在高菲她姑姑家。忘了说了，高菲父母在她很小的时候就去世了，她跟她姑姑过。这事，也是那天生日的时候，高菲亲口告诉我的，她还说，这事学校里谁也不知道，让我别告诉别人。当时，我好感动，因为高菲对我的坦诚，也因为她跟我的同病相怜。我也把自己的经历一五一十地跟她讲了。后来，我们两个人抱头痛哭。那一刻，我感觉我们两个人的心贴得很近、很近。

自从那儿，我跟高菲成了形影不离、无话不谈的好朋友。在班里，我底气也足了。高菲就是我的靠山，谁也不能像过去那样，把我当软柿子捏了。随着时间的推移，我对她越来越依恋。每次放学回家，我都不想跟她分开。

有一天，高菲告诉了我一件事，对我来说无疑五雷轰顶。她说她喜欢上了六班的王明明。王明明是个大眼睛、瘦高挑的男生。在我们学校是升旗手。高菲让我给她出主意。我可不想她和别人谈恋爱，那样她就没时间跟我在一起了。尽管我内心翻江倒海，但脸上还是装作若无其事。我试探性地问她："要不，我去跟他说说？"高菲断然否定，她害怕王明明拒绝她。这事也就暂时放下了。不过从那儿开始，我发现她总是心不在焉的，这让我心里很难受。那时候我还不知道这是爱情，我当时想得很简单，不想让别人跟我分享她的感情，她应该是我一个人的。

　　初二下半学期王明明转学到跃华中学。高菲黯然了好多天。我心里明白她是因为什么，但我不挑明，想了好多办法想让她开心，但于事无补。终于有一天，高菲对我说，她要给王明明写一封信。我不想她这样，但我又没办法明说。可能那一刻鬼迷心窍，我说："要不，我帮你送信吧。"高菲完全没有想到，她最好的朋友，在那一刻打算欺骗她。高菲跟我一起去的跃华中学。表面这么坚强的一个人，在临进跃华中学的大门前，居然退却了。她让我自己进去。信我肯定没有送给王明明。我装模作样地在跃华中学操场转了一圈，就出来了。可是在大门口，我没见高菲。就这一会儿，人去哪儿了？难道她遇见王明明了？我正心里打着鼓的时候，高菲从马路对面的树后，闪了出来。我快步走了过去，她的脸异常苍白，身子居然微微地在抖动。"送去了，他说这几天给你回信。"我赶紧安慰她。其实我完全可以编个理由，说王明明拒绝了她。但是我不忍心她难过，她一难过就会忽略我，干什么都心不在焉。我怎么这么自私呢？我当时为什么没有想到，这样做的结果，就是更严重地伤害到她，断送了我们的友谊。我继续演了下去："王明明看到信，可兴奋了。说到时候把信寄给我，让我转交给你。"高菲当时冲昏了头脑，她想都没想，为什么信非要由我转交呢？不过那时候，情窦初开的少男少女，由于羞涩，有很多都会找一个中间人传递信件，所以她也没有怀疑。

　　那一段时间，我开始充当王明明的角色。不，确切地说，我开始在心里和高菲恋爱。每次回信的时候，我故意写得很潦草，怕高菲认出我的笔迹。但是在内容上我投入得忘记了自己扮演的是谁，只是在把信放到信封的那一刻，我才会意识到这是王明明写给高菲的信。高菲的信写得很火热，这让我特别嫉妒王明明，我经常会想我要是王明明该多好啊。有几次，高菲在信里约王明明见面，这让我写信的时候煞费苦心。既不能伤害到高菲，又不能接受约会。一开始我是推脱，说最近功课紧，妈妈身体不好，一放学得抓紧回家。后来实在推不了了，我就开始讲大道理，说咱们现在还太小，学习应该是第一位的。如果你真的喜欢我，就应该先把成绩赶上去。寒假的时候，有的是时间见面。我的谎言，高菲居然相信了。她开始认真学习，我这才松了口气。每次看到高菲收到信的时候的样子，我心里就酸酸的。我心想，王明明有什么好的？长得跟大虾米一样。高菲见我面，第一句话总是问我，有信吗？唉，这话让我都想发疯。

一开始，回这些信，我没什么压力。回味高菲信里的内容和怎么回信，几乎占据了我生活中的大部分时间。甚至跟高菲在一起的时候，我也经常走神。有一天她忧心忡忡地问我："最近发现你很不正常，到底发生什么事情了？"那一刻，我脸上肯定出现了恐慌的神色。我赶忙掩饰道："没事啊。"其实我很想说，无论发生什么事情，你都能继续跟我好吗？可是我不敢问，我怕她觉察出什么。

随着寒假越来越近，我突然意识到，这件事情如何收场呢？我越想越害怕。那一段时间，我就没再回信。高菲每次问我，听到的都是让她失望的回话。一天天过去，她人变得消沉。这么多年过去了，我还记得那个夜晚，放了晚自习，高菲说："陪我在操场走走好吗？"那天刚下了雪，我们两个人走在寂静的操场上，脚踩在雪地上发出吱吱的声响。天好冷，耳朵冻得生疼。她一声不吭，看着她这样，我忍不住想说，也许他明天就会来信。但我不能，我不能再骗下去了。走了一会儿，高菲脱掉外套，塞到我怀里，跑了起来。她围着操场一圈圈地跑，跑得我都要崩溃了。后来她实在跑不动了，一头扑到雪地上，溅起的雪，弹到我脸上，钻进我的袄领子里，我不由得打了个寒战。我想，我怎么做了这么缺德的事呢？我自己都没法原谅自己。

还没等到寒假，谎言就被拆穿了。在一个周末，学校附近的川流水面馆门前，高菲碰见了从里面刚吃完饭出来的王明明。"你为什么不给我回信？"高菲的话让王明明丈二和尚摸不着头脑。"我什么时候收到你的信了？"王明明疑惑的表情让高菲恍然大悟，最好的朋友愚弄了她。这一切，让她无法接受。

当高菲出现在我的面前，把我们一起在百货大楼拍的大头贴合影和那些我写的信撕得粉碎，狠狠地扔到我脸上，砸得我眼泪都要掉下来了。当我明白怎么回事的时候，她已经走出老远。我拼命跑过去拦住她："你听我解释，其实我是怕失去你……"高菲不说话，用可以把我绞碎的眼神盯着我，我吓得后退了几步。我嘴里叫道："你打我吧。但是千万别不理我。"她往地下啐了口唾沫，嘴里吐出的字，让我的心从头凉到底。"你，不配。"

我无力地看着高菲远去的背影，悔恨莫及。她要是打我一顿，我心里还会好受点。

从那儿开始我失去了我最好的朋友。

我曾试图挽回我们的友谊，但是我每次拦住她，还没等我解释，她就粗暴地把我推开。直至现在她都不曾和我联系。我多么怀念我们在一起的时光啊。那时候，多开心，多美好。

我在班里的地位一落千丈。大家可能都知道了这件事。我的名声臭到家了，没人再搭理我。

每次到学校我都跟过街老鼠一样，灰溜溜地来，灰溜溜地去。我甚至有转学的想法，但是妈妈不同意。大人不同意，我一个小孩有什么办法。

尤其我那个同桌，开始欺负我。不是故意把我的书扒拉到地上，就是往我身上抹墨水。做完这些坏事，他还挑衅地看着我。有几次我想发作，可看看他的块头，我明白，如果反抗只是自找其辱。要是过去，他哪敢啊。即使敢，高菲也早站出来替我出头了。每当这时候，我就会可怜巴巴地看高菲，但她把头扭转过去，笑眯眯地跟其他同学说话。唉，我只能忍气吞声。自作孽不可活。

这么多年了，我一直想求得高菲的原谅。我也从别的同学那里打听到她的手机号跟 QQ 号。但是只要一听是我，她马上挂掉电话，或者在 QQ 上把我拉黑。

你主意多，替我想想法子，让她原谅我，好吗？

幸好很快寒假到了。放假那天我长吁一口气，我逃一样地离开了学校。其实在家的日子也不是那么好过。我拿到家里的成绩单让妈妈暴怒，而我又看不惯她跟福叔的事情。我们两个时常互相冷嘲热讽。这样的摩擦，自然会升级。但是无论我们两个怎么吵架，妈妈也从来不动手打我。吵急眼了，家里时常会出现两个人三五天互不搭理的局面。

妈妈对福叔的依恋日益增加，她把福叔看作自己后半生的希望。在她死缠烂打之下，福叔答应她年底回老家跟结发妻子离婚，然后回德州跟她一起过年。对此，我一直持怀疑态度，并不是因为我从福叔的行为当中看出什么，只是直觉觉得他不可能跟妈妈结婚。我也跟妈妈多次说起我的看法，每次说了，妈妈都会变得异常焦躁。总是骂我，闭住你的臭嘴，小孩家，知道个屁。我只好闭住我的臭嘴。说心里话，我根本不想让妈妈跟福叔结婚，一想起福叔的那双脏手，我就恶心。每当我看见妈妈低声下气地跟福叔打电话让他来家里吃饭，还给他洗衣服，就连福叔喝得烂醉，她也不嫌弃，毫无怨言地跑前跑后伺候他，分明像他的贤妻，我的气就不打一处来。她对她闺女怎么从来没这么上心过。她跟爸爸感情好的时候，也没这样。有好几次我都要忍不住了，想大闹一场，可想想闹了之后，这世界上谁还会收留我，只好作罢。我只能对妈妈冷嘲热讽，惹她生气，以获得内心的平衡。

福叔临走之前，拍着胸脯，发着毒誓说这次回去，一定跟那个黄脸婆彻底拜拜，然后回德州好好跟妈妈过日子。妈妈欢天喜地地送他上了南下的火车。回到家都过了晚饭的点，她也不着急做饭，坐在沙发上，跟福叔发短信。我的肚子已经咕咕乱叫，我支使她好几次让她去做饭，她都哼哈着，但屁股就是不挪窝。气一下拱到我头上，我跳到她面前，大声嚷叫。她连眼皮都没抬，对我说，哼，等你福叔回来跟我结了婚，看谁还要你。我冷笑一声，你就做梦吧，到时候哭都没地方哭去。

我一语成谶。大年二十八，福叔还没回来。不光是这，连电话都打不通了，妈妈沉不住气了。花高价钱买了第二天去福叔家乡的火车票，临走前她给我扔下一千块钱。为了她的幸福，这年春节她让她女儿一人过。

其实这年春节我过得挺好。我买了好多我喜欢吃的零食。然后闭门在家吃了就睡，睡醒了再吃。我还买了个大福字，贴在了家门口。贴大福字的时候，我还想，什么时候能拥有一套完全属于自己的房子，哪怕它小得只能放下一张床。我可以任意布置它，不管遇到什么事情，我都可以躲在里面，不会有人撵我。初一的晚上，我梦见了爸爸。他还是撇着坏坏的笑，对我说："闺女，又大一岁了。"我生气地回答："没吃上你包的水饺，我怎么会长一岁呢？"醒来的时候，我发现自己的枕巾湿了。

第二天我就去了针织厂宿舍。我站在楼下看了许久五楼的那个窗户。唉，那里已经不是我的家了。不知道现在在那里住的什么人。希望他们的家不要像我的家一样。

过了正月十五，妈妈才回来。一看她那憔悴的样子，我就知道发生了什么事情。不过这次我没有刺激她。我还主动给她下了碗面条，给她热洗澡水。看着摆在面前热气腾腾的面条，妈妈放声痛哭。我抱住她，轻轻拍打着她的后背。仿佛她是我的女儿。她抖成一团，哭得我心也乱了。突然她冒出一句让我目瞪口呆的话："王强，你这个王八蛋，怎么不活过来，让我抽一巴掌。"

我上初三的时候，妈妈跟别人合伙做医疗器械，就是那个专门治疗前列腺的仪器。她们把仪器租赁给小医院，然后一起分成。你也知道那种小医院，专门忽悠患者，没病的都说有病，而且把病情说得很可怕，似乎如果不马上治疗，人就得玩完。他们把那种仪器吹得天花乱坠，只要做上几个疗程病肯定会痊愈，当然一个疗程的费用非常昂贵。就这样，妈妈有钱了。一有钱，她除了打扮自己，也开始培养我这个下一代。我的学习让她非常失望，这使她明白，金榜题名这等荣耀不可能发生在她女儿身上。在她的观念里，一个女人的好前途就是嫁一个有钱有势的男人。有钱有势的男人喜欢气质优雅的女人。妈妈觉得跳舞的女人都气质优雅，于是她给我报了拉丁舞业余学习班。由于我在学校里很压抑，这使我格外珍惜在学习班的机会。尽管练功很辛苦，但我还是咬牙坚持下来。我不想那些学舞蹈的学弟学妹们跟学校里的同学一样瞧不上我。一是勤奋，二是我可能真有点跳舞的天分，才半年多的工夫，我在市里举办的业余拉丁舞少年组比赛中得了个第二名，而且还上了电视。这可是我从小到大拿到的第一张奖状。当我把奖状拿回家去的时候，妈妈乐得合不上嘴。她一个劲地给朋友们打电话，说："俺闺女在市里比赛拿了个第二名。"当她放下电话，乐滋滋地对我说："闺女，给妈妈争脸了，想吃嘛？妈请你。"我沉着脸说："你不是说我这辈子不会有出息，只会给你丢脸吗？"这话噎得她半天没说上话。

又过了半年，在拉丁舞培训班，我已经学不到什么东西了。有时候，教练还让我带带新学生。要想有大的提高，我必须到水平更高的地方去进修。可是我所在的培训学校在德州就是最好的了。本来我的学习成绩就差，把心思用到跳舞上后，成绩已经沦落到倒数。妈妈清楚我在文化课上不可能有什么戏了，不过她从舞蹈上看到了希望。这让她下决心让我去大地方深造。

初三毕业后，我没上高中，去了北京未来之星舞蹈学校。

这里让我大开眼界。硬件、软件都是一流的。上千平方米的练功房，师资力量更是没说的，有的老师在全国比赛上拿过名次，甚至有的在国际赛事上也获过奖。对于拉丁舞我又有了重新的认识。在德州的时候，老师只会跟着教材教你套路，而忽略了拉丁舞的内涵。拉丁舞其实就是用肢体表现流动的音符。老师在课堂上跟我们说得最多的话就是打开、打开。运动肩部、腹部、腰部、臀部，还有表情，来演绎每个舞种。原来我就是铜牌水平，只会伦巴和恰恰。在这里我又学会了牛仔、桑巴、斗牛。我们学舞蹈的够苦的，时时刻刻都要注意自己的形体，哪怕是睡觉的时候，也要保持睡姿。一个动作练习上千次，那是经常的。练一遍的时候，是新鲜，上千次可就是枯燥了。

学生们来自全国各地。就说我们宿舍吧，八个人，来自六个省份。年龄最小的才十岁，最大的都二十一了。学舞蹈的女孩都爱美，要说哪里领导服装潮流，我敢说就是舞蹈学校，没有我们不敢穿的。这是一方面，还有就是学舞蹈的孩子天生早熟。你就说伦巴吧，表现的是男女之间爱情故事的舞蹈，所以它的音乐较为柔美和缠绵，动作上能使女伴充分展现女性的柔媚和胯部、臀部的曲线美。男女伴之间若即若离，十分优美。如果你对舞伴没有感觉，怎么能把舞跳好呢？我也不能免俗，很快我就恋爱了，跟我的舞伴。

他叫白伟，加上他肤色很白，同学们都喊他小白。不过他人可不像小白兔那样绵顺。跳拉丁的男同学，大多都有点娘，像他这种阳刚气的不多。很多女同学被他迷住了，脸厚的就明目张胆地追求他，不过每次他对她们都爱搭不理，以致有人怀疑他是同性恋，但也没见他对哪个男同学热情过。总之，他给人的感觉就是冰冷冰冷的。老师让我跟他搭伴练双人舞的时候，我并不是很情愿。他眼神如钩，如果被他扫上一眼，身上被扫过的地方会有被钩过的灼痛感，这让我很有压力。一开始，我都不敢和他的眼睛对视，老是踩错拍子，就因这，被老师叱喝过不知多少次。一到上课的时候，我就有些怵头。不过随着时间的推移，在一甩一拽之间，我慢慢有了感觉。他的手掌很柔软，力道总是恰到好处，带得我渐渐跟上了节奏。我再看他的眼神，从里面居然看出了柔情蜜意。累了，坐在地板上歇息的时候，他会突然拿出不知从哪儿弄来的矿泉水，一声不吭地递给我，这水比我平时喝的都甜。不过他很少跟我说话。我呢，也想过进一步跟他拉近关系，但不知如何下手。

我们两个越来越默契，老师对我们的赞许也越来越多。三个月后，我们去天津参加拉丁舞金牌考级。这一路上，我的行李都是他拎着，但是我们两个仍旧没几句话。金牌考级我考了三次，都没过，这让我对这次考级信心不足。可如果考不上金牌，在我们学校那你就是业余的，别人也会低眼看你。

考场上音乐响起的时候，他轻轻拍拍我的肩膀，伏在我耳边低低地说："什么都不要想，只看着我的眼睛。"他的眼睛真的有魔力，我在他的眼睛里看见了我自己。我随着他的带动，忘记了身在何处。当音乐停止时，我倒在他的臂弯里，还沉浸在其中。

我们顺利地通过了考试，晚上我们找了家饭店庆祝。两个人喝了很多酒，大醉而归。那天晚上我把自己交给了他。这是我的第一次，没有快感，除了疼痛就是失落。完事以后他把身子扭到一边，我很想让他抱着我，于是我搬搬他的手，他却一下扒拉开，说："别动我，累死了。"我平躺着望着黑黢黢的天花板，几乎想哭出来。回忆刚才的细节，发现他很老练，根本不像第一次。

我跟你说这些，你不会生气吧。我知道你们男人很重视女人的贞操。其实有时候也是种伤害，但我不能欺骗你。那时候什么也不懂，就想有个人关心自己，只要那个人高兴，自己什么都会做，没有一点原则。

我的第一个男人在得到我以后，对我开始漠不关心。但是那时候我只是一厢情愿地认为他就是这种性格。自那后，我天天给他打饭，还给他洗衣服，总是想方设法讨好他。下了课，只要不到睡觉的点，我就跟着他。他老爱不耐烦，说我整天缠着他。我说，我是你老婆，我不缠着你谁缠着你。听到这话，他的鼻孔里会发出哼的一声，这个声响，就像一把刀在我的心上拉过。但我还是装作若无其事，我怕一不小心失去他。

我经常问他，咱们学校那么多漂亮女孩，为什么偏偏选中我？他说，那些女孩太瘦，抱着硌得慌，而且跳舞的女孩一脱鞋，脚都难看死了。

白伟其实不止我一个女人，他隐藏得很深。但跟我在一起久了，也会露出蛛丝马迹。有一次我们在川流水味道面吃饭，他上洗手间的时候，把手机忘在了桌子上。平常我动他手机，他都不让动，我要动，他就说我不信任他。我好奇地翻他手机，看见里面有一个叫王祖祥的人给他发的短信，内容很暧昧。我心里纳闷，这是个男人的名字啊。难道他真是同性恋。我多了个心眼，记下了手机号。下午我就用公用电话拨了这个号码，结果是一个女的接的。狡猾的白伟，把女人的电话用男人的名字记在手机通讯录上。我挂了电话，怒气冲冲地就去找他。一见面，我就问他，王祖祥是谁？他怔了一下，说："我朋友呀。"我盯着他的眼睛："男的，女的？"他把头转到一边："男的，我小学同学。""那为啥我打过去是个女的接的？""这很正常啊，可能是他妹妹或者朋友接的吧。"他继续狡辩。"好，那咱们现在打过去，看看到底是谁接。"我不肯罢休。他一看没法再掩饰了，有些恼羞成怒："女的，怎么了？""行，白伟，玩腻了，就想甩我。"我眼珠子都红了。"既然你这么认为，那咱们就没有必要在一起。"他扭头就要走。我一下气炸了，疯子一般扑向他，他猝不及防，脖子上被挠了一道子。他脸气得铁青，牙齿咬得嘎吱嘎吱响，他的右肩刚微微耸起，我就一把抱住他，狂叫："想不要我，没门，我做鬼也缠着你。"我的阵势吓住了他，就像川剧里的变脸一样，他马上换了副嘴脸。"这是我邻居，一块儿长大的，一直追我，我不想太伤她，所以就应付应付。"

"不行，谁都不行。你只能有我一个女人。"

"好，那我跟她说清楚。"

"白伟，你要是敢骗我，我会杀了你。"我咬牙切齿地警告他。

他半晌没说出话，最后讪讪地说："怎么可能骗你。"

越怕失去可能越会失去。自从我发现这件事后，白伟开始有意无意地躲着我，不是说舍友聚会，就说身子不舒服，躲在宿舍里不出来。我们学校的学生宿舍管理很严，不是同性根本难以踏入宿舍半步。尽管如此，我们毕竟是舞伴，他也只能是放学后才能避开我。如果出去表演或者比赛，我对他还是寸步不离。半年后，在一次出去比赛的时候，我在他包里发现了他申请留学的资料。其实那时候，我们吵架已经很频繁了，大多的吵架都是我挑起的。我总是怀疑他，哪怕是在路上，他看异性一眼，我也会长篇大论地讥讽他。我知道这样不好，但是一摊到事上，我就会失控。每次吵完架，不管谁对谁错，都是我低头给他道歉。一想到要失去他，我就觉得害怕，没有了他，我怎么过啊？不过，我也发现，他怕我歇斯底里地闹，我失去理智的时候，什么都不顾。所以即使吵架，他也是尽量地控制着情绪，没有说出分手的话。他想去留学，一点痕迹都没有露出来。这事让我勃然大怒，又惊恐万分。

那天晚上我们缠绵之后，我抱着他，问他："爱我吗?"这样的问题我问了得有一万遍了，他每次的回答都是肯定的一个字——爱。我接着问他也是问过上万遍的问题："永远不会离开我吗?"他的问题依然是两个字——不会。我从床上跳起来，从桌子上找到字和笔，放到他面前。他疑惑地问我干啥。我说："既然你说不会离开我，那你写一封保证书吧。"他愣了一下，翻过身去，嘟囔了一句有病。我使劲把他拽起来，盯着他的眼睛说："如果不写，那就是骗我。"我的眼神里带着杀气。他骂骂咧咧地坐起来，说："真是想一出就一出。"他拿起笔就想写。我拦住他，说："按我说的写。"他无奈地摇摇头，说："好，你说吧。"我翻翻眼，想了想，说："白伟发誓，永远不离开小芳，如果离开，全家死光光。保证人：白伟。"

他听完后，把笔一扔，说："哪跟哪儿，牵扯家里人干吗?"我冷笑了一声："心虚了吧，怕写了之后，遭报应吧。"他哼了一声，又倒在床上。我趴到他面前："你写不写?""不写，就是不写。"他把脸扭过去。我又绕到他面前："白伟，看来你是存心想骗我。""随便你怎么说，我就是不写。"他把眼睛闭上，裹了裹被子。我心里的火腾地被点燃了，我掀起被子，气咻咻地说："骗我，没门。"他仍旧不搭理我。我早有准备，跑到桌子前，从自己的包里掏出一把壁纸刀，推出刀刃，搁在手腕上："白伟，你要不写，我就死在你面前。"他一睁眼看见这情景，脸顿时变得苍白："有话好好说，你先放下。"其实我是吓唬吓唬他，但他被我伪装的样子吓到了。"我写，我写。"在我的威逼之下，白伟写了保证书。我拿到他写好的保证书，笑逐颜开。我把保证书收好，从他书包里拿出他申请出国的材料，撕得粉碎，扬扬得意地说："反正你不能离开我，所以这些材料你留着没什么用。"这一切，他始料不及，但也无可奈何。

保证书哪能保证爱情呢? 可当初我就这么幼稚，以为我的爱情有了保证书就会天长地久。其实，深入想想，那只不过是自己欺骗自己的一个小把戏。

回到学校没多久，白伟就消失了。他走之前，没有任何征兆。电话我打了无数次，提示的只有冷冰冰的关机提示。我问遍了所有的同学，没有一个人知道他去了哪里。那时候，我以为他真的出国了。绝望就像横在我脖子上的一把刀，让我的呼吸都很困难。没有他的日子，我的手脚都不知道怎么放，真的是不知所措。我把保证书一次次拿出来，我心里说，白伟，你可是发了毒誓的，你怎么这么不在乎你的家里人。又一想，他连自己的家人都不顾，哪还会在乎我呢。那一段时间，我的灵魂出窍了，干什么都无精打采。老师给我安排了个新舞伴，我怎么看怎么不顺眼，根本不好好跟他跳，经常莫名其妙地跟人家发脾气，那男孩被弄得经常下不了台，没多久，他说什么也不跟我搭伴了。宿舍的同学看我这样子，就经常带我出去玩。舞蹈学校的女孩不愁没男人约。我们出入那些娱乐场所，有时候还逃课跟那些开着豪车的男人出去耍。有一次，喝完酒都半夜了，我身边的那些女同学都不知去了何处，酒桌上只剩下我跟一个中年人，她们都喊他鲁老板。我喝多了，吐了好几次。后来，鲁老板揽着我，把我带到他车上，去了一家宾馆。我躺在宾馆的床上，听见卫生间里哗哗的淌水声，突然酒醒了。我想，我这是干什么？我爬起来，就跑出了宾馆。

我们宿舍里经常玩一个叫真心话大冒险的游戏。这个游戏就是抽牌，抽中大鬼的那位就要选择真心话还是大冒险。真心话，则由胜方随意问输者问题，输者必须全部如实回答。胜者最爱问的问题就是你经历了多少男人。唉，宿舍里最小的女孩，都经历了好几个男人。看着她回答问题时，稚嫩的脸显出那么无所谓的神情，我心想，这世界上到底有没有爱情？

我在舞蹈学校读了一年多就回德州了。促使妈妈让我离开舞蹈学校的原因很简单，她去学校看我，在我们的宿舍里她不但发现了丁字裤，还发现了扔在床下的避孕套。这使她明白这里的环境很可怕，她不敢想象再待下去她的女儿会变成什么样。

回到德州我去舞蹈培训学校当了老师，日子过得波澜不惊。看我一直郁郁寡欢，妈妈有时会带我出席她的一些应酬，时不时给我买衣服和首饰，似乎想用这些把过去没有尽到的责任补偿回来。但这些对我没任何吸引力，我觉得这生活真没劲。

我没有想到白伟会再来找我。后来我才清楚，他的钱被出国黑中介骗光了。他家里条件也很一般，不能再供他了。他实在没什么出路，就来德州找我。当白伟突然出现在我的面前，让我又惊又喜，有种沧海遗珠，失而复得之感。但我表面装得很平静，我冷冰冰地说："你来找我做什么？"他不回话，用那双有魔力的眼睛看着我，那里面有火焰，把我伪装的冰迅速融化了。他紧紧抱住我，用舌头撬开我紧闭的双唇。当他的舌头在我嘴里搅动的时候，我整个人都软了。我不停地捶打着他的后背，泪水不争气地流出来。他说家里出了事，他来不及告诉我，就离开了学校。家里事一处理完，他就回学校找我，才知道我休学了，这不就立即到德州找我了嘛。虽然他的谎话漏洞百出，但我当时鬼迷心窍，相信了他。

白伟不是个安分守己的人。我介绍他到舞蹈培训学校当老师，可那一点工资根本满足不了他。他说凭他的水平在大城市当个拉丁舞教练也绰绰有余，这话我信。他撺掇我跟他一起办个舞蹈培训学校。这事我过去从来没想过。他说，德州像咱们这样专业水平的不多，如果自己办个培训学校，只要宣传到位，招生肯定不成问题。我想想他说的也有道理。可是说起容易，做起来难，办学校需要一大笔钱，可我们两个都没什么积蓄。在白伟的暗示下，我去找妈妈要钱。妈妈说，根本不用我去挣钱，她挣的钱足够我们花的。我当然不甘心，天天跟她闹，没好脸色给她。妈妈劝我："闺女，你以为办学校是那么容易的事吗，再说我看白伟这小子不像什么好人。"当时的我哪能容许她说白伟的坏话。我跳起来指着妈妈的鼻子说："这钱当我借你的好吗。这些年，你管过我吗，你让我一个人在大街上过夜的时候，你良心安生吗？再说，爸爸留下的钱，也有我的，你凭什么独吞。"我这番话伤害到了妈妈，她浑身哆嗦着，半天说不出话来。在我的无理取闹之下，妈妈给了我十万块钱。拿到钱的时候，我还装模作样地给她打了张欠条。

我们在工人文化宫租了一间教室，装修的事情都是白伟找人操持的，培训学校的营业执照上的负责人也是他。他说他在全国拿过名次，让他当负责人，有宣传效应。于是宣传单跟教室的墙上都是他获奖时的照片。我那时候根本没有多想，以为他这次来找我，再也不会离开我了。

招生的时候，白伟让我去挖我原来所在的培训学校的学生。我不答应，那里的老师和校长对我一直很好，我怎么可能去做对不起他们的事呢？但是白伟不依不饶，他逼我把那些学生家长的电话给他。我经不起他折腾，就把电话都给了他。这事，现在想起来，心里真不是个滋味。太对不起培养过我的老师和校长了。

学生招起来后，教课都是我的事情，白伟天天在办公室玩电脑。学费都存在了以他的名字开户的银行卡上。他说我不会理财，只会乱花钱，钱放在他那里能存得下。这事我没计较。我想我们两个还分什么啊。

我跟白伟同居了。我们在东地路租了个两居室。每天放学，我会回家做饭。我很满足，我幻想着跟他结婚，为他生个孩子。我一定好好地爱我们的孩子，不让他受一点委屈。

暑假不知不觉到了。暑假是我们舞蹈培训学校的招生旺季。白伟让我去下面县里跑跑招生的事情，多招一些暑期生。等我风尘仆仆从县里招生回来的时候，一推开教室的门，出现在我眼里的是个陌生中年女人的脸。我没在意，我以为是学生的家长。但那个中年女人的话，让我目瞪口呆。她问我："你找谁？"原来白伟趁我不在，把学校转让了。他拿着钱跑了。

这事没地方说理去。虽然是我投的钱，但学校的负责人是白伟，他也没给我打任何欠条，没有什么可以证明学校是我的。学校是要不回来了。我怎么也想不明白，为什么心爱的人会骗我。我怎么这么傻，一次次相信他。难道真的像妈妈说的，男人没一个好东西。为什么，我总是被遗弃？千般念头、万般滋味，在我心里翻腾。

我实在没有脸去见妈妈。我把自己关在租住的小屋里，一星期没出门，天天以泪洗面。电话无数次响起，都是妈妈打来的，我没有勇气接，我觉得我的世界轰然倒塌了，没有一丝勇气来面对今后的生活。后来妈妈找到我，她得知了事情的始末，但是她的反应出乎我的意料，根本不像我记忆中的妈妈。她没有一丝埋怨，只是抚着我的头说："闺女，这笔钱扔得值，认清了一个人的嘴脸。要不是有这件事，你继续跟这小子，会吃比这更大的亏。"

我休息了一个月，去了一家新开的健身房当舞蹈教练。无论发生什么事情，生活还得继续。随着时间的推移，我的心情渐渐有所好转。这一段时间，有好几个男孩追求我，但我的心始终封闭着。

拉丁舞在德州渐渐风行起来，不光小孩学，大人也开始学。我所在的健身房看到了市场前景，于是开设了拉丁舞培训课程。在这里，跟我学拉丁舞的都是些中年女性。每天我在三楼教她们的时候，经常会有几个来这里健身的男性在旁边观看。时间长了，我发现有一个脸庞瘦削的中年男人几乎每堂课都过来看，而且，每次我下班的时候，都会很巧合地在门口遇见他。他看见我，会微微抬抬下颌，咧咧嘴跟我打招呼。我也会微笑回应。有一天刚下课，我拿着毛巾正打算去冲个澡，他突然冒出来拦住我："小芳老师，收男学生吗？"我愣了下，片刻反应过来，说："收啊，只要是喜欢拉丁舞的人，不论年龄大小，不论性别，都可以来学。""那我怎么样，能当你学生吗？"我发现他说话的时候，牙齿亮闪闪的，很整齐。

他叫邢杰，四十二岁，做油漆生意。这是我查客户档案才知道的。邢杰开始跟我学拉丁舞。他从不请假，每天都按时来上课。在那群中年妇女中，他格外醒目，跳舞的时候，脚还没迈，发福的肚子就挺出去了。不过作为唯一的葱花，他还蛮吃香的，大家都争着让他当舞伴。他乐此不疲，来者不拒。不过他在跳舞方面，真的是没有什么天赋。不光是肢体僵硬，乐感也极差。看见他笨拙、滑稽的姿态，我几乎要笑得弯下腰去。但他这个人，天生自我感觉良好，每次跳得都很投入。我想，他要是我朋友，我一定劝他不要学舞蹈。我可怕他跟我一块儿跳了，但是每天不管他跟多少人跳，最后也会来找我跳上一曲。我没法拒绝，因为他毕竟交了学费。另外有些奇怪的就是，不管在干什么，我都能感到他有一瞥目光投向我，让我浑身不自在。

邢杰是个细心的人，而且极有眼力劲。一个简单的动作，纠正很多次，他都改不过来。我不耐烦的苗头刚一冒出，他就会笑眯眯地说："小芳老师，跟你这么漂亮的老师学舞蹈，越学越带劲。"我的脸顿时滚烫，再也不好意思怠慢他。教舞蹈课是很费体力的，每当我大汗淋漓，他就冒出来，一只手擎着矿泉水，一只手拿着毛巾。我说不用这样，但不起任何作用。他总是说，拍老师的马屁，天经地义。弄得我一点办法都没有。那帮老娘们也跟着起哄，说他喜欢我。听到这话，我拉下脸转身就走。他没皮没脸地跟着我："小芳老师，别介意。老娘们喜欢开玩笑。"我不搭理他，他依然在后面说："小芳老师，我请你吃饭，谢罪。"我白他一眼，婉言拒绝："不需要，我还有事。"他装听不出我的意思，说："那改天，你什么时候有时间我什么时候请。"我心想这人怎么这么难缠呢。

　　那年的八月德州下了一场多年不遇的大雨。从黄昏下到夜里九点雨都没停。街上都成河了，很多底盘低的车排气管被淹，抛锚在路中央。我拦了好久，根本打不上车。我站在健身房的门口，发愁怎么回家。一个个来健身的女人在我身边被男人接走了，一开始我没有难过，后来健身房的门口就剩下我自己，面对无边的黑夜，耳边响着哗哗的雨声，一股凄凉之感从我心头升起。我想，为什么就没有一个人关心自己呢？自己就是一个被世界遗弃的人。我沉溺在这种想法中，愈加难过。后来我发狠决定在大雨中走回家。正在这时候，我耳畔响起熟悉的声音："小芳老师，我送你回家吧。"我回头一看，是那个让我过去特别讨厌的男人——邢杰。我的眼泪不争气地流了下来。"你怎么哭了？"邢杰有些慌。他的这个神情一下打动了我，让我冰冷的心一动。"没什么，眼睛好像进去雨水了。"我赶忙掩饰。邢杰左掏兜右掏兜，摸出一包纸巾，他撕了几下都没撕开封口。情急之下，他用牙扯开了封口。他掏出一张纸巾，就要给我擦眼泪。我用手挡住他，接过来自己拭了拭眼角。他搓搓手："小芳老师，你等我，我去开车。"然后人就冲进了雨里。那一刻，我居然有些担心他，这么大的雨，身上会被淋透的。

　　雨刷在挡风玻璃上呼呼地刮动着，车灯打在雨气腾腾的路面上，根本看不清几米的距离。车缓缓地行驶着，我们两个人沉默不语。我在想，怎么这么爱说话的一个人，这时候一句话也没了。

　　那天晚上我失眠了。

　　健身房里的学员们，经常会有些聚会。像我们这些老师，不能经常参加，但偶尔也得参加下，要不显得过分冷淡，引起学员的反感，会影响他们续费的。有次下了课，我跟学生们一起去消夜，他们邀请过我多次，我总是这个理由那个理由地拒绝，但那天邢杰一再给我说，如果再不去的话，就是瞧不起他。想起那天下雨他送我的事，我不好再拒绝。下午去健身房的时候，还阳光温煦，我就穿了件薄外套，到了晚上，突然降温了。在饭店坐下以后，尽管我手里捧着一杯热水，身子仍旧忍不住冷得发抖。我的样子被坐在身边的程姐发现，她嚷道："小芳老师穿得太少了，这样会感冒的。"邢杰闻声站起来，脱下自己的外套，走过来披在了我身上。他平时开车，下车就进屋，不会穿太厚，外套里面就穿一件衬衣。我赶忙推辞："不用，不用，你穿得也不多。"他挥挥手："没事，我火力大。"我张张嘴，却不知再怎么拒绝。那天晚上的饭我吃得心神不宁，邢杰的气息笼罩着我，让我呼吸困难。

从那后，邢杰开始了他猛烈的攻势。说实话，我有些动心，像我这种缺乏关怀的女孩，对温暖缺乏免疫力。但我一直提醒自己，这是个有家室的男人，我不能做不道德的事情。在我一次次拒绝下，邢杰丝毫不为之动摇。面对他如火的热情，我几乎难以招架，被他弄得心烦意乱。我的梦里开始经常出现他，这让我恐惧不安。不能这样，不能这样，我每天不得不暗暗对自己说。随着时间的推移，这样的声音越来越微弱。理智告诉我，如果这样下去，我将会坠入危险的感情中。没有别的办法，我只能强迫自己粗暴地对待他。于是一上课，我总是当着众人的面，大声叱喝他，你怎么这么笨，如此简单的动作都做不了，你还学什么。在大家惊愕的眼神中，邢杰涨红了脸，但没有抵撞我。我就是想让他下不了台，恨上我，不再纠缠我。但是我这样的手段，没有起到任何作用。事后，邢杰依然屁颠屁颠地找我。上课我总是推托他要求的辅导，他每天还是会来要求。我不接他的电话，他就发短信。不让他送我，他依然固执地开车尾随着骑自行车回家的我。不接收他送来的鲜花，他还是一次次让花店的人送来。我都要被逼疯了，真的是心力交瘁。那天晚上他拦住我，求我不要再躲着他。他因为这个，已经好多天睡不好觉了。看着他通红的眼珠，我几乎要缴械，可我还是狠下心，说："邢大哥，咱们的关系仅仅是健身房教练跟学员的关系。"让我没有想到的是，他扑通一下跪在了地上："小芳，我就是想对你好，没有其他任何意思。"马路边上的行人都停住脚步，看着我们。我的脸顿时火辣辣的，觉得真是丢人现眼。我一刻不敢留，掩面就跑。邢杰站起来，在后面就追。跑了好远，我才放慢了脚步，邢杰像影子一样在我身后，喘着粗气说："小芳，我是真心喜欢你。"我站住，两眼噙满了泪水："求求你，放过我，好吗？你要是真喜欢我，就不应该这样。你是有家室的人，你这么做，是害我，还是喜欢我？""小芳，你跟我在一块儿，不开心吗？"他的声音里也带着哭腔。"不开心，一点也不开心。我讨厌你，非常讨厌，请你离我远点。"我几乎是声嘶力竭地喊道。他咬咬嘴唇："那我知道了，我以后不会再缠着你，你保重。"他的声音异常低沉。"你知道就好。"我扭转头丢下他径直走了。这次他没有追我。我走在夜色里，风吹过，眼泪又流下来。邢杰不知道，如果他再追上我，我已没有勇气再拒绝他。

邢杰在健身房消失了。我的日子表面看着又趋于平静，其实不然，他撩起的波澜，并没有因为他的离去而消失，相反更加起伏。他就是毒品，我已经上瘾了。吃饭不香，做事心不在焉，夜不能寐。一个月下来，我人消瘦得不成样子。

唉，那几年你干什么去了？如果你早出现在我的生活里，我怎么会遇见这个魔鬼呢？其实也不能怪你，如果不是经历这些，我怎么知道如何去辨别美好与丑恶呢？

我没法再控制自己。那天晚上下班之后，快到家门口了，我忍不住拨通了邢杰的电话。其实在这之前，我也有好多次想给他打电话，但每次没有拨完号码，我就又放下了手机。电话很快接通了，"谁呀？"邢杰懒洋洋地说。他居然不知道是我在给他打电话，这让我既羞愧又气愤。我把电话挂断，怪自己没出息，自找其辱。一分钟没过，他又打了过来，我摁断，他又打过来。反复好多次，我心一软，接了电话。"小芳，对不起，对不起。我怕管不住自己给你打电话，让你生气，就把你的电话号码删除了。刚才没想到你会给我电话。你挂了以后，我一看号码，这不赶紧回过来了嘛。"他有些语无伦次。这个魔鬼，太了解女人了。他的话像一颗子弹，一下穿透了我刚垒起的壁垒。"小芳，你在哪儿呢？我去接你，我想见你。"我已经完全不能抵抗，低低地告诉他我在什么地方。一小会儿的工夫，他开着车就到了。那天晚上，在宾馆里，我把自己又交给了第二个男人。我不想那样，但是我不知道怎么拒绝。我对他的感情，其实只是一种依赖。

你生气吧，你骂我吧，这样我心里会好受点。我犯的错都得了报应。遇到你以后，我为我的过去感到内疚。

邢杰得到我以后，跟白伟一样，对我渐渐漫不经心。对于这些，我并不是很在意，我也知道我跟他没有什么未来。我只是希望有个肩膀可以依靠。我跟他在一起的时候，有时他老婆会打来电话，我就在旁边默默地听着他跟他老婆说那些亲热的话语，我心想，自己是怎么了？怎么成了一个被人不齿的第三者。但我离不开他，我已经习惯了我的生活里有他。

我特别想问问邢杰到底爱不爱我，但我一直强忍着不去问他，我怕他的回答我无法接受。每次跟他见面，他都带我去宾馆开房，一进房间，他就会心急火燎地做那种事。他很粗暴，弄得我经常疼出一身冷汗，但我没有拒绝他。我心里明白，如果我拒绝了他，他可能会离开我。每次完事之后，他会抚摸着我的身体，喃喃自语，年轻真好。

邢杰还喜欢给我买衣服，什么款式新就买什么。我说不要，他还执意去买。买了我得立即穿上，然后跟他去参加应酬。我根本不想去参加那些应酬，我知道我去了之后，那些人在背后嘀咕什么。那些人的目光都想把你身上的衣服剥开，赤裸裸地站在他们面前。酒席上他们推杯换盏，粗话连篇，我不能露出丝毫的不快，因为那样邢杰会生气。我只能沉默不语，连连给他夹菜，替他喝杯酒。邢老板，本事不小啊，搞个连二十都不够的小姑娘。邢杰绷着个脸，憋着笑，说："这有什么。"

有一段时间，邢杰闷闷不乐，我问他怎么了，他也不说。他不开心，弄得我也有些不开心。有一天邢杰带我跟他一个朋友吃饭，席间，他朋友问他最近怎么样。他才道出了原委。原来是他的竞争对手最近势头很猛，抢走了他的许多老客户，让他的生意一落千丈。他这个朋友是个社会人，听他说完，拍着胸脯说："这不简单吗，咱们想个法，让他损失损失，给老哥出出气。"邢杰一听来了精神，探过头，问道："说说看。"他朋友抿了口酒，用手抠了抠牙缝里的菜渣，说："咱们租个房子，然后到他那里要上一车货，等车走了，就说让他回家跟着去拿钱，到了租的地方，想办法溜了。他损失惨重，伤及元气，就没能力再跟你争。"邢杰听完眨眨眼，说："可是，他都认识咱们，溜了也能找到啊。"他朋友轻蔑地看了他一眼，说："你连一个他不认识的人都找不到吗？"邢杰表情有些凝重，他点上一支烟，在烟雾中，他意味深长地瞥了我一眼。他那个混蛋朋友一下就体会到他的意思，说："让小芳去，他肯定不认识小芳。"

"不行，我不去，这是诈骗。"我断然拒绝。"怎么是诈骗呢？小芳你知道这个人吗，他就是一个奸商，以次充好，坑了好多人。咱们这么做，是替天行道。"他朋友试图说服我。我还是摇摇头不同意。邢杰在旁边搭腔道："不能让小芳去，可是我身边的人，他都认识。唉，除了自己人，外人谁也不会帮我的。"他这话就像鞭子一样抽打在我脸上。我一冲动，说："我去。""不行，不行，你不能去。"邢杰耷拉着头，"生意不行就不行，大不了破产呗。"他朋友在一边说："让小芳去吧，这事只要做得周密，一点危险都没有。"邢杰还是装腔作势地拒绝着。"你要把我当自己人，你就让我去。"我把手放在邢杰的手上。他看看我，把烟头扔到地上，使劲用脚碾死，好像下了很大决心似的，说："行，那让你去。"然后他拍拍我的肩膀说："大不了出了事，我全扛着。"

邢杰在北园租了套带家具的房子，是那种老式的楼房。一楼，带个小院，有两个门可以出入，一个从单元门进，一个是从卧室通往院子的门。

我们在那里住了几天，等熟悉了周围的环境，才开始行动。临去拉货那天是个黄昏，当然这个时间是他选定的。这样装完货天就黑了，我在夜色中也好抽身。在这前一天，我给他的竞争对手打过一个订货的电话。他的竞争对手是一个胖乎乎的中年人，样子很憨厚，他店里的人都喊他翔哥。对于我这个所谓的大客户，翔哥很客气。当然要货的理由，我们编得很像回事。我们家是做建筑的，正在禹城修建一个住宅小区。家里人都在那边忙活，所以订货的事情就由我在德州操持。因为我能说出家里修建的小区的具体名字，对货的价格和规格也非常了解，翔哥深信不疑，其实这些邢杰早就交代好我了。

去装货的时候，我故意戴了个墨镜，这是怕今后会跟翔哥撞上认出我来，我谎称自己得了红眼病，见风就流眼泪。翔哥还真是一个老实人，他实在没想到我这个小女孩会跟别人合伙欺骗他。

车是我在市场租来的，司机的电话我早就要了过来，给了邢杰。我让司机直接把货送到禹城汽车站，那里会有人接货。

装完货，翔哥过来找我要钱。我用手指推了推镜框，说："我一个女孩家，自己出来不敢带那么多现金，你看，跟我回家去拿，好吗？"翔哥没有犹豫就答应了。然后他开车带着我，来到了北园。开门的时候，我的手直哆嗦，幸亏翔哥站在我身后，没有注意到。我开了好久才开开门，我自嘲地说："这锁早就该换了，但总是忙，没时间。"进了客厅，我让翔哥坐在沙发上，并且给他倒了杯水，说："等下，我去拿钱。"然后我进了卧室，卧室通往院子的门，临去前，我没有关。就这样我迅速穿过院子，来到了外面。邢杰的车就停在前面的胡同口。

上了车，关上门，赶紧扭头看，黑咕隆咚的，翔哥没跟上来。邢杰问我："怎么样？"

"快开车。"我顾不上回答他，这时候我感觉自己的心都要跳出来了。他拧动钥匙，连续两下都没启动起来，我急得要哭。谢天谢地，第三次车发动着了。等车开到开发区，我又回头看，翔哥的车没有跟上来，我的心才稍微放下。车上了高速，邢杰说："你放心，要是出了事，我全担着。"我没搭腔，心里在说，翔哥，对不住了。

我们到泰安躲了几天。我是第一次去泰安，但哪有心思玩，心里老是沉甸甸的。邢杰每天都给家里打电话探听消息。过了一周，没听到什么动静，我们就回德州了。等过去一个月，我的心才稍稍有些平静。不过只要我一听见街上的警笛声，心里就慌得要命。那段时间我跟邢杰见面没有再那么频繁。说心里话，我开始有些恨他。我恨他让我做这缺德的事。我也恨我自己，为什么一时糊涂蹚这浑水。

这天我在家里洗衣服，邢杰打来了电话。他说，他在我家门口，想见见我。其实前几天我给他打过几次电话，但他总是不接或者挂断。我以为他跟他老婆在一起不方便。我洗洗手上的肥皂沫，随意穿了一件衣服就出了门。邢杰的车就停在家门口对面。我打开副驾驶的门就坐了进去，让我奇怪的是驾驶座上坐的是个陌生人。我回头看，邢杰坐在两个膀阔腰圆的男人中间。莫名的恐慌袭上我心头。我问邢杰："怎么回事?"邢杰看都没看我，把头扭到一边，仿佛不认识我似的。我觉得事情不妙，打开车门就想走。驾驶座上的那个人一把抓住我，说："小姑娘，别乱动。否则我会把你铐起来。"我这才意识到，我们被抓了。

我们以为干得很周全，其实漏洞百出。翔哥经常去市场上找车给客户送货，对那个送货的司机有印象。警察通过送货司机得到了线索，经过个把月的摸排，就找到了邢杰。邢杰一进公安局，就交代了事情的整个过程。只不过他将所有的责任都推给了我，说主意是我出的，而且整件事都是我一个人实施的。这时候我才知道什么叫有口难辩。没有谁能证明这件事的主意不是我出的，并且翔哥指认是我骗的他，一切的证据都不利于我。

拘留所真不是人待的地方，不光是因为失去自由，还有我内心受到的煎熬，真是度日如年。在审案的警察那里我得知，如果最后审定我是主谋的话，根据法律我会被处以三年以上，十年以下有期徒刑。审理案子的主审是个温和的中年人，他很同情我，因为他有一个跟我差不多大的女儿。他明白整件案子的来龙去脉，但是出于没有证据，无法界定邢杰是主犯，他也无能为力。但他还是安慰我，说案子还处于侦查阶段，如果找到新的证据，事情还会峰回路转。妈妈很多天找不到我，正在着急的时候，接到了派出所的通知。她并没有像大多数母亲一样感到慌乱，而是迅速找关系，想办法。不知道她用什么办法，找到了邢杰的那个朋友，他们之间最后怎么交易的，我也不清楚，反正邢杰的那个朋友提供证词证明邢杰是主谋。另外，还有一个关键的因素，就是我身份证上的年龄不满十八岁，其实我真正的年龄是十九岁，这是因为当初我出生一年后爸爸才给我办的户口。没想到因为这个，十九年后让我避免了牢狱之灾。由于未成年，加之不是主犯，我免于刑事处罚。

我出来那天，妈妈在拘留所门口接我。看见她，我委屈地想哭，当我正打算投进她怀抱的时候，她举起手狠狠地给了我个耳光。这是她第一次打我，把我一下打蒙了。我捂着半边脸浑身发抖。她用手指指点着我，说："从今天开始咱们断绝母女关系。你不听话，我可以原谅你。但是你跟已婚男人鬼混，我没法原谅你。"

我又一次被遗弃了，但这一次不怪妈妈。这一切都是因为我的糊涂，我的荒唐，我的愚蠢。

这年冬天真冷，经常下雪。我寄住在妈妈的一个姊妹——刘姨那里。本来我是住在一家小旅馆里，刘姨找到我，说她女儿上大学去了，自己在家闷得慌，让我去跟她做伴。后来我才知道，那是妈妈不放心，让她去找的我。我对这个世界和自己是彻底绝望了。我觉得自己就是孤苦伶仃的命，到这个世界上就是来受罪的，不会有什么未来。我不再穿靓丽的衣服，不化妆，也不再去上班，跟朋友也不联系。孤独、无助比这天都要冷，浸透了我的全身。我每天都睡得很晚，到中午才起床。起来我会一个人到外面走走，走累了，我就回刘姨家。我算彻底体会到什么叫行尸走肉，因为我的样子就是。夏天的时候，那些男孩子跟蝗虫一样，走在大街上，他们就会涎着脸过来跟你搭讪，约你去吃饭、看电影，如果拒绝，他们会吹一声尖利的口哨，然后继续寻找下一个目标。你根本感觉不到寂寞，相反还会觉得很烦人，怎么这么吵，这么乱。可是冬天来了，他们都去哪儿了？大街上空荡荡的，根本看不见人影。风吹过来，我不由得缩紧脖子，裹严衣服。那路边光秃秃的树干伸向天空，像挣扎的四肢。没有谁会来救你，你只能自生自灭。

后来的事情，你都知道的。那天傍晚我走到三八路大桥，桥上的风很大，我的脸蛋一会儿就被冻得失去了知觉。我扶着栏杆，向桥下张望。整条河流都静止了，被冻得严严实实，在逐渐昏暗的天色里，泛着灰白的光，像一面沾满尘土的大镜子。电视上报道，前几天，有一个上高三的男孩从这里跳了下去。我在想他跳下去的时候，什么姿势？他在想什么？如果是我，我会什么姿势，我会想什么？想象中，我把一条腿搭在了桥栏杆上。这时候，正好被骑自行车经过的你看见。你慌忙扔下自行车，跑过来一把抱住我，就往后拽我。我吓了一跳，失声叫起来。你嘴里说："有什么想不开的。咱们好好说。"我一开始以为自己被打劫了，等你说出这句话，我哭笑不得。我不会选择自杀的，我根本没有勇气离开这个我憎恨的世界。

我们就这样认识了。

奇怪的是，我没有向你解释真相，而是将错就错，编了个故事骗你。说自己从小就失去父母，被一对一直不能生育的夫妇领养。如今，他们有了自己的孩子，开始把我不当人，这么冷的天因为我晚做了一会儿饭，就把我撵出家门。我实在走投无路，才想跳河。你一只手领着自行车，一只手抓着我，似乎怕我跑掉。把我带到一家火锅店，点了一桌子肉和菜。你当我是猪啊。可我还得装着好几天没吃饭的样子，吃得汗流浃背，直打饱嗝。你却吃得很少，一直对我谆谆教导，人生多么美好，又是花季般的年龄，苦难只是暂时的，只要自己努力，肯定会有美好的未来。父母给予我们生命，我们就没有自己结束生命的权利。每个人都是独一无二的，无法比拟的，我们的存在都是有其意义的，不能因为挫折而觉得没有希望，要学会尊重自己。当时的我哪能听得进去这些话呢。我偷偷打量你，发现你不时摘下眼镜，用餐巾纸擦拭上面的水汽，觉得你这个人很好笑，有些道貌岸然。你没完没了地给我讲道理，我实在是坐得受不了了，一再向你表示，在你的开导下，有茅塞顿开、拨云见日之感，绝对不会再想不开。这样你才闭上了你的嘴。

后来你说要送我回家。我当然不会让你送的。我说，如果回去，他们会打我的，往死里打。我还撩开刘海，让你看我额头的疤，说这是他们用铁棍打的。其实这是爸爸喝醉酒打我，我跑的时候，一不小心跌倒，磕的。你气得狠狠拍了下桌子，茶杯跳起来，歪倒在桌子上，水淌出来，流到你身上，你也没觉察到。我可怜巴巴地看着你，心里却只想笑。我当时以为你在演戏。我以为男人对女人好，都是有目的的。你沉吟了一会儿说，那这样吧，我先安排你在旅馆住下，明天我再想想办法，给你找个落脚地。我心里冷笑一声，把我安排在旅馆，好趁火打劫，想得挺美。但出乎我的意料，你在前台交上钱，没有跟我去房间。临走前你对我千叮咛万嘱咐，千万不能再干傻事。明天肯定会变好。你拍着胸脯向我保证。你还从兜里掏出二十块钱，说早晨有事不陪我吃早餐，九点多再过来接我。说完你蹬上自行车走了。看着你的背影渐渐远去，我突然有种错觉，你的背影，好像我爸爸。

那天晚上我没在旅馆住，还是去了刘姨家，早晨我破天荒起了个早，回到旅馆。九点你准时来了，你还是没有进房间，让服务员把我喊出来的。你一见我高兴地说："联系了一早晨，终于给你找到一份不错的工作，去华泽建材厂当保管，活不累，还管吃管住。"除了跳舞，我对其他工作都没兴趣。再说我不能离开刘姨家，否则妈妈会跟我联系不上。我不好断然拒绝你，只好说，早晨跟继父继母打电话了，他们让我回去，他们都有工作，弟弟年龄还小，需要人照顾，毕竟他们养育我这么久，我不能没有良心。你说："这样也好，如果他们再打你，就跟我联系。"

当时我之所以跟你联系，无非无所事事，把你当作调剂生活的一味药。一开始我对你没什么感觉。因为这些年的经历，我对男人一点信任感都没有了。我百般折腾你，是想看看你到底对我有多大耐心，还想看看你到底能装多久。事实出乎我的意料。你对我一直很宽容、忍让。无论我怎么任性，你还是对我一成不变。我骗你说，继母让我每个月交八百块生活费，不交就找我事。这八百块，你每月都会打到我的银行卡上。你只是一个实习医生，一个月没多少收入。我却拿着这八百块，任意挥霍。半夜，我给已睡着的你打电话，说自己心烦，觉得活着没意思。你二话不说，就会赶过来见我。我们经常在深夜从这个城市的东边走到西边，不知疲倦地走到凌晨，直到早餐店里冒出腾腾热气，你就会带我吃上一个肉夹馍，喝上一碗热豆浆。这时候可怜的你才会回家眯上一小觉，还得去上班。而我会一直睡到下午。我不但没有再感到这个冬天的寒冷，相反觉得开始温暖起来。我曾经暗示你可以对我亲昵，但你无动于衷。当时我很纳闷，你到底是男人吗？对我这么好是出于什么目的？如果有女人给你打电话，我就会无理取闹，说你不想要我了。你解释说，你一直把我当妹妹看。我大发雷霆说："你要是不跟我好，就是想让我再去死。"你苦笑着只能答应我。如果你有事情，稍稍对我有些慢待，我就拿死来吓唬你，弄得你无可奈何，只好放下手头的事情来陪我。那一段时间对我来说，是长这么大最幸福的时光。有人疼，有人在乎。真好。后来我才知道你为什么对我这么好。你有一个妹妹。那一年你十岁，妹妹六岁。你带她去游戏厅，当时你正迷恋一款街头对打的游戏，玩得忘乎所以。一开始妹妹在你身边，缠着你，你不耐烦地叱喝她，滚一边去。后来，你没再听到妹妹的声音。等游戏币玩完的时候，你发现妹妹不见了。你找遍了游戏厅，还有附近的街道，都没有找到。你吓坏了，不敢回家。直至在外边流浪了半个月，被爸爸找到。一见到爸爸，你怕受到惩罚，谎称妹妹被一个壮汉抢走了。而且你还详尽地描述了那个壮汉的模样，其实那是街头对打游戏里的那个流氓的模样。妹妹一直没有消息，这成了你心底说不出的痛。

没有人喜欢噩梦，都希望噩梦去了不要再来。我的噩梦在邢杰打来的电话里又来了。邢杰在监狱里得了严重的肝炎，被准予保外就医。出来以后，他开始纠缠我。我不接他的电话，他就会换个号码打给我。他告诉我，判刑以后，除了赔偿翔哥的损失，还交了一大笔罚金。家产都没了。他老婆为这事跟他离了婚，现在他又得了病，这辈子算完了。这一切都是因为我造成的。我毁了他的一生。我告诉他，没有人毁了他的一生，都是他自己作的孽。他说，他想见到我，我要补偿他，否则他不会放过我，现在的他什么也不怕。我坚定地拒绝了他。我说，现在有一个很爱我的爱人，非常幸福，不想再见到他，求求他在我的生活里消失。

有一段时间邢杰没再给我打电话，我以为他想明白了。可是我想得太天真，他怎么会甘心呢。他不知道从哪儿打听到我在刘姨那里住。那天晚上，我从外面刚回来，这个魔鬼在家门口拦住了我。他一见我，又扑通一声跪在地上，求我不要离开他。看着他的脸，我只感到恶心。我告诉他不可能再跟他在一起。他鼻涕一把泪一把地说："我多么爱你。为了你，我都成这样了，你怎么能抛弃我呢？"我冷笑一声，说："你根本没有爱过我，你爱的是青春，你爱的是你自己。"他死死地抓住我的胳膊，哀求道："再给我一次机会吧。"我使劲挣脱开他抓着我的手，大声说："你再纠缠，我就喊人了。"他一看故伎重演不起作用，就又换了副嘴脸。他站起身，从腰里摸出一把匕首。匕刃在夜色里发出冰冷的光，映着他变形的脸。他咬牙切齿地说："如果不跟我，别怪我无情。"尽管我吓得浑身发抖，但我还是坚定地说："就是杀了我，我也不会再跟你。"邢杰绝望地发出一声凄厉的惨叫，就扑向了我。那一刻我脑子一片空白，我心想，完了。这时候，一个身影飞快地跑到我与邢杰的中间，像一座山一样横在那里。原来是你。白天我说最近胃老不舒服，你下班后来给我送药，正好遇见这一幕。邢杰本来是想刺我的大腿，他刺的时候动作猛一些，快刺到我时，再收力，以此达到吓唬我的目的。但是他没想到，有人会不顾安危地过来阻拦。你个子比我高好多，这一下正好捅到你的腹部。你轻轻地哼了一声，然后人往后倒下去。邢杰被这突然的变故吓了一跳。他回过神，扭身像一只野狗一样逃窜得无影无踪。

你倒在了我的怀里。黏稠的血像喷泉一样涌出来，我的手怎么也捂不住。最后你只说了一句话，是微笑着说的，好好活着。

我的爱人，我父亲一样的爱人。你就这样离开了我。

你放心，我现在过得很好。我办了个拉丁舞培训班。每天我都会认真地带学生。下了课我会回家收拾家务，做好饭等妈妈回家来吃饭。我没有再跟妈妈拌过嘴。我告诉她，我爱她。对于我的变化妈妈非常吃惊，她经常会感到受宠若惊，我安慰她，不用这样，我是她的女儿，是她给了我生命，这些都是我应该做的，也是她应该得到的回报，我为我过去的表现感到内疚。妈妈听到后泪流满面，她紧紧地抱住我，哽咽着说我是她的过去，是她的现在，也是她的未来。

你让我知道这个世界上的美好，你让我对未来有了希望。我永远会记住你说过的话，尽管这个世界上有很多丑恶，但是有更多的美好。如果没有这些丑恶，怎么能知道什么叫美好呢。不管遇到什么，不管经历了多少痛苦和不幸，希望在哪里？勇气在哪里？在心里。只要相信美好，美好就会出现。生命如此短暂，生命也是如此可贵，因此要珍惜生命，况且我的第二次生命，是你给的。我的生命中也有你的生命。我会珍惜生活的每一天，只要我们肯努力，只要我们肯付出，所有的努力和付出终将会有一个回报，有因必有果，有果也必有因。

　　天色渐暗。最后一缕阳光洒在小芳对面的墓碑上。小芳走过去用脸轻轻摩挲着上面刻着的字，喃喃说道："我都絮叨一天了，你也烦了吧。天不早了，我也该走了。早点休息，过几天我还会来看你。不能忘了我，要不我会跟你闹的。记住你的承诺，做我一生一世的爱人。"